Margot Berger

Ein Pferdesommer voller Abenteuer

*Margot Berger*
begann ihre Journalistenlaufbahn als Redakteurin bei großen Tageszeitungen und Frauenzeitschriften. Die begeisterte Reiterin und Pferdeexpertin lebte und arbeitete als selbstständige Journalistin und Buchautorin in Hamburg.

*Als Sammelbände von „Reiterhof Birkenhain" liegen außerdem vor:*
»Sommer, Glück und Pferdeträume«
»Sonne, Wind und Pferdeliebe«

Margot Berger

REITERHOF BIRKENHAIN

# Ein Pferdesommer voller Abenteuer

Zwei Pferderomane in einem Band:
Spuk im Stall
Ende für die Reitschule?

Arena

1. Auflage 2018

Dieser Sammelband enthält die Einzeltitel »Spuk im Stall«
© 2001 Ensslin im Arena Verlag GmbH, Würzburg
und »Ende für die Reitschule?« © 2002 Ensslin im Arena Verlag GmbH, Würzburg
aus der Reihe »Reiterhof Birkenhain«.
Coverillustration: Carmen Hochmann
Gesamtherstellung: Westermann Druck Zwickau GmbH
ISBN 978-3-401-45466-5

***

Besuche uns unter:
*www.arena-verlag.de*
*www.twitter.com/arenaverlag*
*www.facebook.com/arenaverlagfans*

REITERHOF BIRKENHAIN

# Spuk im Stall

# Inhalt

## 1. Kapitel

# Antraben, Graf Dracula!

Der erste schwere Herbststurm heulte um den Reiterhof Birkenhain. Die altersschwachen Dachbalken ächzten und krachten. Nasse Birkenzweige peitschten gegen den Giebel.

»Wahnsinn, dieses Wetter. Da kriegt man glatt eine Gänsehaut.«

Conny Clasen schüttelte sich wohlig und winkte ihren Freundinnen auf der anderen Seite des langen Heubodens zu. Ein klasse Gruselabend war das.

Das zwölfjährige Mädchen warf einen Blick durch das tief heruntergezogene Dachfenster in die Dämmerung. Sie rüttelte am Fenstergriff, um zu kontrollieren, ob er fest geschlossen war. Stallbesitzer Jensen hatte sie wegen des Sturms nach oben geschickt, um nach dem Rechten zu sehen.

Conny klopfte sich den Staub von ihrem schwarzen Vampirumhang. Ein kurzer Windstoß plusterte die weiten Ärmel auf.

Durch die Ritzen des Dachs pfiff und zog es. Lange schwarze Fledermaus-Girlanden schaukelten zwischen den Deckenbalken. Einzelne Strohhalme wirbelten hoch und segelten auf das Schild »Monsterbar« herab, das über einem Tresen aus Strohballen hing. Getränkedosen und Gebäck mit Spinnenglasur stapelten sich darauf, daneben verbreiteten ausgehöhlte Kürbisse gespenstisches Licht. Die Mädchen hatten kleine Taschenlampen hineingelegt, die die eingeschnitzten Fratzen richtig zur Geltung brachten.

Jetzt, nach Einbruch der Dunkelheit, war es aufregend unheimlich auf dem Heuboden. Conny sah sehr zufrieden aus. Wie in einem Geisterhaus überzogen Hunderte von Spinnweben Balken und Dachpfannen. Der kleinste Luftzug brachte die Seidengespinste zum Schwingen. Die weißen Fäden wehten im spärlichen Licht der Deckenleuchte.

»Igitt.«

Mit dem Ärmel rieb Conny sich übers Gesicht. Ein paar Spinnennetzfäden flogen ihr direkt vor die Augen. Eklig war das, aber gleichzeitig schaurigschön.

»Mist«, murmelte Conny, als sie bemerkte, dass sie die weiße Schminke, mit der ihr Gesicht bleich gefärbt war, auf den Ärmel gewischt hatte. Sie beschloss, sich nicht zu ärgern. Nicht an diesem herbeigesehnten Halloween-Abend.

Neben Conny knackte und raschelte es in allen Ecken. Geräusche, die sie sonst nie hörte. Dafür kannte sie ein anderes nur zu gut: das Kichern von Jule und Luisa. Es kam von der Treppe. Hinter dem

Holzpfosten zwängten sich ihre Freundinnen in Werwolf-Kostüme.

»Genauso habe ich mir die Halloween-Nacht vorgestellt«, rief Conny ihnen zu.

Heute, am Vorabend des 1. November, durfte die Jugend-Reitgruppe in Horrorverkleidung reiten. Danach war Monsterparty auf dem Dachboden angesagt.

Conny raffte ihren Dracula-Mantel über der Reithose zusammen und stelzte in hohen Storchenschritten über die Strohballen hinweg. Dahinter lag eine kleine, offene Luke im Fußboden, durch die abends Heu auf die Stallgasse geworfen wurde.

Conny verharrte kurz.

Sollte sie die verbotene Abkürzung an der gähnenden Öffnung vorbei nehmen? Das war nicht ungefährlich. Ein falscher Schritt und man stürzte auf die Stallgasse.

Andererseits – konnte man ernsthaft von ihr verlangen, noch einmal über die hohen Heuberge zu steigen, um zur Treppe zu gelangen? Wie ihr glänzender schwarzer Umhang danach aussah, konnte sie sich lebhaft vorstellen – total zugestaubt. Außerdem piksten die Halme. Nein, danke.

Rasch sah Conny sich um. Heute hatte sie Lust, waghalsig zu sein. Reitlehrer Jensen war nirgends zu entdecken. Also los. Conny legte den linken Arm um einen Pfosten und griff mit der rechten Hand zum nächsten. In einer haarsträubenden Kletteraktion hangelte sie sich an der Fußbodenöffnung entlang. Zwischen zwei eng stehenden Pfählen musste Conny sich ganz dünn machen. Jetzt ein Bein nach vorn. Warum ging es nicht weiter? Der Umhang ... er hing fest.

Conny brach der Schweiß aus. Haltlos baumelte ihr linkes Bein über dem düsteren Loch. Mit einem Auge schielte Conny nach unten. Drei Meter unter ihr lag der Betonboden der Stallgasse. Sie linste zu Jule und Luisa hinüber. Nein, die konnten ihr nicht helfen. Bis die sich zu ihr vorgerobbt hätten, das dauerte viel zu lange. Hektisch zerrte Conny an ihrem Umhang. Nichts. Noch ein Ruck. Wenn sie nicht bald das andere Bein aufsetzte, würde sie einen Krampf bekommen.

Da ... endlich!

Mit einem hässlichen Ratschen riss der Dracula-Mantel ein. Egal. Hauptsache, sie konnte sich wieder bewegen. Aufatmend setzte Conny ihre Füße auf sicheren Grund. Wenn Reitlehrer Kai Jensen das gesehen hätte oder ihre Mutter, dachte sie, wären beide tot umgefallen. Aber sie selbst, Conny Clasen, war auch nicht weit davon entfernt gewesen, ohnmächtig zu werden und auf dem Beton zu landen. So echt musste dieser Gruselabend nun wirklich nicht beginnen.

»Hoffentlich ist die Luke bald zu«, bellte Kai Jensen von unten herauf.

Erschreckt hielt Conny sich an einem Dachbalken

fest. Ertappt! Sie lugte hinab. Auf der Stallgasse, direkt unter der Bodenöffnung, stand der Besitzer der Reitschule, die Arme in die Seiten gestemmt, und starrte ins Halbdunkel hinauf. Die Pferde neben Jensen reckten ihre Köpfe durch die Boxenstäbe und guckten vorwurfsvoll nach oben. Von ihrem Platz aus sah Conny die Schulpferde Rocky, Lotta und King Louis.

»Wer ist das da oben . . . Conny?«, wollte Herr Jensen wissen.

Conny räusperte sich. »Graf Dracula«, sagte sie dann mit tiefer Stimme. »Soll ich Conny etwas bestellen?«

»Mach sofort die Klappe zu, Conny Clasen! Oder ihr könnt eure Gruselreitstunde vergessen. Alle.«

Die Mädchen schwiegen. Jule Ahrend verzog den Mund und wedelte mit den Händen, als hätte sie sich die Finger verbrannt. Wenn die Stimme von Jensen so klang wie jetzt, war nicht mit ihm zu spaßen.

Conny beeilte sich, die Falltür zu schließen. Krachend fiel die hölzernde Klappe zu.

»Jensen mit seiner Angst!«, flüsterte Jule.

Conny seufzte. Dauernd nervte der Stallbesitzer seine Reitermädchen mit der Mahnung, wie leicht sie durch die offene Luke auf die Stallgasse fallen könnten. Zugegeben, damit lag Jensen gar nicht so falsch. Vor einer Minute hatte sie das am eigenen Leibe erfahren. Trotzdem – dass man ab und zu einen kleinen

Nervenkitzel brauchte, davon schien der Mann noch nichts gehört zu haben.

»Ein Wunder, dass Herr Jensen das Geisterreiten erlaubt hat«, sagte Luisa halb laut, während sie sich Fellstücke ins Gesicht klebte.

Jule befestigte Ohren aus Kunstpelz mit Teppichklebeband auf ihrer Reitkappe.

»Hoffentlich geht der Samtbezug nicht kaputt, wenn ich das Fell wieder abreiße«, sagte sie. »Zu blöd, dass Herr Jensen uns nicht ohne Kappe reiten lässt.«

Sie war fertig und baute sich neben Luisa auf, die ihren Kappengurt unterm Kinn schloss.

»Na, wie sehen wir aus, Conny?«

»Obercool. Ich habe noch nie bessere Werwölfe gesehen.«

Kichernd hakten Jule und Luisa sich unter und polterten die Treppe zum Stall hinunter.

»Wartet doch!«

Conny musste erst ihren Dracula-Mantel raffen, um nicht ins Stolpern zu kommen. Der teure Satinstoff hatte ja bereits einen Riss abbekommen. Das reichte ihr für heute.

Zwei Hexen aus der Halloween-Gruppe saßen schon auf den Pferden in der Reithalle, als die drei vom Dachboden kamen. Connys Partnerin Merle schwang sich gerade auf den Rücken des Friesen Ankum. Als ihr Vampirumhang dabei flatterte, nahm Ankum irritiert den Kopf hoch.

»Das kann ja lustig werden.« Conny seufzte.

»Wenn *mein* Mantel beim Reiten hochfliegt, wird Rocky ja wohl ausrasten.«

Sie ging in die Sattelkammer und holte Zaumzeug und Sattel für Rocky. An Tagen wie heute, wenn sie in Kostümen ritten, wünschte sie sich insgeheim ein ausgeglichenes Pferd wie Ankum oder Brinkum. Und nicht ein solches Nervenbündel wie den schwarzen Traber. Warum hatte sie sich ausgerechnet in ihn verliebt? Manchmal verstand sie es selber nicht. Rocky war spröde, hielt Schmusen für Zeitverschwendung und flippte bei jeder Kleinigkeit aus. Aber Conny nahm seine Macken mit Humor. Er war eben ein Charakterpferd . . .

In der Stallgasse kamen ihr zwei Kürbisse auf Beinen entgegen, an der Hand zwei gesattelte Pferde. An den Reithosen erkannte Conny sofort, wer sich unter den Masken mit den eingeschnitzten Fratzen verbarg – die Gerlach-Zwillinge.

»Nervis« nannten die anderen Mädchen Mia-Mathilde und Dina-Dorothee Gerlach. Die Zwillinge waren ein ständiges Ärgernis. Allein deshalb, weil sie eigene Pferde besaßen, Godewind und Nordlicht, mit denen sie unerträglich angaben.

»Hat Herr Jensen erlaubt, dass ihr bei uns mitreitet?«, fragte Conny und blieb mit dem Reitzubehör vor Rockys Box stehen.

»Stell dir vor, du Vampirbaby«, dröhnte es hohl aus dem linken Kürbis, »Jensen braucht zwei sichere Anfangsreiter bei der Grusel-Quadrille . . .«

»... darum hat er uns gefragt«, ergänzte der rechte Kürbis genüsslich.

Mia-Mathilde, der linke Kürbis, rückte die orangefarbene Riesenfrucht auf ihrem Kopf zurecht. Auf einer Seite war der Kürbis zu wenig ausgehöhlt und zog ihren Kopf nach links.

Conny biss sich auf die Unterlippe. Manchmal verstand sie Herrn Jensen nicht. Er wusste doch genau, dass die Nervis nicht zu ihrer Clique gehörten. Warum lud er die zum Mitreiten ein?

Von hinten spürte Conny einen Stoß. Ein Pferdekopf schob sich unter ihren Umhang, zerrte den Stoff blitzartig bis zum Nacken hoch und suchte in ihren Hosentaschen nach Leckerlis.

»Rocky ...«

Conny setzte den Sattel ab und brachte ihren Mantel in Sicherheit, indem sie die schwarze Pferdenase zurückschob.

»Hast du gar keine Angst vor Vampiren, mein Kleiner?«, fragte sie erstaunt.

»Ich habe noch nie gehört, dass Lakritzschnecken Angst vor Vampiren haben«, kam es aus der rechten Kürbisfratze.

Der linke Kürbis setzte noch einen drauf. »Es sei denn, sie sind gentechnisch verändert.«

»Haut bloß ab«, knurrte Conny und schlüpfte zu ihrem Rocky in die Box.

Lakritzschnecke! Gentechnisch veränderte Lakritzschnecke! Diese blöde Stichelei der Nervis. Conny sah den Zwillingen nach, die kichernd Richtung Reithalle marschierten. Den Spitznamen hatten sie Rocky verpasst, weil der schwarze Traber so dünn war. Zugegeben, er konnte sich wirklich winden und drehen wie eine Lakritzschnecke, wenn er einen Reiter absetzen wollte. Aber was ging das die Nervis an?

Conny sattelte Rocky, schob sich selbst ein Vampirgebiss in den blutrot geschminkten Mund und führte Rocky in die Halle. Kurze Zeit später saß sie im Sattel und die Halloween-Reitstunde konnte beginnen.

Von der Tribüne guckten verkleidete Mädchen zu. Sie wären gern dabei gewesen, waren aber im Moment knapp bei Kasse und hatten kein Geld für Reitstunden. Aber nachher, bei der Gruselfeier, da wollten sie natürlich nicht fehlen.

Die Reiter ordneten sich paarweise. Vorne ritten die Kürbisse und jeder sah, dass die Nervis Schwierigkeiten hatten, die schweren Früchte auf ihren Köpfen auszubalancieren. Auch die Pferde der Zwillinge merkten die Unruhe auf ihrem Rücken. Godewind schlug mehrmals aus, weil seine Reiterin ihn ständig aus dem Gleichgewicht brachte.

Die beiden Hexen dahinter hielten Abstand, damit ihre Fjordpferde Ole und Kalle keinen Schlag von Godewind abbekamen. Als drittes Paar kamen die beiden Vampire, unter deren Kapuzen sich Conny und Merle versteckten. Wider Erwarten hielt sich Conny Clasen auf Rocky prima. Obwohl ihr Dracula-Mantel ständig hochwehte, zickte der Traber nicht herum wie sonst. Aber das lag wahrscheinlich an seinem Nebenpferd Ankum. Der Friese von Merle wirkte auf jedes Pferd wie eine Beruhigungspille. Schlussreiter waren die Werwölfe – Jule und Luisa ritten Sally und Flecken-Paula.

»Ein Glück«, sagte Kai Jensen durchs Mikrofon, »dass ich weiß, wer unter den Masken sitzt. Sonst könnte ich ja den Unterricht nur mit 100 Knoblauchzwiebeln um mich herum machen. Dann trabt mal an, ihr Killerkürbisse!«

»Das geht niemals gut«, raunte Jule ihrer Partnerin Luisa zu und nahm Sallys Zügel kürzer. »Nie im Leben. Mit solchen Kampfkürbissen auf dem Kopf kann kein Mensch traben.«

Ein paar Runden ging es aber doch gut. Jedenfalls recht und schlecht. Zumindest passten die abgehackten Bewegungen der Gerlach-Zwillinge zu der schrägen Musik, die aus dem Lautsprecher dröhnte.

Kai Jensen schaltete das Licht in der Halle ab und setzte eine Leuchtkugel in Betrieb, die sich unter den Deckenbalken drehte. Lichtfetzen huschten gespenstisch über die Wände und über die schaurigen Kostüme. In die dramatische Musik mischte sich das Heulen des Sturms. Wütende Böen rüttelten an den Holztoren zum Hof.

»Cooler kann ein Halloween-Ritt nicht sein. Trotz der Nervis«, rief Conny über die Schulter in Richtung Jule und Luisa.

»Hä?«, fragte Jule. Wegen Connys Plastikgebiss

mit Vampirzähnen hatte sie verstanden: »Kulu kanei Nallogen-Rick nich fein. Krock wer hervis.«

»Nach links und rechts teilen!«, ordnete Jensen an. »Paarweise Volte.«

Da passierte es.

Als die Kürbisse eine Volte reiten wollten, also einen kleinen Kreis, verloren sie endgültig das Gleichgewicht.

»Hilfe, ich kann mich nicht halten«, schrie der linke Kürbis, als die schwere Frucht den Kopf auf die Schulter herunterzog. So weit, dass das Mädchen unweigerlich aus dem Sattel glitt. Ein Fuß war schon aus dem Steigbügel gerutscht. Obwohl Mia-Mathilde Gerlach alles versuchte, um zurück auf den Pferderücken zu gelangen, schaffte sie es nicht. Zwei Sekunden später erwischte es auch den anderen Kürbis.

»Hilfe, ich kippe auch«, schrie Zwilling Dina-Dorothee.

Dann tickten die beiden Riesenkürbisse mit den Mädchen auf dem Hallenboden auf. Fast gleichzeitig, schließlich waren sie ja eineiige Zwillinge. Mit lautem Klatschen zerplatzten die Kürbisse. Gelbes Fruchtfleisch flog durch die Halle, prallte an die Beine von Nordlicht und Godewind. Verschreckt sprangen die Pferde der Nervis zur Seite und blieben in der nächsten Ecke mit gespitzten Ohren stehen.

»Tragt ihr etwa keine Reitkappe unter dem Kürbis?«, wetterte Kai Jensen durchs Mikrofon. »Wie oft habe ich euch schon gesagt . . . ach was.«

Er besann sich, dass eine Standpauke im Moment nichts nützte, verließ seinen kleinen Ansageraum und ging zu den Unglücksreitern in die Halle.

»Ist euch was passiert?«, fragte er.

Die beiden Exkürbisse rappelten sich auf und schüttelten die Köpfe. Mit spitzen Fingern zupften sie Kürbisfasern aus den Haaren. Im zuckenden Licht der Leuchtkugel sahen sie aus wie Außerirdische, die ihre Kopf-Antennen ausrichteten.

»Für euch beide gilt dasselbe wie für meine Schulpferdereiter. Hier herrscht Kappenpflicht«, polterte Jensen und sammelte die Kürbisstücke ein. Dabei war er gar nicht richtig wütend. Eher erleichtert, dass die Nervis mit dem Schrecken davongekommen waren.

Die anderen Reiterinnen ritten neugierig heran. Nachdem klar war, dass die Zwillinge den Sturz unverletzt überstanden hatten, juckte es Jule in den Fingern zu sticheln.

»Warum tretet ihr mit der Nummer nicht im Fernsehen auf?«, lästerte sie. »Oder ihr geht zum Film? Ich weiß schon einen Titel: Der Niedergang der Kampfkürbisse.«

»Ziege«, zischte Mia-Mathilde und setzte die Reitkappe auf, die Theresa auf Jensens Wink von der Tribüne herunterreichte.

»Ohne Kappe reitet ihr keinen einzigen Schritt mehr«, drohte Jensen, dann ging er in seinen Ansageraum zurück.

Die beiden Vampire durften jetzt als Anfangsreiter vorn gehen.

»Dann trab mal an, Graf Dracula!«, sagte Herr Jensen durchs Mikrofon zu Conny. »Halloween-Reiten, Klappe zwei. Bin gespannt, wie der Abend endet. Mein Bedarf an Stürzen ist für heute gedeckt.«

Conny saß kerzengerade auf Rocky und bemühte sich sorgfältig, exakte Figuren zu reiten. Sie platzte fast vor Stolz, dass sie vorne ritt und die Gerlach-Zwillinge weichen mussten.

Dieser peinliche Sturz mit den zermatschten Kürbisköpfen traf die Nervis an ihrer empfindlichsten Stelle – ihrer Eitelkeit. Jensen hatte sie verdonnert, am Ende zu reiten.

Conny bedauerte heftig, dass sie ihre Gesichter nicht sehen konnte. Aber sie wusste auch so, dass die Zwillinge aus ihren gelben Kleidern guckten wie zwei beleidigte Leberwürste. Die Nervi-Hirne arbeiteten garantiert auf Hochtouren. Conny schätzte, dass die Zwillinge den anderen demnächst einen Streich spielen würden, bei dem alle schrecklich dumm aussehen sollten. Sozusagen als Gegenstück zu ihrem eigenen peinlichen Auftritt heute. Also war Vorsicht angebracht.

Ohne Kürbis-Köpfe verlief die Reitstunde problemlos. Niemand fiel mehr vom Pferd.

Nach dem Gruselritt zogen die Halloween-Geister lachend und schwatzend auf den Heuboden.

Oben hockten schon mehr als zehn Mädchen auf

Strohballen vor der Monsterbar und tranken Schockbrühe – was nichts anderes war als Cola mit Zitronensaft. Jemand hatte ein mannshohes Leuchtskelett aufgehängt, im Durchzug klapperten seine Plastikknochen. Die ausgehöhlten Kürbisse leuchteten schaurig-schön.

»Das ist doch Kinderkam mit dem elektrischen Licht darin«, spottete Ilona und zog wichtigtuerisch eine Hand voll Kerzen aus der Tasche. »In die Kürbisse gehören echte Kerzen. Das schockt total, aber nicht eure Babylampen.«

Luisa tippte sich an die Stirn.

»Du spinnst wohl. Offene Flammen sind verboten. Wenn das Herr Jensen sieht!«

»Pah, er ist ja nicht da.«

Ilona nahm die Taschenlampe aus dem Kürbis vor sich und setzte die Kerze hinein. Sie hielt ein Feuerzeug hinein und zündete sie an.

Die anderen Mädchen waren aufgesprungen. Jede von ihnen war bereit, sich mit Ilona anzulegen und die Flamme zu löschen. Aber das übernahm dann Herr Jensen, der plötzlich auf dem Dachboden stand, wie von Geisterhand herbeigezaubert. Bis nach unten hatte er den Brandgeruch geschnuppert.

»Willst du wohl die Kerze ausmachen! Aber sofort!« Jensen tobte. »Du fackelst mir ja den ganzen Stall ab! Was glaubst du, wie schnell das geht.«

Die 17-jährige Ilona lief knallrot an, beugte sich zum Kürbis hinunter und spitzte die Lippen.

»Halt! Nicht auspusten!«

Blitzschnell war Jensen zur Stelle und setzte eine Coladose auf den brennenden Docht. »Willst du das Feuer über den ganzen Dachboden blasen?«

Wütend musterte er Ilona, die es vorzog, auf den Boden zu schauen. »Du kannst dir nicht mehr viel erlauben hier im Stall«, sagte Jensen finster. »Die Sache mit Albrecht Steinberg ist noch nicht vergessen.«

Albrecht Steinberg – das war der junge Pferdewirt, den Jensen kürzlich hinausgeworfen hatte. Dieser Al hatte einige Wochen lang seine Lehre auf Birkenhain gemacht. Conny, Jule und ihre Clique hatten schnell gemerkt, dass er die Schulpferde schlecht behandelte. Aber Ilona, Olivia und Senta, genannt die Killerbienen, wollten es nicht wahrhaben. Alle drei hatten sich in den obercoolen Al Steinberg verknallt und Kai Jensen verschwiegen, was sie über ihn wussten. Als alles aufflog, wollte Jensen den Killerbienen spontan Stallverbot erteilen. Aber dann siegte doch wieder seine Großherzigkeit, die er nun angesichts der Kerze verwünschte.

»Die Größten haben den kleinsten Verstand«, sagte er. »Wehe, wenn so etwas noch mal vorkommt. Dann ist endgültig Schluss. Dann könnt ihr euch einen anderen Reitstall suchen.«

Kleinlaut rafften die Killerbienen ihre flatternden Alien-Kostüme und drückten sich an Herrn Jensen vorbei zur Bodentreppe. Sie gingen lieber, bevor er die Sache vertiefte und sie doch noch hinauswarf.

»Wirklich hundsgemein, dass ich euren Al nicht gesehen habe«, seufzte Luisa Steffen. »Der muss ja nicht ganz dicht sein, wenn er sich an die Killerbienen herangemacht hat.«

Luisa war mit ihrer Oma verreist gewesen. Darum hatte sie den berüchtigten Al nie zu Gesicht bekommen. Als sie zurückkehrte, war Albrecht Steinberg schon entlassen.

»Frag dich lieber umgekehrt . . . was die an diesem Al finden konnten, dieser Ratte«, konterte Jule und kratzte sich an der Backe. Unterm Werwolf-Fell juckte es.

»Wollen wir über Ratten reden oder Halloween feiern?«, rief Conny herüber und hob ihren Becher. »Vergesst Albrecht Steinberg. Es lebe Graf Dracula.«

Die Feier wurde monstermäßig lustig. Wahrscheinlich lag es daran, dass die Killerbienen sich verzogen hatten. Natürlich auch am Wetter. Der heulende Sturm machte sich prächtig zur gespenstischen Kulisse auf dem Dachboden.

Als die Mädchen nach Hause fahren wollten, stürmte es immer noch.

»Lasst eure Kostüme hier, sonst fliegen die noch aus dem Fahrradkorb. Hängt sie einfach auf dem Heuboden auf«, schlug Jensen vor.

»Was, meinen schönen Vampirumhang?«, fragte Conny entsetzt. »Und wenn der gestohlen wird?«

Kai Jensen lachte. »Wer soll denn nachts hier eindringen und Vampirumhänge stehlen? Jetzt geht aber deine Fantasie mit dir durch, Conny Clasen.«

Conny strich über den glänzenden schwarzen Stoff. Bis auf den Riss und die Schminkeflecken war es ein erstklassiger Vampirmantel. Der hatte das Taschengeld von einem Monat gekostet.

Conny fand, sie sah darin aus wie eine Riesenfledermaus. Diese Flugtiere mochte sie nämlich, seit sie in der Schule bei einer Fledermaus AG arbeitete.

»Auf Ihre Verantwortung«, seufzte sie und brachte ihr Kostüm zu den anderen nach oben.

»Gut, dass Halloween so selten ist«, sagte Kai Jensen zu Blaumann, dem Stallkater, der um seine Beine strich, als Jensen hinter den Reitern abschloss. »Diese Geister bringen nur Unruhe in den Stall. Spuk ertrage ich nur einmal im Jahr.«

Doch Jensen sollte in den nächsten Wochen noch starke Nerven brauchen ...

## 2. Kapitel

# Starke Nerven gefragt

»Hast du den Stallschlüssel?«

Hilla Steffen, Luisas Oma, steckte den Kopf aus der Haustür und rief hinter Luisa her, die sich draußen an ihrem Fahrrad zu schaffen machte.

»Logisch, Oma«, sagte Luisa, tastete nach dem Schlüssel in ihrer Reithose und zog die Kapuze ihres blauen Sweatshirts über die dunklen Haare.

Frau Steffen schüttelte sich. »Ungemütliches Wetter.«

Der dichte Nebel, der den ganzen Tag über Großmoorstedt gelegen hatte, löste sich jetzt in schwere Tropfen auf, die ihr in den Nacken fielen. Zwei volle Tage hielt sich der Herbstnebel schon, der aufgezogen war, nachdem sich der Sturm in der Halloween-Nacht gelegt hatte.

Hilla Steffen, eine zierliche Frau mit modisch gesträhntem Haar, ging zum Fahrrad und stellte eine große Tüte mit belegten Brötchen und eine Thermosflasche in den Fahrradkorb.

Lachend lehnte Luisa sich über den Lenker und

drückte ihr einen Kuss auf die Backe. »Du bist klasse, Oma. Damit rettest du wieder den halben Stall vor dem Hungertod. Die anderen kommen spätestens um sechs und bohren: Deine coole Oma hat dir doch bestimmt Reiterfutter eingepackt.«

Hilla Steffen winkte ab. »Ist doch egal, wer es aufisst. Aber denk auch an dich, schließlich ist heute ein langer Tag.«

Luisa schwang sich aufs Fahrrad.

»Geht in Ordnung, Oma«, rief sie über die Schulter und fuhr über ihre Heimatstraße Buchengrund in Richtung Reiterhof Birkenhain.

Luisa genoss die Fahrt. Die Gräben entlang der Straße waren übersät mit gelben Birkenblättchen, die aus dem träge stehenden Wasser ein Kunstwerk machten. Die Gärten lagen schon fast im Winterschlaf. Stauden und Blumen waren säuberlich abgeschnitten, nur gelbe und blaue Herbstastern blühten noch vereinzelt. In den Häusern brannte trotz des frühen Nachmittags Licht. Luisa stellte sich vor, dass es hinter den Fenstern gemütlich warm war, dass die Kinder sich in eine Sofaecke kuschelten und spannende Bücher lasen.

Wie konnte man den November nur grau und grauenvoll finden? Die meisten Menschen klagten über das trübe Wetter, fanden es entsetzlich und abstoßend. Luisa nicht. Vielleicht lag es daran, dass sie überall Motive für ihren Zeichenblock entdeckte? Luisa war eine begabte Malerin.

Diesen feuchten Nebeltag fand sie auf seltsame Weise romantisch. Beim Vorbeifahren streifte ihr Blick die Baumkronen. Ahorn, Birken und Buchen hatten schon ihr Laub abgeworfen. Nur wenige Eichen saßen noch voller Blätter, die sich an den Zweigen festklammerten und dem Winter trotzten. Durch die grauen Nebelschleier wirkten die Blätter weit entfernt und verschwommen, als lägen sie auf dem Grund eines Sees. Die Baumgruppen mit den nebelumwaberten Kronen begleiteten Luisa bis zum Reiterhof.

Sie nahm sich vor, noch heute Abend das Bild mit Kohlestift auf ihrem neuen Block festzuhalten, als sie die Einfahrt zum Hof herunterrollte. Dass ihr in wenigen Stunden die Lust am Malen vergangen sein würde, das konnte Luisa ja nicht ahnen.

Der Fahrradständer stand völlig leer da. Das war immer so an den Tagen mit Voltigierunterricht, wenn Luisa als Erste kam. Während der Mittagsruhe durfte sie allein im Stall das Voltigierpferd Flecken-Paula fertig machen.

»Das ist eine Riesenausnahme«, hatte Herr Jensen zu ihr gesagt, als er ihr feierlich den Schlüssel zur Sattelkammer gab. »Weil ich weiß, dass ich mich auf dich hundertprozentig verlassen kann.«

Luisa ging über den Hof zum Hintereingang. Vorne war abgeschlossen, bis Herr Jensen von seinem Mittagsschlaf aufstand. Er legte sich mittags hin, weil er schon früh um fünf Uhr auf den Beinen war und bis spätabends Reitstunden gab.

Die hintere Stalltür aus Drahtgeflecht lehnte Jensen nur an. Von innen legte er den Bügel so vor, dass man ihn, wenn man den Trick kannte, mit einer Reitgerte durch die Maschen hindurch anheben konnte.

Luisa öffnete die Hintertür mit dem alten Trick und schloss sie wieder. Leise ging sie durch die Stallgasse, um die Pferde nicht zu stören. Einige lagen lang ausgestreckt in ihren Boxen.

Die braun-weiß gepunktete Knabstrupper Stute Flecken-Paula sah aufmerksam hoch, als Luisa kam.

»Gleich, Paula«, flüsterte Luisa und strich ihr im Vorbeigehen über die Nase.

Vor der Sattelkammer fingerte sie den Schlüssel aus der Tasche und steckte ihn ins Schloss.

»Was ist das denn?«, murmelte Luisa, als der Schlüssel sich nicht drehen ließ. Klemmte er? Oder war gar nicht abgeschlossen? Luisa drückte die Klinke herunter und rüttelte daran. Abgeschlossen.

War es überhaupt der richtige Schlüssel? Sie zog ihn heraus und betrachtete ihn. Doch, es war der gute, alte Sattelkammerschlüssel. Unschlüssig drehte sie ihn in der Hand. Sollte sie Herrn Jensen wecken?

Der würde sich freuen! Bisher hatte sie ihn nur einmal mittags geweckt. Damals stand der Haflinger Nappo keuchend in der Box, die Nüstern geschwollen, er bekam kaum Luft. Tierarzt Teichmüller musste kommen. Eine Wespe hatte Nappo gestochen, da half nur eine schnelle Spritze zum Abschwellen. Damals hatte Kai Jensen Luisa sehr gelobt, weil sie ihm sofort Bescheid gesagt hatte.

Nun also der Schlüssel.

»Hilft nichts«, sagte Luisa mit einem Blick auf das Schloss. Schließlich kamen die Voltikinder in einer halben Stunde. Sie drückte den Knopf, der in Jensens Wohnung überm Stall die Klingel auslöste.

Gähnend erschien Jensen ein paar Minuten später in der Tür. Er hatte rasch einen alten Pullover übergezogen.

»Na?«, fragte er nur.

»Der Schlüssel passt nicht.« Luisa zeigte auf die Sattelkammer.

Der Stallbesitzer kratzte sich am Kopf. »Ach ja, das habe ich ganz vergessen.« Jensen zückte sein schweres Schlüsselbund, ließ Schlüssel für Schlüssel durch die Finger gleiten und sortierte einen aus.

»Hier, der ist neu.« Er zeigte Luisa einen schmalen, flachen Schlüssel und schloss die Tür auf. »Ich habe ein neues Schloss einbauen lassen. Einbruchsicher. Für dich lasse ich noch einen Schlüssel nachmachen.«

Zufrieden betrachtete Kai Jensen die Tür, bevor er sie aufstieß. »Man liest so viel über Satteldiebe. Es hat schon zwei Ställe erwischt hier in der Gegend. Alles weg. 45 Sättel.«

»*Was?* Was machen die denn mit so vielen Sätteln?«

»Reiten«, antwortete Herr Jensen trocken. »Das heißt, erst mal natürlich verkaufen.«

»Das wären ja bei uns ...« – Luisa warf einen Blick in die Sattelkammer und zählte leise durch – »fast 20 Stück. Die kann doch niemand mitnehmen!«

»Hast du eine Ahnung, Luisa. Das sind Profidiebe.« Jensen hob den Voltigurt vom Holm und legte ihn auf ihre Schulter. »Die fahren mit großen Transportern vor, räumen ruck, zuck die ganze Sattelkammer leer und sind über alle Berge. Die verkaufen alles ins Ausland. Oft auf Vorbestellung.«

Kai Jensen hatte mit einem bestohlenen Kollegen gesprochen, der am Boden zerstört war. Jensen wusste selbst, wie schwer es war, mit einem Reitstall Geld zu verdienen. Ständig Ausgaben für den Tierarzt. Und das Futter wurde auch immer teurer. Wenn man dann noch ausgeraubt wurde ...

Nicht auszudenken, dass ihm das passierte! Ohne Sättel und Zaumzeug war er ruiniert. Dann konnte er statt Reitunterricht lustige Workshops veranstalten: »Trensen stricken aus Strohbändern«.

Nein, er musste sich rechtzeitig gegen diese Brüder wappnen. Lieber jetzt in den sauren Apfel beißen und ein teures Schloss einbauen lassen, als später vor der ausgeräumten Sattelkammer zu stehen.

»Vorbeugen ist besser«, sagte Jensen zu Luisa und sah auf die Uhr. »Ich schließe hier wieder ab. So und jetzt lege ich mich noch bis drei Uhr aufs Ohr. Bis später.«

Luisa holte Flecken-Paula aus der Box und band sie rechts und links in der Stallgasse an, direkt unter der Heuluke. Die Knabstrupper Stute mit den lustigen braun-weißen Flecken war Luisas Lieblingspferd.

Zuerst stand die Stute ganz still, als Luisa ihr Fell mit dem Striegel bearbeitete, doch schon bald wurde das Pferd unruhig.

»Was hast du denn?«, fragte Luisa. Sie blickte forschend die Stallgasse hinunter. Auch die anderen Pferde spitzten jetzt die Ohren. Rocky und Nappo, die dösend im Stroh lagen, stemmten sich aus der Einstreu hoch und schüttelten sich die Halme aus dem Fell. Flecken-Paula legte den Kopf zurück und beobachtete die Deckenbalken.

»Cool bleiben, Paula!« Luisa lachte. »Wahrscheinlich ist Blaumann oben wieder auf Mäusejagd.«

Luisa hört nicht, dass die vordere Eingangstür leise aufgeschlossen wird. Jemand schleicht die Bodentreppe hinauf. Gewandt und zielsicher bewegt er sich, wie jemand, der sich auskennt. Steigt über Strohballen hinweg zur Außenmauer, nimmt zwei lockere Mauersteine heraus und holt einen klein gefalteten schwarzen Umhang aus der Lücke. Bewegt sich geräuschlos auf den Holzdielen. Mit großen Schritten vermeidet er die Bretter, von denen nur Eingeweihte wissen, dass sie knarren. Auf Zehenspitzen schleicht er zur Heuabwurfluke. Unter sich auf der Stallgasse sieht er Luisa, die soeben bei Flecken-Paula Decke und Gurt auflegt. Er wirft sich den

Dracula-Mantel über, zieht die Kapuze übers Gesicht und schaltet einen kleinen Kassettenrekorder ein. Dann hängt er sich aus der Öffnung, reißt die Arme mit den Fledermausärmeln hoch und heult furchterregend.

Luisa erschrickt zu Tode, als plötzlich ein schwarzer Kapuzenkopf aus der Bodenluke schießt. Wie versteinert steht sie unten, während der Vampir um sich schlägt, heult und schreit.

Paula springt zurück. Die Stute schnaubt voller Panik, zerrt und reißt an den Anbindestricken. Die anderen Pferde stoßen aufgeregte Schnorchellaute aus.

Mit zitternden Fingern umklammert Luisa die Griffe des Voltigiergurtes. Hilfe suchend sieht sie sich um. Die Tür zum Hof ist nahe. Nichts wie weg! Luisa will losrennen. Doch ihre Beine sind wie gelähmt. Nein, sie kann Paula nicht allein lassen und die anderen Pferde auch nicht.

In diesem Moment dröhnt ein höhnisches Lachen vom Heuboden, wie aus einer Eisenkehle. Dann eine verzerrte Metallstimme. »Ich habe die Macht. Du musst tun, was ich will. Sonst geht es deinem Pferd schlecht.«

Wieder das Eisengelächter. Dann ist Ruhe. So schnell, wie er gekommen war, ist der Spuk verschwunden.

Luisas Herz schlug bis zum Hals. Was war das? Und vor allem – *wer* war das? Sie hatte nicht mal herausgehört, ob das eine Mädchen- oder Jungenstimme war.

Sie holte tief Luft. Ruhig bleiben, sagte sie sich. Luisa blickte sich um. Die Pferde hatten den Schreck bereits verdaut. Als sei nichts gewesen, zermalmten sie das Stroh in ihren Boxen. Auch Paula stand wieder ruhig auf der Stallgasse.

Mit weichen Knien ging Luisa zum Ausgang und stieß die Tür auf. Vorsichtig spähte sie nach draußen. Nichts zu sehen. Wenn sie wollte, konnte sie ganz schnell zu Familie Löwe hinüberlaufen, deren Garten an den Reiterhof grenzte. Luisas Kopf glich einem brodelnden Hexenkessel. Sie versuchte, ihre Gedanken zu ordnen. Langsam ging sie zurück zu Flecken-Paula. Misstrauisch äugte sie nach rechts und links.

Allmählich fasste Luisa sich wieder. Da oben – war das nicht Connys Vampirmantel gewesen? Der Umhang, der spurlos verschwunden war? Hatte sie nicht weiße Flecken an den Ärmeln bemerkt? Die Schminkeflecken! Was hatte Conny gejammert, als sie den Mantel am Tag nach Halloween nicht mehr fand, während die anderen Kostüme noch an ihrem Platz hingen. Jemand musste ihn heimlich weggenommen haben.

Das hieß also . . . eine aus ihrer Halloween-Gruppe trieb da oben ihr Unwesen. Aber wer konnte schon auf so einen grottenschlechten Scherz kommen?

Luisa schlug sich mit der Hand gegen die Stirn. Doch wohl nur die Nervis. Natürlich! Die Nervis wollten sie lächerlich machen, um vom Stallgespräch Nr. 1 abzulenken, von ihrem peinlichen Kürbisauftritt beim Halloween-Reiten.

»Na wartet!«, rief Luisa nach oben. Die Schreckstarre hatte sich gelöst, dafür kochte jetzt Wut in ihr hoch. Dass die Zwillinge sie erschreckten, das ließ sie sich ja noch gefallen. Aber die Pferde in Panik zu versetzen, nein, da hörte der Spaß auf.

Rasch schloss Luisa die Schnallen von Paulas Bauchgurt.

»Ganz ruhig, Paula«, sagte Luisa und rannte die Dachbodentreppe hinauf. Immer zwei Stufen auf einmal.

Oben wurde ihr mulmig. Und wenn sie jetzt einem Fremden gegenüberstand? Einem Einbrecher? Ach was, beruhigte sich Luisa. Notfalls war ja Herr Jensen nicht weit. Und die anderen Mädchen kamen auch jeden Augenblick.

Zentimeterweise öffnete Luisa die eiserne Feuerschutztür zum Heuboden und lugte hinein. Gähnende Leere. Das hieß aber nichts. Natürlich konnte man sich leicht hinter den hochgestapelten Stroh- und Heuballen verstecken. Aber sollte sie ganz allein den Dachboden durchsuchen? Dazu fehlte ihr nun doch der Mut.

Luisa wollte schon die Tür schließen, da hörte sie ein deutliches Klappern. Der Schreck fuhr ihr bis in die Beine, aber im nächsten Moment wusste sie, woher das Geräusch kam: Das Dachfenster hinten am Giebel stand einen Spalt offen und klapperte gegen den Rahmen.

Hastig schlug Luisa die schwere Tür zu und lehnte sich mit dem Rücken dagegen. Sie holte tief Luft. Getürmt. Der Unbekannte war durchs Dachfenster getürmt. Das war leichter, als es sich anhörte. Sie selbst hatte sich mal mit einer langen Longe nach unten auf den Hof abgeseilt, damals, als der Stall unter Wasser stand.

Den Fenstertrick kannten die Nervis auch. Luisa schien es immer wahrscheinlicher, dass die Gerlach-Zwillinge hinter dem Streich steckten. Na, die sollten sich wundern.

Luisa stürmte die Treppe hinunter. Sie musste endlich das Voltigierpferd fertig machen. Danach wollte sie mit Conny und Jule beratschlagen, wie man es den Nervis heimzahlen konnte. Vielleicht kam heute sogar Bastian. Der 14-Jährige gehörte auch zu ihrer Clique, er hatte immer so gute Ideen.

Auf der letzten Stufe stolperte Luisa in die Gruppe von lachenden Reitern, die gerade ankamen. Jule, Conny, Bastian. Und wen sah sie dahinter? Luisa traute ihren Augen nicht: Die Nervis, also Mia-Mathilde und Dina-Dorothee Gerlach, kamen ebenfalls gerade erst herein. Verstört blickte sie den Gerlach-Zwillingen nach, als sie durch die Stallgasse zu ihren Außenboxen marschierten.

Luisa war überzeugt gewesen, dass die beiden längst im Stall waren, um sie zu erschrecken.

»Wo habt ihr die Nervis getroffen?«, fragte Luisa die anderen.

Conny steckte den Fahrradschlüssel ein und schälte sich aus ihrer Jacke. »Leider schon direkt vor unserem Haus, an der Ginsterau. Wir hatten sie die ganze Zeit auf dem Schutzblech, sie sind ständig hinter uns hergefahren.«

»Ach«, sagte Luisa überrascht.

Die Nervis konnten es also nicht gewesen sein. Wer dann? Luisa begann zu zittern.

»Hast du was?«, fragte Bastian. Er bemerkte, dass das Blut aus Luisas Gesicht gewichen war. »Du siehst aus wie ein totenbleicher Poltergeist.«

Jule und Conny gesellten sich dazu.

»Also, Luisa Steffen, war hier etwas los?«, fragte Conny und packte ihre Freundin am Arm.

Bevor Luisa sich eine Antwort überlegen konnte, zog Mia-Mathilde Gerlach die Aufmerksamkeit auf sich. Jammernd kam sie die Stallgasse hinauf.

»Wer hat meine Reitweste gesehen? Die neue schwarze? Sie ist weg.« Der Gerlach-Zwilling wandte sich an Luisa. »Du warst doch die ganze Zeit im Stall. Hat sich jemand hier herumgetrieben? Ein Fremder?«

Luisa wurde heiß. Sie verschluckte sich bei der Antwort und hustete.

»Äh ... nein ... niemand.«

Plötzlich kam ihr die Sache mit dem Vampirbesuch blöd vor. Sollte sie vielleicht sagen: »Ja, Mia-Mathilde, hier war vorhin tatsächlich ein Fremder. Allerdings kein lebender Mensch, sondern ein Vampir. Er hing in der Heuluke und hat mich bedroht. Möglich, dass er deine Reitweste geklaut hat. Vampire sind ja klasse Reiter und können schwarze Westen sicher gut gebrauchen.«

Die anderen würden sich ausschütten vor Lachen.

»Aber die Weste ist weg«, sagte Mia trotzig. »Und gestern Abend hing sie noch an der Box.« Argwöhnisch musterte sie Luisa. »Du warst ganz allein im Stall. Hast du sie etwa? Lass mich mal in deinen Rucksack gucken.«

Sie wollte zur Bank mit den Rucksäcken gehen, da stellte sich Bastian ihr in den Weg.

»Spinnst du?«, fuhr er Mia an. »Traust du Luisa etwa zu, dass sie stiehlt?«

Man merkte Mia-Mathilde an, dass sie es nicht so gemeint hatte, aber entschuldigen wollte sie sich bei Luisa auch nicht. »Sie war die Einzige, die hier war . . .«, murmelte Mia mit rotem Kopf und machte, dass sie zu ihrer Nervi-Schwester nach draußen kam.

»Mein Vampirumhang ist auch verschwunden«, rief Conny aufgebracht hinter ihr her. »Aber deswegen beschuldige ich noch lange keinen.«

Die Voltikinder wurden von ihren Müttern gebracht. Luisa lief zu Paula, dem Voltigierpferd, um es aufzutrensen. Das Thema »Fremder im Stall« schnitt sie an diesem Tag nicht mehr an.

Mias Reitweste tauchte bis zum Abend nicht wieder auf.

## 3. Kapitel

# Deckenterror

Das Pferd war kaum zu bändigen. Mit hohen Bocksprüngen stürmte es an der Longe durch die Reithalle, buckelte, bockte und schüttelte sich.

»Teeerab, Paula, Teeerab.« Reitlehrer Axel Rakete, der die Longe hielt, blieb trotz des heftigen Pferdes gelassen. Er senkte seine Stimme. »Ruhig, Paula . . . Teeerab.«

Aber Flecken-Paula trabte nicht. Dabei genügte es sonst schon, wenn man »Teee. . .« sagte, und das kluge Voltigierpferd ging in die geforderte Gangart über. Heute nicht.

Fünf Voltigierkinder zwischen sechs und acht Jahren in blauen Sweatshirts und schwarzen Leggings drängten sich an der Bande zusammen. Gespannt verfolgten sie Axels Versuche, das Pferd zu bändigen.

Auf der Tribüne hockten zwei zierliche achtjährige Mädchen, Lara und Marlene, neben ihren Müttern und wischten sich die Tränen ab. Die hellen Sägespäne auf ihren blauen Pullis sprachen eine deutliche

Sprache: Lara und Marlene waren von Flecken-Paula heruntergefallen.

»Luisa soll kommen«, rief Axel über die Schulter, als er Bastian und Jule entdeckte. Bis in die Stallgasse hatten die beiden den Lärm gehört und waren neugierig an der Hallentür erschienen. Luisa hörte ihren Namen und stellte die Mistforke ab. Sie lief zur Reithalle und beugte sich über die Bande.

»Warum turnt denn keiner? Ist hier etwas los?«

»Das frage ich *dich*«, rief Axel aus der Mitte der Halle herüber. Paula ging inzwischen Schritt, galoppierte aber immer wieder ein paar Sprünge an. »Erst hat sie Lara abgesetzt, dann Marlene. Kaum, dass die auf ihrem Rücken standen. Hast du etwas am Voltigurt gesehen? Scharfe Kanten oder so?«

Luisa schüttelte den Kopf. »Mensch, Axel, das hätte ich dir doch gesagt! Ich komme mal rein.«

Sie öffnete die Bandentür einen Spalt und schlüpfte in die Halle.

»Und Haaalt.«

Axel senkte die Peitsche und legte die lange Longenleine zusammen, als Luisa näher kam.

Die Knabstrupper Stute Paula drehte sich sofort zu ihrem Lieblingsmenschen. Sie stand jetzt still und Luisa konnte ihre Backen tätscheln. Die Stute schien sich zu beruhigen. Doch dann ... Luisa strich ihr gewohnheitsmäßig über Widerrist und Rücken, da zuckte Paula zusammen und machte einen Schritt zur Seite. Axel und Luisa sahen sich an.

»Runter mit dem Zeug«, sagte Axel. »Hältst du sie mal?«

Der Reitlehrer drückte Luisa die Longe in die Hand und öffnete die Schnallen des Gurtes. »Hat sie etwa Satteldruck? Das wäre neu.«

Er hob den Ledergurt herunter und legte ihn über seine Schulter. Mit einer Hand wollte er die Schutzdecke vom Pferderücken ziehen, sie ließ sich aber nur unter Schwierigkeiten abnehmen. Flecken-Paula schüttelte sich heftig. Beinahe wäre sie Luisa auf den Fuß gesprungen.

»Geht es hier heute noch weiter?«, rief eine Mutter spitz von der Tribüne herüber.

Axel hob beschwichtigend die Hand. »Wir müssen erst die Ursache für das Buckeln finden.« Seine Stimme klang leicht gereizt. »Sie möchten doch sicher nicht, dass Ihre Tochter abgeworfen wird.«

Er untersuchte den Voltigurt, und als er nichts Auffallendes entdeckte, legte er ihn neben sich in die Sägespäne. Dann warf er einen Blick auf Paulas Rücken.

»Kein Satteldruck«, murmelte Axel, tastete das Fell aber trotzdem nach Druckstellen ab. Über die Wirbelsäule hinweg griff er auf die andere Rückenseite. Plötzlich stockte er. Flecken-Paula zuckte und drehte sich von ihm weg.

»Was ist das denn?«, sagte Axel und hielt Luisa etwas Zusammengeballtes unter die Nase. Bevor sie einen Blick darauf werfen konnte, hatte Axel Rakete schon Paulas Decke gepackt und umgedreht.

»Donnerwetter«, entfuhr es ihm. »Arme Paula. Kein Wunder, dass du Bocksprünge gemacht hast.« Er hielt Luisa die Decke hin.

»Hier, guck dir das an. Kletten! Die ganze Unterseite sitzt voller Kletten. Das pikst natürlich gemein, wenn der Gurt festgezurrt ist.«

Vorsichtig, damit nichts auf den Hallenboden fiel, faltete Axel Rakete die Decke zusammen. »Wenn dann noch die Voltikinder auf ihrem Rücken stehen und die stacheligen Kletten in die Haut drücken – dann *muss* Paula ja buckeln.«

Luisa wurde blass. In Gedanken hörte sie die Eisenstimme des Vampirs: ». . . du musst tun, was ich will. Sonst geht es deinem Pferd schlecht.«

Aber *was* sollte sie tun?

Luisa hatte Angst. Immer weniger mochte sie glauben, dass jemand aus dem Reitstall hinter dem Vampir steckte. Wer von den Reitern konnte so gemein sein? Wer brachte es fertig, dem liebsten Pferd im Stall etwas anzutun? Und was bezweckte er damit?

»Du musst dir Paulas Ausrüstung jedes Mal genau ansehen, Luisa«, mahnte Axel und übernahm die Longe wieder. »Manchmal liegt die Decke ja zum Trocknen überm Gattertor, neben den Büschen. Dann können schon mal Kletten hineingeraten. Oder kleine Kinder finden es lustig, Kletten auf den Stoff zu heften. Stell dir vor, den Voltis wäre heute etwas passiert . . .«

»Tut mir leid«, murmelte Luisa. »Tut mir schrecklich leid.« Sie umarmte Paula heftig und rannte mit der Decke unterm Arm hinaus.

Stirnrunzelnd sah Axel Rakete hinterher. Luisa gehörte zu den pflichtbewussten Mädchen im Stall. Könnte er für Zuverlässigkeit Noten verteilen, bekäme Luisa von ihm eine Eins. Darum konnte Axel sich nicht erklären, wie das mit den Kletten passiert war. Die Sache passte einfach nicht zu Luisa Steffen.

»Bring mir eine andere Decke«, rief er ihr nach. »Die helle . . . du weißt schon. Damit wir weitermachen können.«

Als Luisa die Ersatzdecke bei Axel abgeliefert hatte, musste sie erst mal einen klaren Kopf bekommen.

Sie ging auf den Hof und huschte, bevor sie jemand ansprechen konnte, in den Kutschenunterstand. Dass es hier drinnen so eng war, bemerkte sie zum ersten Mal. Nur Kai Jensen hatte sonst im Unterstand zu tun, wenn er die Kutsche für eine Hochzeitsfahrt herausholte.

Die hohen Speichenräder berührten fast die Seitenwand. Luisa legte die Arme an den Körper und zwängte sich an den Rädern vorbei zum Einstieg der Kutsche. Gibt es eigentlich hier keine Lampe, fragte sie sich? Egal – sie wollte gar keine Beleuchtung. Das schummrige Licht passte besser zu ihrer Stimmung.

Luisa hob die weißen Betttücher an, die Jensens auf Hochglanz polierten Landauer vor Staub schützten, und kletterte in den Wagen. Kein Mensch würde sie hier vermuten.

Auf den schwarzen Ledersitzen breitete sie Paulas Decke aus. Vorhin, in der Halle, hatte sie gar nicht richtig hingeguckt. Als sie jetzt die stacheligen Kletten sah und daran dachte, wie sie Paula gepeinigt hatten, stiegen ihr Tränen in die Augen.

»Wenn ich den erwische!«

Luisa ballte die Fäuste. Natürlich traf sie selbst keine Schuld. Aber wie hätte sie das Axel Rakete erklären sollen? Bei der Unruhe in der Halle? Mit den Voltikindern und neugierigen Müttern in der Nähe?

Luisa lehnte sich in der Kutsche zurück. Sie versuchte, sich ganz genau daran zu erinnern, wie der Nachmittag begonnen hatte . . .

. . . mit schlotternden Knien war sie um halb drei im Stall erschienen, jederzeit darauf gefasst, dass jemand sie erneut erschrecken wollte.

Aber dann stellte sich ihre Sorge als grundlos heraus, zumindest am Anfang. Es war ruhig gewesen im Stall, die ganze Zeit.

Flecken-Paula machte keine Schwierigkeiten beim Putzen auf der Stallgasse.

Gleich zu Anfang hatte Luisa Trense, Voltigiergurt und Decke geholt und in der Stallgasse abgelegt.

Danach, das wusste sie noch sehr gut, schloss sie die Sattelkammer ab. Den neuen Schlüssel, den Luisa seit gestern besaß, steckte sie gleich darauf in ihre rechte

Socke, schob ihn unter die Fußsohle und zog den Stiefel wieder darüber. Das Versteck für den Schlüssel hatte Luisa sich in der Nacht ausgedacht – aus lauter Sorge, ihn zu verlieren. Sie wollte die Tür nicht offen lassen, während sie die Hüpfbälle, Springseile und ein Minitrampolin für die Voltigruppe in die Reithalle brachte.

Als Luisa aus der Halle zurückkam, stand Flecken-Paula bereits mit Decke und festgeschnalltem Voltigiergurt auf der Stallgasse. Luisa fiel ein, dass sie sich zunächst darüber gewundert hatte. Aber nur ein wenig. Denn auch Kai Jensen machte Paula mitunter für die Voltigierstunde fertig, wenn er rechtzeitig nach dem Mittagsschlaf herunterkam. Sehr oft passierte das zwar nicht, aber auch nicht selten.

Jetzt war Luisa natürlich klüger.

Sie zog die Pferdedecke von der Kutschenbank auf ihren Schoß und hielt sie in das schwach hereinfallende Tageslicht. So eine Flanelldecke ließ sich ruck, zuck mit Kletten spicken. Flauschige Oberflächen zogen Kletten geradezu an.

»Du wirst immer merkwürdiger, Luisa Steffen.«

Luisa fuhr herum.

Im Halbdunkel des Unterstandes standen die Gerlach-Zwillinge. Ihre schwarzen Reitsachen erkannte Luisa nicht vor dem braunen Holz – aber die blonden Köpfe, die wie Vollmonde im Doppelpack leuchteten.

»Wieso versteckst du dich am helllichten Tag unter den Betttüchern? Wir suchen dich überall. Hast du etwas zu verbergen?«

Neugierig schob Dina-Dorothee sich näher heran und spähte in die Kutsche.

»Wenn ich das Herrn Jensen erzähle, kriegst du Ärger«, prophezeite Mia-Mathilde. »Du weißt genau, dass wir nicht auf den Landauer steigen dürfen.«

»Blöde Petze«, sagte Luisa abfällig. »Was wollt ihr eigentlich?«

Dina-Dorothee stemmte die Arme in die Seite. »Aus meinem Putzkasten ist Geld verschwunden. Rate mal, wann! Richtig . . . als du allein im Stall warst . . .«

»Aber du hast sicher wieder keinen Fremden gesehen?«, erkundigte sich ihre Schwester anzüglich. »Wie kürzlich, als meine Reitweste verschwunden ist? Die ist übrigens immer noch weg.«

Luisa schwankte, ob sie sich mit den Nervis anlegen sollte oder nicht. Warum mussten die immer ihre Giftpfeile abschießen? Die Zwillinge glaubten doch wohl nicht im Ernst, dass sie, Luisa, heimlich durch den Stall schlich und stahl? Gab es überhaupt Beweise dafür, dass tatsächlich etwas gestohlen worden war? Luisa traute Mia und Dina zu, dass sie sich die Story ausgedacht hatten, um sich wichtig zu machen.

»Seltsam, dass immer nur bei euch etwas verschwindet«, sagte Luisa so kühl wie möglich und raffte die Klettendecke zusammen. Sie wollte den

Nervis nicht noch mehr Anlässe liefern, auf ihr herumzuhacken. »Komisch, bei Conny oder Jule oder Bastian fehlt nie etwas im Putzkasten.«

Sie warf den Kopf in den Nacken, stieg aus der Kutsche und drängte sich mit der Decke im Arm an den Zwillingen vorbei nach draußen.

Die Sonne kämpfte sich soeben durch den trüben Nachmittagsdunst. Luisa schützte die Augen mit der Hand, so hell war es auf einmal. Im fahlen Novemberlicht wirkte ihr Gesicht noch schmaler und ihr zurückgekämmtes dunkles Haar ließ sie zerbrechlich und anfällig aussehen. Kein Wunder, Luisa fand seit Tagen kaum Schlaf. Jede Nacht tauchte in ihren Gedanken der Vampir in der Heuluke auf. Schlief sie doch endlich ein, fuhr sie wenig später schweißgebadet wieder hoch.

»So eine Schweinerei . . . oh nein!«

Der wütende Aufschrei riss Luisa aus ihren Gedanken. Er kam aus der kleinen Stallgasse vor den Außenboxen. Sehen konnte man nichts, aber diese Stimme gehörte Jule Ahrend, daran gab es keinen Zweifel. Wenn Jule sich aufregte, brüllte sie wie am Spieß.

»Das gibt es doch gar nicht! Einmal lasse ich meine Putzbox draußen stehen und schon werde ich beklaut.«

Wie eine Furie schoss Jule Ahrend um die Ecke. Jedes einzelne rote Haar schien sich mit aufzuregen, so wild sah die Frisur aus. Anklagend hielt Jule Ahrend

Luisa und den Gerlach-Zwillingen ihre offene Putzbox hin. »Mein ganzes Geld ist weg. Dafür wollte ich ein neues Fohlenhalfter für M 2 kaufen. So eine Gemeinheit.«

M 2, das Fohlen von Jules Lieblingspferd Sally, randalierte in der Eckbox, als Jule brüllte. Sally steckte ihren braunen Kopf über die Tür und schnaubte ärgerlich. Ob sie sich wegen des Fohlenhalfters aufregte oder weil ihr Lieblingsmädchen so laut herumschrie, wusste man natürlich nicht.

»Ha . . . siehst du!«

Mia-Mathilde warf Luisa einen triumphierenden Blick zu. »Deine Jule . . .« – *Deine,* betonte sie – »ist auch bestohlen worden. Oder glaubst du, dass sie sich das ausgedacht hat?«

Luisa bekam plötzlich eine trockene Kehle. Die Sache wurde immer unheimlicher. Nein, sie hielt das Schweigen nicht länger aus. Aber vor den Nervis wollte sie nun wirklich nichts erzählen. Die waren die Letzten, die etwas von dem Vampirbesuch erfahren sollten. »Hast du heute Abend Zeit?«, fragte sie Jule mit dünner Stimme.

## 4. Kapitel

# Zeugen gesucht

»Bitte nicht in Reithosen aufs Bett setzen.«

Frau Ahrend, Jules Mutter, betrat das Zimmer ihrer Tochter mit einem Stapel Frotteehandtücher in der Hand.

Jule wäre am liebsten in den Erdboden versunken. Ihre Mutter besaß eine einmalige Gabe, sie vor ihren Freunden lächerlich zu machen. Vor zwei Minuten erst waren Luisa, Conny und Bastian direkt von Birkenhain zu ihr gekommen, um über die Diebstähle in der Reitschule zu sprechen.

»Mama!«, sagte Jule erbost. »Wir sitzen mit der Reithose *im Sattel* . . . und nicht auf dem Misthaufen.«

»Egal. Schmutz ist überall und hier riecht nachher wieder alles nach Pferd.«

Conny, Luisa und Bastian standen von der Matratze auf. Selbstverständlich trugen sie nur Socken. Ihre Reitstiefel standen in Reih und Glied vor Ahrends Haustür.

Mit Jules Mutter über Sauberkeit zu reden, hatte

keinen Zweck. Das Beste war, man ließ sie gewähren. Jule brauchte starke Nerven, um den Reinheitswahn ihrer Mutter zu ertragen. Frau Ahrend lebte in der Zwangsvorstellung, jeder Raum müsse klinisch rein sein. Das ganze Haus am Schwalbenweg 25 war blendend weiß ausgestattet – Wände und Marmorböden, Treppen und Türen. Mit einem Wort: Bei Jule zu Hause sah es aus wie in einem Operationssaal. Das Weiß knallte einem derartig in die Augen, dass Bastian kürzlich gelästert hatte: »Nächstes Mal bringe ich eine Schneebrille mit, sonst werde ich bei euch noch blind . . .«

Frau Ahrend beugte sich über das Bett und breitete die Duschhandtücher aus – selbstverständlich schneeweiße. »Denk doch mal daran, dass Papas Geschäftsfreunde gleich kommen. Was macht das für einen Eindruck, wenn die denken müssen, hier stehen zehn Pferde im Haus?«

Jule ging ans Fenster und trommelte gegen die Scheibe. Besaß ihre Mutter gar kein Fingerspitzengefühl? Merkte sie nicht, dass sie, Jule, mit den anderen lebenswichtige Dinge besprechen wollte? Und alles, woran ihre Mutter dachte, war, Betten abzudecken.

Bastian versuchte, die Sache zu entschärfen. »Aber Jules Zimmer liegt doch oben, Frau Ahrend. Unten bei Ihnen riecht man bestimmt nichts.«

»Aber sicher.«

Energisch strich Frau Ahrend die Auflagen glatt. »Der Stallgeruch zieht durch jede Ritze. Die Handtücher kann ich gleich schnell in die Waschmaschine stecken, bei der Matratze geht das ja schlecht.«

Wütend drehte Jule sich um und schlug auf den Bettrahmen. »Das ist so ungemütlich, wenn du immer alles abdeckst.«

Frau Ahrend richtete sich auf. »Wenn es nach dir ginge, würde dein Zimmer ja wohl mit Stroh eingestreut.«

»Oh ja, eine super Idee«, rief Conny kichernd und setzte sich betont vorsichtig auf die abgedeckte Matratze.

Frau Ahrend lachte.

Auch Jules Miene entspannte sich.

»Seit wann kommen denn Papas Kollegen abends?«, wollte sie wissen. »Reicht das nicht, wenn die sich den ganzen Tag über sehen?«

Jules Vater arbeitete bei der Bank des Einkaufszentrums. Jule verstand nicht, wie ein Mensch den ganzen Tag damit verbringen konnte, Bundesschatzbriefe und Goldbarren zu verkaufen. Aber das durfte sie ihrem Vater nicht allzu oft sagen, denn seine Antwort kannte sie im Schlaf: »Denk bitte daran, dass ich deine Reitstunden von meinem Bankgehalt bezahle.«

Wo er recht hatte, hatte er recht.

»Du weißt doch, die Bank hat Papa und drei Kollegen eine Ballonfahrt über Hamburg geschenkt. Für gute Arbeit im Wertpapiergeschäft«, fügte Frau Ahrend stolz hinzu. »Heute Abend wollen sie besprechen, welche Tage für den Ausflug infrage kommen.«

Jule schüttelte den Kopf. »Papa ist komisch. In so einen wackeligen Ballonkorb traut er sich hinein, aber an Pferde wagt er sich nicht heran.«

Schmunzelnd klopfte Frau Ahrend ihrer Tochter auf die Schulter. »Womit wir wieder beim Thema wären . . . Pferde.«

»Allerdings«, bemerkte Jule. »Wir müssen heute *auch* etwas besprechen.«

»Also gut.« Frau Ahrend drehte sich zur Tür. »Ich will euch nicht länger von euren wichtigen Gesprächen abhalten. Luisa, du siehst so verfroren aus, du kannst wohl einen heißen Kakao gebrauchen. Ihr anderen auch?«

Alle nickten. Eigentlich war Frau Ahrend nicht übel. Nur ihren Reinlichkeitsfimmel ertrug man schlecht, aber den verbuchten Jules Freunde großzügig auf das Konto »Erwachsenen-Krankheit«.

Endlich ging sie.

Jule lehnte sich sicherheitshalber von innen gegen die Tür, damit ihre Mutter nicht wieder hereinkonnte.

Alle Augen richteten sich auf Luisa.

»Schieß los!«, forderte Jule sie auf. »Was ist passiert?«

Luisa griff nach ihrem Zopf im Nacken und drehte das Ende in der Hand.

»Also . . . ich weiß gar nicht, wo ich anfangen soll.

Ihr denkt sicher, ich spinne. Aber ich spinne nicht, echt.«

»Los, erzähl endlich!« Conny buffte Luisa in die Seite. »Ich platze vor Neugier. Endlich passiert mal etwas im Stall und du behältst es für dich ... unmöglich.«

Luisa gab sich einen Ruck und setzte sich kerzengerade hin. »Also ... passt auf ...«

Am Anfang erzählte sie hektisch und ungeordnet, alles ging drunter und drüber. Die anderen riefen immer wieder Fragen dazwischen, um die Geschichte zu verstehen. Doch nach einigen Anlaufschwierigkeiten klappte es besser.

»... und heute dann die Sache mit den Kletten in Paulas Decke«, schloss Luisa. »Das heißt doch wohl, dass der Unbekannte die Macht hat, an Paula heranzukommen. Wer weiß, was er ihr nächstes Mal antut.«

Auf der Treppe hörte man Schritte. Jule räumte ihren Platz an der Tür und legte den Finger auf die Lippen. »Psst.«

Frau Ahrend drückte mit dem Ellenbogen die Klinke herunter und brachte ein Tablett herein, auf dem Kakao in weißen Porzellanbechern dampfte.

Die vier bedankten sich und schwiegen, bis Jules Mutter wieder verschwunden war.

Bastian nahm einen Schluck Kakao, wischte sich die Sahne von den Lippen und ergriff das Wort.

»Zusammengefasst heißt das: Connys Vampirmantel wurde gestohlen, ebenfalls Mia-Mathildes Reitweste, Geld aus Dinas Putzkasten und Geld aus Jules Putzkasten. Außerdem wurde Flecken-Paulas Satteldecke mit Kletten verseucht und Luisa massiv bedroht und . . .«

». . . und der Täter kennt sich total gut im Stall aus«, rief Conny dazwischen.

Jule nickte. »Genau. Sonst wüsste er nicht, dass eine von uns vor dem Voltigierunterricht immer allein im Stall ist.«

Luisa nickte. »Unseren Heuboden kennt er auch. Der hat gewusst, dass man sich aus der Dachluke nach draußen abseilen kann.«

Jule stellte ihren leeren Becher auf den Boden und schob ihn achtlos mit dem Fuß zur Seite, er kippte um. Die letzten Tropfen Kakao rannen auf den Teppichboden und hinterließen hässliche Flecke. Jule seufzte. Das würde nachher wieder schwere Vorwürfe geben. Aber das war jetzt nebensächlich. Sie wandte sich an Luisa.

»Wieso eigentlich ›er‹? Denkst du etwa, dass ein Junge unter dem Vampirmantel steckt? Ich nicht. Wisst ihr, was ich glaube? Es sind *doch* die Nervis. Das ganze Drama passt zu ihnen wie die Faust aufs Auge. Die wollen uns garantiert heimzahlen, dass wir beim Halloween-Ritt gelacht haben, als ihre Kürbisse zerplatzten.«

Luisa stöhnte.

»Nein, Jule, die Nervis können es nicht sein. Denk

doch mal nach: Als der Vampir das erste Mal aufgetaucht ist, kamst du gerade mit den Gerlach-Zwillingen im Stall an. Du hattest sie doch unterwegs getroffen.«

Unwillig stampfte Jule mit dem Fuß auf.

»Stimmt. Ein einwandfreies Alibi. Aber es wäre so schön gewesen . . .« Die nächste Stunde steckten die vier die Köpfe zusammen, beratschlagten und verwarfen einige Ideen.

Auf jeden Fall waren sich alle in einem Punkt einig: Die verhältnismäßig kleinen Diebstähle passten nicht zu dem Aufwand, den der Unbekannte betrieb. Wer nur etwas aus einem Putzkasten stehlen wollte, konnte das leichter haben. Die Putzboxen standen Tag und Nacht unverschlossen in der Stallgasse. Jeder konnte im Vorbeigehen hineingreifen und fand immer Bürsten, Halfter, Lederfett und etwas Geld.

Nein, die Beute war für den Dieb offensichtlich Nebensache. Der führte etwas anderes im Schilde: Er wollte Unruhe auf dem Reiterhof Birkenhain stiften. Das war ihm bereits gelungen.

Conny überlegte laut: »Die Killerbienen waren wütend, weil Jensen sie wegen der Kerzen zusammengestaucht hat. Was ist mit Ilona . . . oder Olivia . . . oder Senta . . . denen traue ich auch einiges zu.«

»Aber warum haben sie es dann auf *mich* abgesehen?« Luisa glaubte nicht an die Killerbienen.

Bastian fuhr sich durch sein blondes Stoppelhaar. »Wir müssen es Herrn Jensen sagen«, stellte er fest. »Gleich morgen nach der Schule. Die Sache läuft uns aus dem Ruder.«

»Oh nein, Bastian, sei kein Spielverderber!« Jule protestierte. »Das können wir auch alleine aufklären, ohne ihn.«

Conny war auch nicht begeistert von Bastians Vorschlag, Jensen einzuweihen. Plötzlich fiel ihr etwas Besseres ein, wie sie Luisa zur Seite stehen könnte.

»Wann hast du wieder Voltidienst, Luisa?«

»Übermorgen«, sagte Luisa. »Aber ich melde mich krank bei Herrn Jensen. Ich habe Angst.«

»Nein, warte mal . . . wann bist du normalerweise im Stall?«, wollte Conny wissen. »Gegen halb drei?«

Luisa nickte.

»Bei uns fällt übermorgen Bio aus, ich habe schon um ein Uhr frei . . . genial.«

Die vier heckten einen Plan aus. Luisa und Conny wollten sich am Voltigiertag im Stall auf die Lauer legen. Zeigte der Vampir sich tatsächlich, sollte Conny auf den Hof laufen und ihn abfangen, wenn er sich aus dem Dachfenster hangelte.

»Hauptsache, er sieht dich nicht vorher auf der Stallgasse«, sagte Luisa. »Sonst verschwindet er gleich wieder.«

Daran hatte Conny auch schon gedacht. Sie wollte sich dunkel anziehen und sich zu Rocky in die Box hocken.

Sie besprachen noch viele Einzelheiten, bis keine Frage mehr offen war.

Zufrieden verließen Bastian und die Mädchen kurze Zeit später Jules Zimmer. Auf Socken schlichen sie am Wohnzimmer vorbei. Drinnen diskutierten die Banker laut darüber, was man bei einer Fahrt im Heißluftballon anzieht.

»Die haben Sorgen . . .«, flüsterte Luisa.

Sie schlüpften in ihre Stiefel und machten sich mit ihren Rädern auf den Heimweg. Als sie sich an der nächsten Kreuzung trennten, rief Bastian hinter Conny her: »Lass dein Fahrrad übermorgen zu Hause! Wenn zwei Räder am Stall stehen, schöpft der Typ Verdacht.«

Am nächsten Tag kam Conny nicht in den Stall, weil sie zum Geburtstag ihres Opas eingeladen war. Eigentlich ging sie gern zu ihren Großeltern, aber an diesem Tag saß sie zwischen den Gästen wie auf heißen Kohlen. Nicht mal die sahnegefüllten Windbeutel, Connys Lieblingsgebäck, schmeckten ihr wie sonst. Sie merkte gar nicht, was sie aß, denn ständig schweiften ihre Gedanken zum Vampir ab.

Endlich kam der Voltigiernachmittag.

Conny stiebitzte ihrem Bruder ein langes dunkelgraues Sweatshirt, um unauffällig auszusehen. Wie verabredet machte sie sich um zwei Uhr zu Fuß auf den Weg nach Birkenhain.

Das flaue Gefühl in der Magengegend, das sie seit

dem Aufstehen verspürte, hatte sich zu Hause gelegt. Aber als sie vom Birkenweg in die Zufahrt von Jensens Reitschule einbog, spielte Connys Bauch wieder verrückt. Angst vor dem Spuk mischte sich mit der Vorfreude, den Vampir zu enttarnen.

Conny sah an sich herunter. Kein Grund zur Aufregung, sagte sie sich. Der Typ würde sie niemals entdecken in dieser Tarnkleidung! Nur ihr hellblondes Haar war ein Schwachpunkt. Sie fasste in die Tasche und tastete nach der grauen Strickmütze, die sie ebenfalls von ihrem Bruder »ausgeliehen« hatte. Für alle Fälle.

Auf dem Hof herrschte Mittagsruhe. Luisas Fahrrad, an eine Birke gelehnt, war das einzige Zeichen dafür, dass sich jemand in der Anlage aufhielt.

Conny ging um Jensens Bauernhaus herum und linste durch das Drahtgeflecht der Stalltür. Sie guckte direkt auf das braun-weiß gefleckte Hinterteil von Flecken-Paula. Luisa hatte die Knabstrupper-Stute in der Stallgasse angebunden und bearbeitete ihr Fell mit dem Striegel.

»Sssst, ssst«, machte Conny, um Luisa nicht zu erschrecken.

Trotzdem fuhr Luisa zusammen. Sie kam zur Tür und öffnete den vorgelegten Riegel.

»Gut, dass du kommst«, flüsterte sie erleichtert. »Ich habe ganz weiche Knie.«

Conny drückte ihr zuversichtlich den Arm. »Hast du schon etwas gesehen? Oder gehört?«

»Nichts.«

»Ich tauche in Rockys Box unter, okay?«

Conny schlüpfte durch die breiten Gitterstäbe zu Rocky, der sie mit gespitzten Ohren beobachtet hatte. Bereitwillig machte der schwarze Traber einen Schritt zur Seite, um sie hereinzulassen. Conny gab ihm ein Leckerli und kauerte sich in die hinterste Ecke seiner Box. Neugierig drehte er sich zu Conny um und schnupperte an ihrem Haar.

»So ein Mist«, knurrte Conny, aber nicht wegen Rocky, sondern wegen der Sonne, die durch die Stallfenster in die Boxen fiel. Ausgerechnet heute! Warum konnte es nicht so trüb und neblig sein wie an den Tagen zuvor? Trotz ihrer Tarnkleidung fiel Conny auf. Sie lugte aus ihrer Hocke zur Heuabwurf-Luke hinauf. Mit etwas Glück würde der Vampir sie trotzdem in der Ecke nicht sehen, mit etwas Pech aber doch . . .

Sie holte die Mütze aus der Tasche und setzte sie auf. Rocky hob den Kopf und schnaubte unwillig, im nächsten Moment drehte er die Ohren nach hinten. In den Boxen nebenan wurden Nappo und Ole aufmerksam. Auch mit Flecken-Paula ging eine Veränderung vor, ihr Rücken verspannte sich. Sofort ließ Luisa die Bürste sinken und sah furchtsam nach oben.

Plötzlich klopfte Connys Herz bis zum Hals. Lauerte der unheimliche Besucher auf dem Heuboden?

Bevor sie einen Blick auf die anderen Pferde werfen konnte, ging es los.

Von einer Sekunde zur anderen schoss der schwarze Vampir mit dem halben Körper aus der Luke. Mit schrillem Kreischen fuchtelte er in der Luft herum und schlug mit den Armen um sich.

Conny zuckte zusammen. Ein eisiger Schauer lief ihr über den Rücken. Trotz des Schrecks registrierte sie die weißen Schminkflecken auf dem Stoff. Mein Umhang, ging es Conny durch den Kopf.

»Krrr . . . huhuh«, heulte der Unbekannte und lachte höhnisch. Dann quäkte die verzerrte Metallstimme: »Ich habe die Macht. Du musst tun, was ich will, sonst . . .«

Rocky drehte sich wie ein Kreisel in seiner Box und schlug aufgeregt mit den Vorderbeinen. Conny versuchte, sich in Sicherheit zu bringen, aber da traf ein Huf sie am rechten Arm. Nicht wirklich schlimm, aber genau an der empfindlichsten Stelle – am Ellenbogen.

»Au!«, schrie Conny unwillkürlich. Mit schmerzverzerrtem Gesicht sprang sie aus dem Stroh auf und rieb sich den Arm.

Sofort stoppte die Metallstimme des Vampirs. Es klang, als schaltete jemand einen Kassettenrekorder ab. Danach polterte es auf dem Dachboden.

»Der flüchtet«, rief Luisa, die diesmal den Schreck schneller überwand als beim ersten Mal. »Hinterher, Conny! Ich bewache die vordere Tür.«

Conny stürzte aus Rockys Box über die Stallgasse zur Außentür und wollte sie aufstoßen. Doch der Unbekannte hatte diesmal vorgesorgt. Ein dicker Knüppel steckte quer in dem Drahtgeflecht und blockierte den Ausgang. Der knorrige Ast musste erst herausgezogen werden, bevor die Tür sich öffnen ließ.

»Mist, Mist, Mist!«

Conny schimpfte laut, während sie an dem Ast zerrte. Mit dem schmerzenden Arm dauerte das eine Weile! Endlich löste sich der Knüppel und die Tür flog auf. Conny flitzte um die Ecke.

Eine schlanke Gestalt mit schwarzer Jogginghose und schwarzen Turnschuhen hetzte den Weg zur Straße hoch. Die Kapuze der dunkelblauen Jacke war hochgezogen. Von hinten erkannte man beim besten Willen nicht, ob ein Mädchen oder ein Junge darunter steckte.

»Halt!«, schrie Conny. »Du bist entlarvt. Ich habe dich erkannt.« Sie bluffte nur, denn sie hatte niemanden erkannt. Aber vielleicht ließ der Flüchtende sich ja täuschen? Doch das Einzige, was Conny erreichte, war, dass der Jogger sein Tempo verstärkte. Mit hängender Zunge rannte Conny hinterher.

Keuchend hielt sie am Birkenweg an und starrte die Straße hinunter. Ihr Puls jagte. Keine Spur von dem unheimlichen Besucher. Enttäuscht drehte sie sich um und lief zum Stall zurück. Im ersten Stock des Bauernhauses ging Jensens Wohnzimmerfenster auf. Der Stallbesitzer steckte seinen Kopf heraus.

»Was ist da unten los? Spinnst du, hier so zu schreien? Ich hoffe, du hast eine vernünftige Erklärung dafür.«

»Habe ich . . . leider«, gab Conny außer Atem zurück.

»Ich komm herunter«, sagte Kai Jensen und schloss das Fenster.

»Schnell, kommen Sie mit nach oben.«

Conny zog Kai Jensen zur Bodentreppe, kaum dass er auf der Stallgasse erschienen war. »Es ist dringend, wirklich.«

Zusammen mit Luisa stürmte sie die Stufen hoch, und als sie die Eisentür zum Heuboden öffnete, rief Conny sofort: »Da bitte – der ist wieder durchs Fenster getürmt. Wie letztes Mal.«

Der offene Fensterflügel klapperte gegen den Rahmen.

»Kann mich vielleicht jemand aufklären?«, fragte Kai Jensen verwirrt.

Luisa übernahm das, sie hatte darin noch Übung von vorgestern.

Jensen hörte zunächst kopfschüttelnd zu. Dann bullerte er los. »Hat man denn nie Ruhe? Ständig ärgert sich einer über den anderen. Dann rächt sich der Nächste und so geht das weiter. Solange ihr euch untereinander fetzt, ist mir das egal. Aber wenn die

Pferde verrückt gemacht werden, ist das kein Scherz mehr, zum Donnerwetter. Also, raus mit der Sprache, Conny ... hast du vorhin jemand erkannt?«

Conny druckste herum. »Richtig erkannt nicht. Aber die Gestalt war ziemlich groß. Vielleicht ... wie die Killerbienen«, sagte sie zögernd.

Kai Jensen zog die Augenbrauen hoch. Der Blick bedeutete: Du behauptest das hoffentlich nicht nur, weil du die nicht ausstehen kannst.

»Natürlich will ich den Killerbienen nichts in die Schuhe schieben«, beeilte sich Conny zu sagen. »Ich ... ich meine ja nur, dass der Typ so groß ist wie Ilona oder Olivia. Oder ... vielleicht doch noch größer? Vielleicht ... so groß wie Bastian? Schwer zu sagen, wenn jemand nach oben läuft.«

Auf der Stallgasse unter ihnen wurde es lebhaft. Die Voltigiermädchen tröpfelten allmählich herein. Die Kinder tätschelten Flecken-Paula, die noch immer angebunden vor ihrer Box stand.

»*Wer* ist so groß wie ich?«

Bastian tauchte unter der Luke auf, legte den Kopf in den Nacken und rief nach oben.

»Der Vampir«, sagte Luisa.

»Habt ihr ihn etwa gefangen?«

»Leider nicht, aber Conny hat ihn gesehen. Von hinten.«

Kai Jensen beugte sich aus der Lukenöffnung und guckte zu Bastian hinab. »Holst du gleich mit Jule die Friesen von der Koppel? Ich habe Ankum und

Brinkum nach draußen gebracht. Ist so schön sonnig heute ...«

Eine mollige Frau drängte Bastian zur Seite und zeigte mit dem Zeigefinger nach oben. »Da oben stecken Sie also, Herr Jensen. Habe ich etwas von Spuk und Vampiren gehört? Was ist denn passiert?«

Jensen stieß einen unterdrückten Fluch aus. Doris Vogel! Das fehlte ihm noch. Die größte Plaudertasche im Stall. Wenn die etwas erfuhr, machte das so schnell die Runde, als würde man es ins Internet stellen.

»Kinderkram, Frau Vogel«, sagte er leichthin und lachte, um die Bedeutungslosigkeit zu unterstreichen. Doris Vogel schmollte, weil sie nicht eingeweiht wurde, und trollte sich.

Kai Jensen glaubte tatsächlich nicht, dass es mit dem Vampir etwas auf sich hatte. Natürlich, einen kurzen Moment dachte er an die Satteldiebe, verwarf den Einfall aber gleich wieder. Die würden nicht so ein Theater aufführen, sondern kommen und klauen und weg. Jensen freute sich im Stillen, dass er die Tür zur Sattelkammer mit dem neuen Schloss gesichert hatte.

Nein, dachte er, die Vampirnummer sieht nach einem Streich unter den Jugendlichen aus. Diesmal ging das allerdings entschieden zu weit.

Kai Jensen musterte Luisa Steffen. Der Spuk nahm sie offenbar ziemlich mit. Das Mädchen war immer noch aufgeregt und sicherte nach allen Seiten wie ein Pferd auf der Flucht.

Plötzlich griff Luisa nach Connys Arm. »Da . . . was war das?«

»Was? Ich höre nichts!«

Jensen hob den Kopf. »Psst, seid mal still . . . da war wirklich ein Geräusch.«

Tatsächlich. Draußen hörte man wütendes Fauchen. Kurz und kräftig. Danach herrschte Ruhe.

»Panther?«, flüsterte Luisa zitternd. Ihre Nerven lagen blank.

»Spinn nicht, Kleine!« Conny strich ihr beruhigend übers Haar. »In Hamburg gibt es keine Panther.«

»Doch, bei Hagenbeck. Vielleicht . . . entlaufen?«

Das Fauchen kam näher.

Kai Jensen stieg über die Strohballen zum Fenster und warf einen Blick nach draußen. »Da soll doch gleich . . .«, sagte er verdutzt.

## 5. Kapitel

# Der schwarze Blitz

Lautlos trieb ein leichter Westwind den roten Heißluftballon über das Alstertal. Vier Passagiere, alles Männer, lehnten am hochgezogenen Rand des Korbes und konnten sich nicht sattsehen. Unter ihnen glitzerte der Flusslauf der Alster. Die Schienen der U- und S-Bahn schoben sich wie silberne Bänder in die grünen Walddörfer. Aus dem Ballonkorb in 200 Metern Höhe sah die Landschaft aus wie eine riesige Modelleisenbahnanlage.

Eine U-Bahn schnurrte heran und fuhr in einen kleinen, hoch gelegenen Bahnhof ein.

»Ohlstedt«, sagte einer der Passagiere und zeigte nach unten. »Das ist doch der U-Bahnhof *Ohlstedt*. Oder etwa nicht, Peter?«

Der angesprochene Peter nickte.

Peter hieß komplett Peter Ahrend und war Jules Vater. Dass er heute in einem Ballon über Hamburg schweben würde, hatte er sich gestern nicht träumen lassen. Vielmehr schien es so, als ob die Ballonreise, ein Geschenk seiner Bank, dieses Jahr nicht mehr klappen würde. Bei Nebel und Sturm starteten die

Ballone nicht. Aber dann kam gestern Abend plötzlich der Anruf von der Ballonfahrt-Firma: »Die Wettervorhersage für morgen ist günstig. Können Sie um 14 Uhr hier sein?«

Und ob sie konnten!

Die Bank gab ihnen natürlich frei, die passende Kleidung lag bereit. Die vier Kollegen hatten zusammen eingekauft, in einem Laden für Überlebenstouren.

Und so standen sie jetzt mit perfekter Wildnis-Ausrüstung im Ballon. Die schlammfarbenen Trecking-Jacken waren eigentlich für Bergtouren im Himalaja gedacht. Die krokodilgrünen Hosen wären für ein Überlebenstraining am Amazonas hervorragend geeignet gewesen. Aber für eine Landung in Hamburg . . . na ja. Und die Lederstiefel mit hohem Schaft, bis zur Wade geschnürt, trug man normalerweise in der Wüste zum Schutz vor Skorpionen. Die schilfgrauen Wollmützen dagegen waren ein guter Kauf gewesen, denn sie schützten die Köpfe vor der Wärmestrahlung des Brenners, der den Ballon aufheizte.

Peter Ahrend hatte sogar ein Pfadfindermesser mitgenommen. Das musste er aber vor dem Start abgeben. »Spitze Gegenstände sind verboten«, hieß es.

Ein kräftiges Fauchen durchbrach sekundenlang die Stille. Der Pilot betätigte den Gasbrenner, der die Luft in der roten Hülle in kurzen Abständen aufwärmte. Sofort stieg der Ballon höher.

»Da, der Duvenstedter Brook.«

Peter Ahrend lehnte sich nach vorn. Wie ein wilder Urwald sahen die Ausläufer des Naturschutzgebietes unter ihm aus. Die kahlen Äste der uralten Laubbäume spiegelten sich in den lang gezogenen Teichen, das erkannte man bis oben.

Eine Schulklasse kam ins Blickfeld. Die Kinder sprangen hoch und winkten. »Hallo, Ballon«, riefen sie nach oben.

Der Ballon fauchte und glitt weiter über den wolkenlosen Himmel, Kurs Südost. Unten auf der Landstraße entdeckten die Ballonfahrer den roten Begleitwagen mit Anhänger, der dem Ballon folgte. Das Auto sammelte die Passagiere nach der Landung ein und brachte den Ballon zum Startplatz zurück. Über Funk war der Fahrer mit dem Piloten verbunden. Mehr als eine Stunde dauerte die Fahrt durch die Lüfte jetzt schon.

»Vielleicht kommen wir sogar bis nach Großmoorstedt«, hoffte Peter Ahrend. Er richtete seinen Camcorder auf die Mühle unter sich. »Das wäre natürlich ein Knüller, wenn ich fast zu Hause landen könnte.«

Der Pilot schob seine schwarze Baseballkappe zurück und wiegte den Kopf.

»Möglich ist das, aber Sie wissen ja . . .«

Er unterbrach den Satz, weil das Fauchen des Brenners ohnehin jedes Wort verschluckte. ». . . den Landeplatz bestimmt der Wind. Wir suchen uns eine schöne Weide aus. Die Kühe und Pferde sind um diese Jahreszeit schon wieder im Stall.«

Da irrte der Pilot – aber das wusste er erst zehn Minuten später. Erst einmal nahm der Ballon Kurs auf den Lottbacher Teich. Kurz davor wurde er leicht nach Süden getrieben.

»Scheint so«, sagte der Pilot, »als ob wir tatsächlich in Großmoorstedt landen. Wie bestellt . . .«

Er betätigte den fauchenden Brenner. Es gehörte eine Portion Erfahrung dazu, den Ballon weich herunterzubringen, und die besaß er. Abgeerntete Äcker und ausgedehnte Wiesen kamen jetzt dichter heran.

Unter sich erkannten die Männer nun einen gelben Feldweg, auf den von einem Seitenpfad zwei Reiter einbogen. Vergeblich versuchten die beiden, ihre Pferde unter Kontrolle zu bringen. Als der Ballon über den beiden Schimmeln fauchte, rissen sie ihre Köpfe hoch und gingen durch. In heller Panik sprangen die Pferde zur Seite und galoppierten auf einen Acker. Selbst ein Laie erkannte, dass es eine Frage von Sekunden war, bis die Reiter aus dem Sattel flogen.

Peter Ahrend wurde blass. »Meine Tochter reitet hier in der Gegend . . .«

Der Pilot winkte ihm beruhigend zu. »Feuern muss ich. Aber für Notfälle habe ich den Kuhbrenner, der ist nicht so laut. Den ziehe ich, wenn Tiere unter mir sind. Meistens sind das Kühe, darum heißt das Ding so.«

Der Kuhbrenner fauchte tatsächlich viel leiser,

höchstens wie ein ganz kleines Pantherjunges. Die Pferde beruhigten sich und ließen sich wieder auf den Reitweg lenken.

Der Ballon schwebte über eine niedrige Fichtenschonung, dahinter lagen einige Wiesen.

»Fertig machen zum Landen«, kommandierte der Pilot. »Rechts und links an den Griffen festhalten . . . nein, nicht am Korbrand. Füße eng nebeneinanderstellen. So, jetzt in die Hocke gehen. Leicht in den Knien schwingen.«

Peter Ahrend fühlte ein leichtes Ziehen im Bauch. In der Hocke konnte er nicht sehen, wie die Dinge sich entwickelten. Einen Moment verwünschte er es, in den Ballon eingestiegen zu sein. War er von allen guten Geistern verlassen, sich auf diese vorsintflutliche Reise einzulassen? Wenn der Korb sich nun überschlug? Und er sich die Beine brach?

Plötzlich ein sachter Stoß – der Korb stand. Eine butterweiche Landung. Keine Schlagseite, kein Kippeln, kein Rumpeln oder Weiterhüpfen.

»Dürfen wir Beifall klatschen?«, fragte Peter Ahrend. Er atmete auf, denn er wusste nicht, dass das echte Abenteuer erst noch bevorstand.

»Nett gemeint . . . aber lassen Sie lieber Ihre Hände an den Griffen«, sagte der Pilot und zog an einer Leine. Luft entwich aus dem Ballon. Die Nylonhülle verlor ihre pralle Rundung und schlaffte deutlich ab. »Wir müssen erst sicher stehen.«

»Bitte bleiben Sie angeschnallt, bis das Zeichen

über Ihnen erlöscht«, schnarrte Peter Ahrend ausgelassen.

Die anderen lachten. Einmal darüber, wie gut ihr Kollege eine Stewardess nachahmte. Aber natürlich lachten sie auch vor Erleichterung, weil sie wieder festen Boden unter den Füßen hatten.

Der Pilot beugte sich vor und spähte den Sandweg hoch, der auf einen bäuerlichen Hof führte. »Hoffentlich kommt unsere Boden-Crew bald. Fürs Abrüsten brauche ich Hilfe.«

Nach und nach entleerte sich nun die Luft aus dem Ballon. Die rote Hülle sackte in sich zusammen. Im Schneckentempo sank sie zur Erde und blieb lang gestreckt vor dem Korb liegen.

Der Pilot sprach über Funk mit seiner Boden-Crew, die mit ihrem Auto im dichten Berufsverkehr steckte. Gerade schätzte er ab, ob seine Passagiere schon aussteigen konnten, da war plötzlich der Teufel los. Zum Aussteigen kam niemand mehr.

Peter Ahrend setzte einen Wüstenstiefel in den unteren Tritt des Korbs, da fegte plötzlich ein schwarzer Orkan auf den Ballon zu.

»Vorsicht, Peter!«

Der Aufschrei seiner Kollegen durchfuhr Herrn Ahrend wie ein Blitz. Hastig zog er den Fuß zurück und drängte sich zu den anderen, die an die hintere Korbwand zurückwichen.

Die Bankangestellten klammerten sich am Korb fest. Die vier zitterten wie kleine Jungen. Männer, die sonst nicht so schnell ins Schwitzen kamen. Männer, die gelassen blieben, wenn sie im Ballon hoch über der Erde schwebten, wenn der Aktienkurs ins Bodenlose stürzte oder wenn der HSV bei einem Heimspiel verlor.

Was war passiert?

Aus dem Schutz der dunklen Baumgruppe war urplötzlich ein pechschwarzer, mächtiger Friesenwallach auf sie losgestürmt. Ein paar Meter vor dem Ballon blieb das Pferd aus vollem Tempo stehen und stieß mit geblähten Nüstern aufgeregte Schnorchellaute aus. Dann jagte der Friese im Galopp um die halb entleerte Ballonhülle herum. Sein Schweif stand ab wie eine Fahne. Tänzelnd kreiste er den »Eindringling« ein. Selbstbewusst warf das Pferd den Kopf mit der imposanten Mähne hoch.

»Das habe ich noch nie erlebt«, murmelte der Pilot. »Mit dem möchte ich mich nicht anlegen.«

Der Friese geriet immer mehr in Rage, sein Fell glänzte vor Schweiß. Er wirkte wild entschlossen, jeden einzelnen Grashalm seiner Weide zu verteidigen.

»Da drüben steht noch einer, an der Böschung«, flüsterte Peter Ahrend, als er sich nach dem ersten Schreck genauer umsah. Der zweite Friese verharrte in Habachtstellung am Ende der Weide, die Ohren nach vorne gerichtet. Der Ballonpilot hatte die schwarzen Pferde in ihrem Versteck unmöglich von oben entdecken können. Peter Ahrend stutzte und sah noch einmal über die Schulter.

»Aber . . . das ist doch . . .«, sagte er verdutzt. »Birkenhain! Klar, hinter uns fließt der Lottbach . . . und da oben liegt der Stall. Hier reitet meine Tocher Julia. Ich werde verrückt.«

Mit fliegenden Fingern hantierte er an seiner Kamera und filmte das aufgebrachte Pferd. »Dann muss das einer der Friesen sein, Ankum oder Brinkum. Meine Tochter schwärmt immer davon, wie lieb die sind . . .«

»Ja, wenn die so harmlos sind . . . dann steig du doch aus, Peter, und lenk sie ab, damit wir hier wegkönnen«, schlug sein Kollege mit schiefem Grinsen vor. »Wer weiß, wie lange unser Begleitwagen noch braucht.«

Peter Ahrend hätte sich am liebsten auf die Zunge gebissen. Warum hatte er das mit den »lieben Friesen« überhaupt gesagt? Jetzt musste er sehen, wie er aus der Sache herauskam. Peter Ahrend schluckte. »Ich habe Angst« . . . nein, das kam ihm nicht über die Lippen. Als Feigling wollte er, der Leiter der Abteilung, nicht vor den anderen dastehen.

Energisch zog Peter Ahrend seine Mütze tiefer in die Stirn und machte einen Schritt auf den Korbrand zu. Aber das wertete Ankum – der war es tatsächlich – als Angriff.

Sofort legte er die Ohren an und giftete ihn mit gebleckten Zähnen an. Pferde machen sich nämlich nichts daraus, ob jemand ein wichtiger Boss ist oder nicht. Aber das wusste Herr Ahrend nicht. Unverrichteter Dinge stellte er sich wieder zu den anderen »Geiseln in ihrer Wildniskleidung«, die Ankum im Korb gefangen hielt.

So war die Lage, als Jule und Bastian mit zwei Stricken in der Hand zur Waldkoppel rannten. Vom Hof aus hatten sie den Ballon gesehen und gleich geschaltet, woher das »Pantherfauchen« kam. Jule wusste bis zu diesem Zeitpunkt nicht, dass auch ihr Vater von Ankum in Schach gehalten wurde.

»Bleiben Sie im Korb«, rief sie den Männern zu. »Wir holen die Pferde von der Weide.«

»Julia . . .«, schrie Peter Ahrend.

»Papa . . .?«

»Ja . . . ich bin's. Vorsicht, Julia! Geh bloß nicht an das Pferd heran. Der Kerl ist lebensgefährlich.«

»Quatsch, Papa«, rief Jule lachend und ging mit ausgestreckten Händen und einer Möhre auf Ankum zu. »Komm, Dicker, spiel dich nicht so auf!«

Tänzelnd ließ der Friese sich den Strick ins Halfter klinken und schnappte nach Jules Möhre, ließ sie aber halb angebissen fallen. Ankum regte sich immer noch mächtig auf. Jule gelang es trotzdem, das Pferd halbwegs zu bändigen. Sie senkte ihre Stimme und wiederholte in einem fort »hoh, hoh, hoh«, wie es Kai Jensen machte, wenn er nervöse Pferde beruhigen wollte. Ankum folgte ihr zwar, schlug aber unentwegt mit einem Vorderhuf und schnaubte. Der Friese stand von der Mähne bis zum Schweif unter Hochspannung. Schließlich steppte er mit Seitwärtsschritten an dem Hindernis vorbei.

Bastian holte inzwischen Brinkum, der einen großen Bogen um den Ballon schlug. Er hatte mehr Respekt vor dem roten Ungetüm als Ankum.

»Bis später, Papa«, rief Jule nach hinten.

»Ein Teufelsmädchen, Ihre Tochter«, sagte der Pilot anerkennend.

»Ja, das ist sie wohl«, murmelte Peter Ahrend. Er sah ihr nach, wie sie furchtlos und energisch mit dem herumspringenden Pferd zum Stall ging. Bisher hatte er Jule selten bewundert, aber jetzt stieg seine Hochachtung vor ihr. Wenn sie nächstes Mal eine Mathearbeit verhauen würde, wollte er nicht nörgeln, nahm Herr Ahrend sich vor. Offensichtlich besaß seine Tochter andere Talente als er ...

Der Pilot nahm die Baseballkappe vom Kopf und wischte sich die Schweißperlen von der Stirn.

»Die Ballontaufe haben Sie sich jetzt redlich verdient.«

Behände stieg er über den Rand des Korbes. »Unser Begleitwagen kommt jede Minute. Ich glaube, wir alle können jetzt ein Gläschen Champagner gebrauchen.«

Während die Boden-Crew auf der Weide noch mit dem Abrüsten des Ballons beschäftigt war, ging im Stall das Rätselraten um den Spuk weiter.

»Ein Unglück kommt selten allein«, dozierte Kai

Jensen, als er mit Jule und Bastian die Friesen wieder in ihre Boxen gebracht hatte. »Wenn einmal der Wurm drin ist, dann kommen noch 100 Sachen dazu.«

Er meinte außer dem Spuk den Ballon, der erst Luisa und dann seine Friesen in Aufruhr versetzt hatte. Und den Begleitwagen, der mit seinen dicken Reifen das gute Futtergras platt walzen würde. Und Doris Vogel, die seit einer Stunde um ihn herumstrich wie Blaumann um eine Dose Katzenfutter. Diese Frau war die Neugierde in Person. Er könnte seinen gesamten Stall darauf verwetten – sobald die Vogel nur einen einzigen Satz über den entflohenen »Geist« aufschnappte, würde sie den aufbauschen und den ganzen Stall mit ihren Fantasiegeschichten verrückt machen.

Und genau so passierte es ...

## 6. Kapitel

# Können Mäuse fliegen?

»Schluss jetzt mit der Spukerei!«, sagte Kai Jensen und setzte sich zu Jule, Conny und Bastian auf die Bank am Ende der Stallgasse.

Seit dem Vorfall mit dem entflohenen »Geist« und der Ballonlandung vor zwei Tagen erzählte Doris Vogel Schauergeschichten im Stall, ohne irgendetwas zu wissen.

»So geht das nicht weiter. Mein ganzer Reitbetrieb kommt ja durcheinander. Jule, gib mir doch mal den Stiefelknecht herüber!«

Mit einem gezielten Tritt schob Jule ihm die eiserne Ausziehhilfe zu.

Jensen bückte sich, klemmte die Ferse hinein und befreite sich mit einem Ruck von den engen Lederstiefeln. Er angelte seine Turnschuhe unter der Bank hervor und zog sie an.

Soeben hatte Jensen den Reitunterricht mit einer Gruppe Erwachsener beendet, auch Doris Vogel war dabei. Bis zum Abendtermin standen für ihn jetzt zwei Stunden Pause auf dem Programm. Die Reiter hatten ihn vorhin ganz verrückt gemacht. Alle wollten mehr über den Spuk wissen.

»Wenn das Theater nicht bald vorbei ist, wird mein Stall noch zur bekanntesten Horrorbühne Hamburgs«, stöhnte Jensen.

»Allerdings«, sagte Bastian. »Aber wie befiehlt man einem Gespenst, mit dem Herumgeistern aufzuhören?«

Jensen fuhr sich durchs Haar.

»Indem ich den Spukgeist finde und ihm die Hammelbeine lang ziehe. Dass der Störenfried ein guter Bekannter auf Birkenhain ist, steht ja wohl fest. Oder glaubt einer von euch an Vampire?«

Nein, niemand glaubte an Vampire. Höchstens ein ganz klein bisschen.

»Dann mal los«, sagte Herr Jensen, schlug sich auf die Oberschenkel und stand auf. »Wir durchsuchen den Heuboden. Ich bin es leid. Wir *müssen* dort eine Spur finden. Ich wette, dass dieser Dracula-Mantel oben versteckt ist.«

Er ging an den hohen Schrank mit Werkzeugen, der hinten auf der Stallgasse stand. Jensen steckte den Kopf hinein und wühlte in dem Durcheinander nach Taschenlampen.

»Frag mal die Erwachsenen draußen, ob sie beim Suchen helfen, Conny«, dröhnte es dumpf aus dem Schrank.

»Mache ich.« Conny sprang auf.

Weißer Nebel stand wie eine Mauer auf dem Hof,

als sie nach draußen kam. Obwohl die drei angebundenen Pferde nicht mehr als zehn Meter entfernt waren, sah Conny sie nur wie durch eine Milchglasscheibe.

Sie schüttelte sich. Ungemütliches Wetter. Die Feuchtigkeit drang durch Pullover und Jacken.

Conny unterdrückte ein Grinsen. Sie wusste genau, wie sehr die Erwachsenen es hassten, bei schlechtem Wetter draußen zu putzen. Aber Kai Jensen kannte kein Erbarmen. Er legte Wert darauf, dass seine Vierbeiner möglichst viel an der frischen Luft standen. Außerdem sollte der Putzstaub nicht in den Boxen landen, wo seine Pferde ihn einatmen mussten.

Steffi Keck, eine fröhliche Frau im Alter von Connys Mutter, packte gerade Bürste und Striegel weg, um Sally in die Box zu ihrem Fohlen zu bringen.

Das Putzzeug von King Louis lag auf dem Boden, fast verschluckt vom Nebel. Fritz Voss, der den Herdenchef vorhin geritten hatte, verwöhnte ihn jetzt mit Nackenkraulen. Der King senkte entspannt den Kopf und ließ die Unterlippe hängen. Die einzige Unruhe auf dem Hof kam von Lotta. Die braune Stute zickte herum und tippelte am Strick hin und her. Das erlaubte sie sich nur bei Doris Vogel. Im Grunde gehörte Lotta zu den bravsten Schulpferden auf Birkenhain. Kein Wunder, dass die schrille Vogel-Stimme Lottas Nerven strapazierte. »Lass das!«, »Hör auf!, »Nein, das will ich nicht« – in einer Tour schimpfte die Vogel mit dem Pferd herum.

»Hilft einer bei der Suche nach dem Gespenst?«, fragte Conny laut über den Hof.

Die drei Erwachsenen lachten, selbst Frau Vogel.

»Nein wirklich«, sagte Conny. »Kein Scherz. Herr Jensen will den Heuboden auf den Kopf stellen.«

»Ich komme.«

Fritz Voss schob King Louis eine Möhre zwischen die Zähne und führte ihn in den Stall.

»Ich auch«, sagte Steffi Keck und verriegelte die Boxentür hinter Sally und M 2.

»Auf den Heuboden wollt ihr? Gibt es da Mäuse?«, fragte Frau Vogel misstrauisch. »Also, wenn es Mäuse gibt, komme ich nicht mit. Mäuse sind grauenvoll.«

Conny warf Frau Keck einen Blick zu und verdrehte die Augen. Die Vogel hatte sie überhaupt nicht auf der Rechnung gehabt. Conny dachte daran, wie oft Doris Vogel sich schon zum Helfen in den Vordergrund gedrängt, dann aber nur Mist gebaut hatte.

»Klar gibt es Mäuse«, sagte Conny hoffnungsvoll. Sie selbst mochte Mäuse gern leiden. Als Tierschützerin fand sie überhaupt kein Tier eklig, nicht einmal Spinnen, Schlangen und Nacktschnecken. Aber um Frau Vogel die Sache zu vermiesen, war jedes Mittel recht.

»Jede Menge Mäuse gibt es auf dem Dachboden«, fuhr Conny fort. »Große Biester, gefräßig und ausgehungert. Alle ganz schnell und geschickt. Die flitzen einem nur so über die Füße und kriechen blitzartig in die Hosenbeine.«

Mit gespreizten Fingern fuchtelte Conny vor Doris Vogels Gesicht, bis die Frau ärgerlich den Kopf wegdrehte. Steffi Keck hustete, um ein Lachen zu unterdrücken.

»Conny«, donnerte Herr Jensen, der gerade aus der Tür kam, auf dem Arm eine Kiste mit Taschenlampen, Reste von Halloween. »Wie oft habe ich euch Mädchen schon gesagt, ihr sollt meine Erwachsenen in Ruhe lassen! Hier . . .«, Jensen hielt Conny den Karton hin, »nimm dir eine Taschenlampe und verschwinde auf den Dachboden. Zu den anderen.«

Insgeheim musste Jensen sich das Lachen verkneifen. Aber er konnte nicht dulden, dass seine Jugendlichen frech wurden.

Conny schnappte sich eine silberne Lampe und machte eine Kehrtwendung Richtung Stallgasse.

Als sie die Bodentreppe heraufkam, krochen Jule und Bastian schon zwischen Strohballen herum und leuchteten in jeden Winkel. Zwei Killerbienen waren leider auch gekommen, Ilona und Olivia.

Mit gerunzelter Stirn schob Conny die Gurtbezüge beiseite, die zum Trocknen auf der Wäscheleine hingen.

Die Killerbienen! Die »Großen«, 16 und 17 Jahre alt, knackten schwer daran, dass sie nicht mehr die Macht hatten. Ständig versuchten sie, die Herrschaft wieder an sich zu reißen, indem sie sich bei jeder Gelegenheit einmischten. Hatten die nicht genug damit zu tun, Jungen anzubaggern?

»Was wollt ihr hier finden ... Männer?«, fragte Conny grinsend. »Da könnt ihr suchen, bis ihr Schimmel ansetzt.«

»Spiel dich nicht so auf, Conny Clasen!«, fauchte Ilona und befreite ihr blondes Haar von ein paar Strohhalmen.

»Warum lässt du das Stroh nicht drin, Ilona?«, lästerte Bastian von Weitem. »Hast du Angst, dass jeder denkt, es wächst aus deinem Kopf?«

Die Bodentür knarrte. Man hörte die Stimme des Stallbesitzers. Conny legte beschwörend den Finger gegen die Lippen und alle hielten den Mund. Herr Jensen hasste Sticheleien.

Jensen schloss als Erstes die Klappe über der Heuluke, dann teilte er den Dachboden in verschiedene Bezirke ein. Jeder sollte zwischen die Ballen leuchten und das Stroh anheben. Da musste doch etwas zu finden sein, hoffte er.

»Conny, du übernimmst das Stück bei der Leine, Bastian und Jule die anschließenden Teile bis zum Fenster, die Killerbie..., äh, Ilona und Olivia ... fahnden in der Mitte. Frau Vogel, Frau Keck und Herr Voss ... Sie nehmen die Außenseite.«

Tatsächlich hatte Frau Vogel sich überwunden mitzukommen. Jensen selbst übernahm den Dachstuhl.

Seine Halogen-Taschenlampe warf lange helle Streifen auf das Gebälk und die Dachpfannen. Sorgfältig leuchtete Jensen Balken für Balken ab. Wenn man den Vampirumhang schmal faltete, konnte er auf einem Balken versteckt werden. Jensen entdeckte aber keinen herabhängenden Zipfel.

In den Winkeln des Gebälks zeichneten sich Hunderte von weißen Spinnennetzen ab. Wo der Lichtschein hintraf, entstand leise Unruhe. Motten und Käfer fühlten sich gestört und tauchten eilig unter. Ab und zu huschte etwas kleines Braunes an Jensens Füßen vorbei und verschwand hastig. Das geschah fast lautlos, aber Doris Vogel mit ihrer krankhaften Angst vor Nagetieren hörte es doch.

»Mäuse«, schrie sie und erklomm in Panik den obersten Strohballen.

»Habe ich doch gesagt«, triumphierte Conny und sah zu ihr hinauf. »Lauter ausgehungerte Monster, die in jedes Hosenbein kriechen und . . .«

»Noch ein Wort und du bekommst Heuboden-Verbot«, rief Herr Jensen herüber und drohte Conny mit der Stablampe.

»Schon gut«, murmelte Conny und zog den Kopf ein.

Die Gespensterjäger suchten weiter. Kaum ein Ton war zu hören. Wenn man einmal vom Ächzen von Frau Vogel absah, das sich wie ein knarrender Ast im Sturm anhörte.

Kleine Lichtkegel glitten über den Strohvorrat. Jeder hatte in seinem Suchbezirk damit zu tun, die schweren Strohballen anzuheben und in die Ritzen zu gucken.

Mindestens 20 Minuten vergingen, ohne dass auch nur der Schatten einer Spur zu entdecken war.

Dann meldete Jule plötzlich aufgeregt: »Hier liegt etwas. Kann mir mal jemand helfen . . .«

Bastian kletterte zu ihr hinüber. Er wuchtete ein paar Ballen zur Seite und zog gemeinsam mit Jule an dem dunklen Stück Stoff. Aber die beiden zerrten nur ein altes blaues Handtuch hervor.

»Pleite«, sagte Jule enttäuscht.

Etwas später jubelte Conny, weil sie etwas Stoffähnliches unter dem Stroh gefühlt hatte. Leider auch zu früh. Sie beförderte nur einen vergessenen Führstrick zum Vorschein.

»Pleite Nr. 2«, stellte Jule fest.

Die Sonderkommission »Spukabwehr« arbeitete weiter.

Allmählich wurden die Taschenlampen matter, die Batterien gaben auf. Nur die von Herrn Jensen brannte hell wie Tageslicht. Aber er musste ja auch ganz bis oben unters Dach leuchten. Ab und zu hustete jemand. Conny musste ständig niesen.

Von der schrägen Dachseite kamen Fritz Voss und Steffi Keck zu Kai Jensen zurück.

»Endlich verstehe ich die Redensart *eine Stecknadel im Heuhaufen suchen*«, sagte Herr Voss und klopfte sich den Staub von der Reithose. »Genauso gut könnte man sagen: einen Vampirmantel im Strohhaufen suchen.«

»Stimmt«, meinte Steffi Keck. »Bei den über 1.000 Ballen etwas zu finden – das ist unmöglich.« Sie zuckte die Achseln.

»Die Erwachsenen geben auf«, stellte Conny fest. »Also Pleite Nr. 3.«

»Von wegen aufgeben – ohne mich«, ließ Frau Vogel sich aus ihrer Ecke vernehmen. »Gerade habe ich etwas entdeckt. Ein Geheimnis vielleicht . . . Herr Jensen?«

»Ja, was ist dahinten?«

»Wussten Sie, dass hier in der Ecke ein kleiner Verschlag liegt? Mit einem Vorhängeschloss abgeschlossen?«

»Hört sich an, als hätte sie einen Milliardenschatz entdeckt«, flüsterte Jule.

»Wehe«, gab Bastian leise zurück. »Ausgerechnet die.«

Herr Jensen seufzte.

Sicher wusste er das. Auf seinem Dachboden gab es für ihn keine Geheimnisse. Er löste sein umfangreiches Schlüsselbund vom Hosenbund und suchte den kleinsten Schlüssel heraus. Kai Jensen hielt das Schlüsselbund in die Höhe und klimperte damit.

»Weiß ich, Frau Vogel, weiß ich. Hier ist der Schlüssel. Da kann niemand herein. Ist immer abgeschlossen.«

»Was haben Sie denn dahinter versteckt, Herr Jensen?«, fragte Conny.

Der Stallbesitzer winkte ab. »Gar nichts. Das ist nur eine niedrige Abseite, direkt unter den Dachpfannen. Manchmal ist es feucht dort, an einer Stelle kommt Regen rein. Der Wind drückt ihn durch die alten Dachpfannen. Ich will die Feuchtigkeit nicht im Heu haben, sonst verschimmelt mir alles.«

Letztes Jahr hatte Herr Jensen darum die paar Meter an der Dachseite mit Brettern abgeteilt, mit einer einfachen Lattentür und einem Vorhängeschloss versehen.

»Aber warum haben Sie denn abgeschlossen?«, wollte Jule wissen.

»Damit keiner auf die Idee kommt, doch ein paar Ballen Heu reinzuschieben, die dann schimmeln. Man muss ja mit allem rechnen.«

»Aber nachgucken kann man doch trotzdem«, krähte Doris Vogel von ihrem Platz an der Abseite. Ihre Stimme zitterte vor Vorfreude, das unheimliche Geheimnis zu lüften. Über ihren Geltungsdrang vergaß Frau Vogel alles. Selbst ihre Angst vor Mäusen.

»Himmel, hoffentlich findet sie nichts«, sagte Jule leise zu Bastian. »Sonst läuft sie jahrelang im Stall herum und erzählt von ihren Heldentaten. Wie sie Reiterhof Birkenhain von einem unheimlichen Spukgeist befreite.«

Es war klar, dass die Vogel keine Ruhe geben würde, bis sie in den Verschlag geguckt hatte.

»Meinetwegen.« Kai Jensen gab nach. »Aber stoßen Sie sich nicht den Kopf. Das Dach ist niedrig da drinnen und geht schräg weg.«

Die anderen unterbrachen ihre Suche. Doris Vogel allein in einer düsteren Abseite? Das wollte sich niemand entgehen lassen. So richtig verstand man es nicht, was diese Frau trieb, die schon hysterisch wurde, wenn sie einen Regenwurm sah.

Über die Strohballen hinweg stiegen Jensen, Conny und die Killerbienen zur linken Dachseite hinüber. Jule und Bastian mussten sich flach hinlegen und robben, so hoch türmte sich der Strohvorrat vor ihnen.

Jensen machte Platz vor der kleinen Brettertür, schloss das eingehängte Vorhängeschloss auf und nahm es aus dem Bügel. »Bitte sehr«, sagte er zu Frau Vogel und machte eine einladende Handbewegung.

Frau Vogel blieb am Eingang stehen und spähte vorsichtig in die Abseite. Nichts als Dunkelheit. Sie warf einen Blick in die Runde. Vor dem halben Reitstall konnte sie jetzt keinen Rückzieher mehr machen, ohne ausgelacht zu werden. Sie schluckte, zog den Kopf ein und ging zögernd ein paar Schritte in die düstere Kammer. Ihre schwache Taschenlampe beleuchtete gerade den nächsten Meter vor ihr auf dem Fußboden.

Die anderen lehnten sich außen an die Wand und pressten die Ohren an die Bretter, hinter denen

Frau Vogel verschwunden war. Sie lauschten gespannt.

Eine Zeit lang blieb alles ruhig. Dann hörte man ein leises, gleichmäßiges Geräusch. Als ob jemand mit den Fingern Holz berührte. Frau Vogel, die sich an den Dachlatten entlangtastete? Oder waren es ihre Zähne, die vor Angst klapperten?

»Bestimmt entdeckt sie gleich eine Maus und kreischt wie blöd«, flüsterte Conny.

Da drang auch schon ein gellender Schrei aus der Kammer! »Na bitte«, sagte Conny zufrieden.

Man hörte, wie Frau Vogel drinnen wild um sich schlug und gegen die Latten polterte.

»Weg, weg«, zeterte sie. »Geht weg!«

Sofort war Herr Jensen an der Tür. »Was ist los? Frau Vogel? Wo stecken Sie?«

Er entdeckte ihre matte Taschenlampe auf dem Fußboden, die ihr beim Umherspringen aus der Hand gefallen war.

»Hilfe, Hilfe! Sie bringen mich um.« Ihre Stimme überschlug sich.

Conny, Jule und Bastian drängten sich an die Seite von Kai Jensen, um etwas zu sehen, da stürzte Frau Vogel auch schon heraus. Wie eine Furie ruderte sie mit den Armen, griff immer wieder in ihren Kragen und fuhr sich hektisch durch die Haare. »Tür zu . . . macht doch die Tür zu!«

Frau Vogel warf sich gegen die Lattentür und schnappte nach Luft. Jammernd streckte sie ihren

Arm aus und zeigte auf den Zeigefinger, an dem ein Blutstropfen zu sehen war.

»Hier spukt es wirklich«, keuchte sie. »Vampire ... sie haben mich angefallen und gebissen ... hier, es blutet noch. Es war so grauenvoll.«

»Na, na, Frau Vogel.« Beruhigend klopfte Kai Jensen ihr auf die Schulter.

»Huch«, kreischte sie und sprang zur Seite.

»Ganz ruhig«, wiederholte Herr Jensen geduldig. »Wir gucken nach. Mit meiner Halogen-Lampe sehe ich mehr. Ihre Vampire sind sicher nur ein paar flatternde Spinnennetze, Frau Vogel.«

»Und woher kommt das Blut hier am Finger?« Anklagend hielt sie ihn in die Höhe. »Habe ich mich etwa selbst gebissen?«

Die Frau hatte recht, der Sache mit dem Blut musste man nachgehen.

»Ich komme mit«, sagte Conny entschlossen.

»Na gut. Aber bitte ohne Kreischen«, sagte Herr Jensen.

»Die Tür muss wieder zu«, forderte Frau Vogel und stellte sich außen schon bereit. »Sonst drehe ich durch.«

Kai Jensen bückte sich und ging gebeugt vor. Conny konnte aufrecht gehen. Hier drinnen war es deutlich feuchter als auf dem Dachboden nebenan. Langsam ließ Jensen den Strahl seiner Lampe umherwandern.

»Ich sehe nichts«, stellte er fest.

»War wohl doch nur eine Maus.« Conny zuckte die Achseln. »Sie wissen doch, wie schnell die Vogel zu erschrecken ist ... was ist denn das da drüben?«

Der letzte Satz galt einem kleinen, nicht einmal mausgroßen Tier, das sich an der Holzwand bewegte. Es lief nicht behände und flink wie eine Maus, sondern zog sich langsam an einem Balken empor und zitterte am ganzen Körper.

Sie gingen näher heran. Jensen richtete das Licht nicht direkt auf das Tier, um es nicht zu blenden. Trotzdem sah man gut, dass sein braunes Fell aussah wie Plüsch. In dem winzig kleinen Gesicht mit breiten Ohren glänzte eine schwarze Knopfnase wie bei einem Spielzeugteddy. Dann erkannte man auch die Beine. Was heißt Beine: Die vorderen zwei sahen aus wie zusammengeklappte schwarze Regenschirme.

»Ich werde verrückt«, wisperte Conny. »Eine Fledermaus. Eine Zwergfledermaus. Irre.«

Jensens Blick fiel in eine Ritze neben den Dachsparren.

»Meine Güte«, sagte er und ließ den Lichtkegel nach rechts gleiten. »So etwas habe ich noch nicht gesehen.«

Auf Zehenspitzen schlichen beide näher. In diesem Moment kletterte das braune Tierchen auf die Dachsparren und hängte sich mit Kopf nach unten an eine Latte. Es drängte sich eng an seine Artgenossen, die in einer Art Schlafstarre regungslos nebeneinanderhingen. 200 Tiere mochten es sein oder 300.

Sie hingen dicht an dicht, sodass man ihre Zahl kaum schätzen konnte. Jedes für sich war nicht größer als eine Streichholzschachtel.

»Ich war letztes Jahr in einer Fledermaus AG an unserer Schule«, sagte Conny aufgeregt. »Dass die hier ein Winterquartier haben, weiß bestimmt kein Mensch.«

»Wusste ich auch bis vor einer Minute nicht«, murmelte Herr Jensen. »Letzten Winter haben die hier noch nicht gewohnt, das steht fest. Dass es denen hier oben nicht zu feucht ist, wundert mich.«

Conny konnte sich nicht sattsehen an den Schlafmäusen. Bei der »Projektwoche Fledermaus« hatten sie Kästen in der Schule gebaut und draußen aufgehängt. Aber gesehen, leibhaftig gesehen, hatte sie nur zwei Fledermäuse. Eine ganze Kolonie wie hier – dass man die zu Gesicht bekam, das war selten. Ihrer Lehrerin würden morgen die Augen aus dem Kopf fallen, wenn sie ihr das brühwarm erzählte.

»Fledermäuse brauchen Feuchtigkeit im Winterschlaf, sonst trocknen ihre Flughäute aus«, flüsterte Conny, ohne ihre Augen von den schlafenden Tieren zu nehmen. »Nur Frost vertragen sie nicht. Hier oben friert es doch nicht etwa, Herr Jensen?«

Von außen klopfte es an der Wand und Bastian war zu vernehmen. »Seid ihr da drinnen schon abgemurkst worden oder warum hört man nichts?«

»Ruhe! Wir kommen gleich«, rief Herr Jensen verhalten. Dann wandte er sich wieder an Conny.

»Das Dach geht nach Südwesten, hier scheint immer die Sonne auf die Pfannen. Außerdem – das Stroh wirkt wie eine Isolierschicht. Um die vier Grad warm bleibt es immer hier oben.«

Jensen leuchtete ein letztes Mal in die Schlafhöhle der Flugzwerge. »Frau Vogel hat sicher beim Abtasten der Dachlatten eine Fledermaus angefasst und sie geweckt. Und die hat dann vor Schreck zugebissen.«

Conny schüttelte den Kopf.

»Glaube ich nicht. Das heißt – geweckt, ja, gebissen, nein! Die haben so kleine Zähne, die kommen gar nicht durch die Haut.«

Inzwischen waren sie zurück zum Eingang gegangen.

Frau Vogel hatte sich wieder etwas beruhigt und fragte gespannt: »Was haben Sie gefunden?«

»Fledermäuse«, antwortete Kai Jensen.

»Fledermäuse! Ha, wusste ich es doch! Vampire!«, trumpfte Frau Vogel auf. »Und ich habe sie entdeckt.«

Jetzt kam ihr großer Auftritt. Die Gelegenheit ließ sie sich nicht entgehen, sich in den Mittelpunkt zu spielen. Plötzlich fielen ihr angeblich Einzelheiten ein, sie malte den kurzen Besuch in der Kammer in immer wilderen Farben aus. Nach fünf Minuten hatte man den Eindruck, Frau Vogel hätte eine Kolonie von Flugsauriern gefunden und sie wie ein Drachentöter zur Strecke gebracht. Mit leuchtenden Augen erzählte sie, wie die Bestien auf sie losgingen, die

Zähne in ihre Arme schlugen und wie sie, Doris Vogel, ganz cool die Nerven behielt.

»Das habe ich aber ganz anders in Erinnerung«, sagte Bastian trocken. »Spitze Schreie und so.«

»Und das Blut?«, rief Frau Vogel empört und zeigte auf den einsamen Blutstropfen auf ihrer Hand.

»Ach ja, das Blut. Darf ich mal sehen?«, fragte Conny.

Sie nahm Frau Vogels Zeigefinger und hielt die Kuppe ins Licht. Mit spitzen Fingern zog sie einen Holzsplitter heraus. »Hier ... das ist von Ihren beißwütigen Vampiren übrig geblieben«, grinste sie. »Sie haben sich nur an einer Dachlatte geratscht.«

Mit einem Ruck zog Doris Vogel den Arm zurück. »Phhh«, machte sie geringschätzig.

Kai Jensen musste sich auf die Lippen beißen, um nicht laut loszulachen.

»Zeigt Frau Vogel, wo die Salbe zum Desinfizieren im Apothekerschrank liegt«, sagte er zu den Killerbienen.

## 7. Kapitel

# Ein Albtraum?

Eine Woche lang herrschte tiefer Friede auf dem Reiterhof Birkenhain.

Die einzige Aufregung ging von den Fledermäusen aus. Nachdem Conny in der Schule von der Kolonie auf Jensens Dachboden erzählt hatte, brach große Begeisterung in der Fledermaus AG des Gymnasiums aus. Die Leiterin der AG, Frau Arlheiten, verhandelte mit Kai Jensen und durfte mit drei Schülergruppen kommen und einen Blick in den Holzverschlag werfen.

Danach erschien noch ein Mann vom Naturschutzbund und später ein Ehepaar von »Fledermäuse in Not«, um den Schlafplatz der Flugzwerge zu fotografieren.

In jeder Mittagspause verzichtete Kai Jensen auf seinen Schlaf, um zwischen den Pferdeboxen Wache zu schieben. Er ärgerte sich grün und blau über den »Witzbold«, der auf Birkenhain für Unruhe sorgte. Der Geist sollte nur auftauchen, wenn er, Jensen, gerade im Stall war! Er würde ihm das Herumgeistern schon austreiben! Andererseits war Jensen sicher, dass der unheimliche Spuk nie wieder auftauchen würde. Der ganze Stall wusste ja Bescheid, da traute sich der Vampirdarsteller wohl kaum, Luisa zu erschrecken.

Unter Jensens Schutz machte Luisa jeden zweiten Tag Flecken-Paula für die Voltis fertig. Der Schrecken über den Spuk verblasste allmählich. Auch Jensens Angst vor der Sattelbande. In den Zeitungen hatte lange nichts über Diebstähle gestanden. Vielleicht trieben die Diebe ihr Unwesen jetzt in einem anderen Bundesland.

Trotzdem – als an diesem Nachmittag ein Kleintransporter auf den Hof fuhr, wurden der Stallbesitzer und Luisa hellhörig. Jensen setzte sofort die Schubkarre ab, in der er Pferdeäpfel aus den Boxen sammelte, und Luisa stoppte das Striegeln von Paula. Das Wort »Sattelbande« stand unausgesprochen in der Stallgasse.

Jensen hatte, genau wie Luisa, ein gutes Ohr für die verschiedenen Autos, die nach Birkenhain kamen. Beide erkannten sie bereits am Klang der Motoren, ob Tierarzt Dr. Teichmüller vorfuhr oder der Schmied.

Eine Autotür wurde schwungvoll zugeworfen, dann näherten sich Schritte auf dem gepflasterten Hof. Jensen bückte sich nach einer vergessenen Gerte, die vor Paulas Box lag, und hielt sie kampfbereit am Griff. Luisa nahm Paulas Bürste wie ein Wurfgeschoss in die Hand.

Angespannt sahen beide dem ungebetenen Besucher entgegen, zu allem entschlossen. Jetzt bog jemand um die Ecke, nahm Kurs auf die vergitterte Eisentür. Jensen umfasste die Gerte fester ...

»Das ist ja eine tolle Begrüßung.«

Eine sportliche Frau um die vierzig lehnte sich draußen gegen das Metallgeflecht und lachte laut.

Jensen ließ die Gerte sinken. »Frau Mühlberg, Sie sind es!«, sagte er erleichtert. »Sie müssen schon entschuldigen ... aber wir haben hier seit Kurzem einen ... wie soll ich sagen ...«

Jensen unterbrach sich. Warum sollte er sie mit der Spuk- und Sattelbande-Geschichte beunruhigen? Kein guter Empfang für jemand, der demnächst auf Birkenhain reiten würde. Ulrike Mühlberg wollte nämlich im Dezember seinen Friesen Ankum kaufen und in Hamburg einen Reiterladen eröffnen. Im Augenblick wohnte sie noch in Krefeld, war aber gerade dabei, nach Hamburg umzuziehen.

»Kommen Sie doch erst einmal herein.« Jensen öffnete ihr die Tür und zeigte auf den kleinen Transporter, der neben seinem Pferdehänger stand. »Sind Sie damit gekommen?«

Ulrike Mühlberg nickte.

»Die ersten Möbel für die neue Wohnung. Die will ich komplett einrichten, bevor ich an den Laden gehe. Für den Horseshop brauche ich natürlich eure Hilfe.« Sie zwinkerte Luisa zu. »Ich meine von dir und deinen Freundinnen. Schließlich kaufen Mädchen die meisten Pferdesachen, da muss ich ja euren Geschmack kennen.«

Ulrike Mühlberg wollte nur kurz vorbeischauen, um Ankum zu besuchen. »In den nächsten Tagen bringe ich zwei Säcke Möhren für Ihre Pferde«, kündigte sie an. Sie schmuste mit dem großen Friesen Ankum, der die unerwartete Kuschelstunde sichtlich genoss.

Als Frau Mühlberg gegangen war, sagte Luisa: »Sie brauchen vor dem Voltigieren nicht mehr herunterzukommen, Herr Jensen. Das mit der Angst ... das ist vorbei.«

Kai Jensen meinte ebenfalls, dass die Sache mit dem Vampir überstanden sei. Vorsichtshalber erkundigte er sich bei Luisa: »Du hast doch ein Handy? Bring das immer mit in den Stall! Wenn etwas passiert, kannst du mich sofort rufen.«

Die Wörter »Satteldiebe« und »Spuk« wurden allmählich zu Fremdwörtern. Bis zu diesem Mittwoch Mitte November, einem windigen Nachmittag.

Luisa hatte Flecken-Paula gerade in der Stallgasse festgebunden, als sie ein Motorengeräusch hörte. Argwöhnisch spitzte sie die Ohren und lauschte. Sie tippte auf einen Personenwagen. Gerade wollte sie nachschauen, da drang schon das Kichern der Nervis zu ihr. Obwohl Luisa sonst die Augen verdrehte, wenn die Gerlach-Zwillinge kamen – heute atmete sie auf. »Nur« die Nervis! Offensichtlich hatte ihr Vater sie mit dem Wagen nach Birkenhain gebracht.

Genauso war es. Als die Nervis an der Stalltür vorbeikamen, blieben sie stehen und pressten ihre Nasen gegen das Gitter.

»Bei uns sind zwei Stunden ausgefallen«, rief Mia-Mathilde zu Luisa hinüber. »Wir reiten aus.«

Kai Jensen legte Wert darauf, dass alle Reiter sich vor einem Ritt ins Gelände abmeldeten. Luisa war froh, dass die Nervis Sättel und Zaumzeug draußen aufbewahrten, bei ihren Boxen. So musste sie Mia-Mathilde und Dina-Dorothee nicht beim Satteln auf der Stallgasse ertragen.

Kurze Zeit später ritten die Nervis vom Hof.

Leise summend kämmte Luisa die Mähne von Flecken-Paula. Zum Schluss fuhr sie mit der Bürste über das dichte Langhaar. Die Stute rieb zufrieden ihre Nase an Luisas Arm. Die Stallgasse von Birkenhain schien der friedlichste Ort der Welt zu sein. Doch dann begann ein Albtraum . . .

Auf einmal sieht Luisa, wie sich von außen ein Stock durch die Gittertür schiebt. Der Riegel wird angehoben. Luisa erstarrt. Der Schreck trifft sie bis ins Mark. Sie umklammert die Putzbürste. Sie ist unfähig zu schreien, kann sich vor Schreck nicht bewegen.

Sekunden später fliegt die Tür auf.

Zwei Männer mit vermummten Gesichtern stürmen auf die Stallgasse. Um den Mund sind schwarze Schals gebunden, darüber haben sie die Kapuzen ihrer dunkelblauen Shirts gezogen. Beide tragen schwarze Hosen und schwarze Joggingschuhe.

Luisa ahnt sofort, wen sie vor sich hat: die Sattelbande.

Hastig kommen die Männer näher. Ihre Blicke schweifen unruhig nach allen Seiten.

Einer der Männer geht geradewegs auf Luisa zu, die sich vor lauter Furcht keinen Millimeter rührt.

»Nimm die Hände hoch, wird's bald?«

Zitternd hebt Luisa ihre Arme über den Kopf. Der Mann klopft sie mit schwarzen Lederhandschuhen ab. Luisa ist stocksteif vor Angst. Flecken-Paula nimmt den Kopf hoch. Die anderen Pferde gucken aufmerksam, bleiben aber ruhig. Bis auf King Louis: Der alte Herdenchef schnappt durch die Gitterstäbe und legt drohend die Ohren an, sie verschwinden fast im Kopf.

»Was haben wir denn da?«

Der Mann zieht das Handy aus Luisas Tasche und steckt es ein. »So, jetzt den Schlüssel zur Sattelkammer, aber etwas plötzlich. Los, los . . . du weißt, ich kann auch anders. Ich habe die Macht.« Er deutet auf die Heuluke über sich.

Luisa wird es kalt und im nächsten Moment siedend heiß. *Ich habe die Macht* – das hatte der Vampir geschrien. Auf einen Schlag erkennt Luisa: Es war die Sattelbande, die ihr aufgelauert hatte! Niemand aus dem Stall. Nicht die Killerbienen und nicht die Nervis. Die Nervis! So glühend wie in diesem Moment hat Luisa die Gerlach-Zwillinge noch nie herbeigesehnt. Wenn sie doch eher zurückkämen! Aber darauf kann sie nicht hoffen.

»Den Schlüssel«, zischt der Mann vor ihr.

Luisa weiß – es ist zwecklos, die Mutige zu spielen.

»Im Stiefel«, sagt sie kläglich.

Mit einer Kopfbewegung fordert der Kapuzenmann sie auf, den Schlüssel herauszugeben.

Mit fahrigen Bewegungen zieht Luisa den Stiefel aus und bringt den Schlüssel zum Vorschein. Er reißt ihn ihr aus der Hand.

»Hier, nimm!« Er wirft den Schlüssel seinem Komplizen zu, der mit einer langen Sporttasche neben ihm wartet. »Beeil dich! Zuerst das Zaumzeug.«

Der andere, der bisher noch keinen Ton gesagt hat, nickt und hastet zur Sattelkammer. Luisa hört, wie er aufschließt.

»Rein da!«

Der Wortführer gibt Luisa einen Schubs und zeigt auf Paulas Box. »Ja, beide. Mach schon«, drängt er und wirft Luisas Stiefel in die Einstreu.

Es geht ihm nicht schnell genug. Er zieht den Knoten des Anbindestricks auf und schiebt das Pferd und Luisa in die Box. Obwohl Luisa wie gelähmt ist, nimmt sie wahr, dass der Mann den Strick mit einem Ruck löst. Das tut nur jemand, der sofort einen Panikknoten erkennt, mit dem man Pferde anbindet . . .

Vom Hof schleift der Kapuzenmann eine Eisenplatte herein und versperrt damit die Gitterstäbe der Box. Die Tür sichert er mit einem Fahrradschloss. Dann hetzt er zur Sattelkammer.

Gefangen!

Luisa ist in Paulas Box gefangen. Am liebsten möchte sie sich die Hände vors Gesicht halten und nichts mehr sehen. Aber dann stellt sie erstaunt fest: Ihre Angst nimmt ab, seit sie mit Paula zusammen eingeschlossen ist. Luisa schlingt beide Arme um den Pferdehals und drückt ihr Gesicht in das warme Fell. Neben ihrem Lieblingspferd fühlt sie sich in Sicherheit.

»Gut, dass du da bist«, flüstert sie. Paula prustet und stupst ihr Pflegemädchen freundlich an.

Luisa zwingt sich, logisch zu denken. Die Männer werden ihr bestimmt nichts tun . . . ihr nicht und Paula auch nicht. Sonst hätten sie sie nicht eingeschlossen. Die Diebe müssen ja ruck, zuck mit ihrer Beute verschwinden. Bevor jemand von den Reitern auftaucht oder der Stallbesitzer.

Der Schweigsame stürzt mit der blau-schwarzen Sporttasche aus der Sattelkammer. Für eine Sekunde erkennt Luisa eine Tätowierung auf dem linken Handgelenk. Die Zeichnung könnte ein Tier sein, denkt sie. Eine Schlange, ein Seepferdchen . . . aber genauso gut ein Schwert. Das kann sie aus der Entfernung nicht feststellen.

Die große Tasche ist bis oben hin vollgestopft und steht offen. Luisa blickt in ein Gewirr aus Zügeln, Stirnriemen und Reithalftern. Der Anblick schnürt ihr die Kehle zu.

»Unsere schönen Trensen«, murmelt sie und kämpft mit den Tränen. »Herr Jensen wird verrückt.«

Der Anführer schleppt drei Sättel übereinander nach draußen. »Hey du, starr uns gefälligst nicht so an«, fährt er Luisa an. »Los, mach die Augen zu.«

Erschreckt legt Luisa wieder beide Arme um Paulas Hals und kneift die Augen zusammen.

Nein, das geht nicht. Fieberhaft denkt Luisa nach. Sie muss doch sehen, was weiter passiert. Mit beiden Händen fährt sie dem Pferd durch die dichte Mähne und hebt sie leicht an. Durch ihre gespreizten Finger und durch die Mähnenhaare bekommt Luisa alles mit. Aber die Männer sehen nicht, dass sie von ihr beobachtet werden.

Schon sind die beiden Diebe zurück. In fliegender Hast räumen sie die Sattelkammer leer. Das geht Schlag auf Schlag.

Luisa zwingt sich, genau hinzusehen. Sie will die Täter später so gut beschreiben können, dass die Polizei sie fassen kann. Luisa schreibt in Gedanken Stichworte auf. Das will sie der Polizei sagen:

»Der Sprecher hat dunkle Augen und breite

schwarze Augenbrauen. Unter der Kapuze sieht man schwarze Haare. Er weiß, wie man Anbindeknoten von Pferden löst.«

Der andere, der schweigsame, ist trotz seiner Vermummung ergiebiger. Über ihn notiert Luisa Folgendes in ihrem Gedächtnis:

»Seine Augen stehen ungewöhnlich weit auseinander – wie bei einer Eidechse. Die Nase ist flach und breit. Sein Gesicht ist völlig farblos. Nicht mal die Augenbrauen sind zu erkennen. Unter der Kapuze sind keine Haare zu sehen. Vielleicht eine Glatze oder rasiert. Tätowierung über dem linken Handgelenk.«

Dass Luisa später noch mehr zu Protokoll geben kann, verdankt sie dem zuverlässigen Hamburger Wind.

Beim dritten Beutegang drängen sich die Männer in ihrer Eile gleichzeitig mit den Sätteln durch die Tür nach draußen. Der Dunkelhaarige rempelt seinen Komplizen aus Versehen an. Die übereinandergelegten Sättel wackeln bedrohlich und kommen ins Rutschen.

»Bläd bisd, Himmiheagood«, wettert der Stumme, der plötzlich doch sprechen kann – allerdings Bayerisch.

Während die Diebe ihre schwere Beute ausbalancieren, frischt der Hamburger Wind auf. Ein Geschenk des Himmels, wie sich gleich herausstellt. Denn eine Sturmböe greift unter die Kapuzen und fegt sie herunter. Keiner der beiden hat eine Hand frei, um die Kapuze festzuhalten. Die Verbrecher drehen fluchend den Hals, um den Stoff zwischen Ohr und Schulter einzuklemmen. Vergebens.

Sie können nicht verhindern, dass Luisa ihre Köpfe für einen Moment deutlich sieht.

Der helle hat einen kurzen weißblonden Bürstenschnitt. An seinem linken Ohrläppchen blitzen drei Ohrringe, kleine, silberne Ringe. Der andere trägt einen Mittelscheitel und halblange schwarze Haare, die von der Mitte nach rechts und links über die Ohren fallen.

»Los jetzt!«, kommandiert der dunkle und sieht zu, dass er von der Tür wegkommt. »Die Außenboxen müssen wir vergessen.«

Die Diebe stehen unter Zeitdruck.

»Ois wegn dia . . .«, schimpft der mit dem blonden Bürstenhaarschnitt.

Dann hört Luisa, dass eine Wagentür mit Wucht ins Schloss geworfen wird. Höchstens zehn Minuten hat der ganze Spuk gedauert.

Angsterfüllt hält Luisa die Luft an und lauscht . . . mit quietschenden Reifen fährt der Wagen vom Hof.

Jetzt erst wagt sie, wieder zu atmen.

Erlöst lässt Luisa sich neben Flecken-Paula ins Stroh fallen. Sie landet direkt auf ihrem Reitstiefel und springt gleich wieder auf.

»Ach ja«, murmelt sie. Erst jetzt merkt sie, dass ihr

nackter Fuß eiskalt ist. Luisa streift den Socken über und zieht den Stiefel an. Dann geht sie zur Boxentür und rüttelt mit aller Kraft an den Eisenstäben.

»Hilfe ... Herr Jensen ... Hilfe ...«

## 8. Kapitel

# Luisa blickt voll durch

Mia-Mathilde Gerlach nahm die Zügel kürzer und hielt ihren braunen Wallach Godewind auf Jensens Hof an. Die Gittertür zum Stall stand offen und bewegte sich im Wind. Mia beugte sich aus dem Sattel. Angestrengt peilte sie in das diffuse Licht der Stallgasse.

»Warum schreist du so?«, rief sie nach innen. »Siehst du wieder Vampire?« Amüsiert grinste sie ihre Schwester Dina an, die mit ihrem Pferd neben sie geritten war.

»Da, guck mal!« Dina-Dorothee zeigte auf Paulas Box, in der sie Luisa entdeckte. »Sie versteckt sich bei ihrem Pferd.«

Die Nervi-Zwillinge kamen gerade vom Ausritt zurück. Schon auf dem Sandweg hatten sie Luisas Rufe gehört und sich darüber lustig gemacht, wie leicht sie zu erschrecken war. Aber das Lachen verging ihnen nun schnell.

»Hier war ein Überfall.« Luisa trommelte gegen die Boxentür. Ihre Stimme überschlug sich. »Gerade erst, vor zehn Minuten . . . die Sattelbande . . . alle Sättel weg ... das Zaumzeug auch ... und ich bin eingeschlossen.«

»Du spinnst doch«, sagte Dina-Dorothee und tippte sich gegen die Stirn. Sie ließ sich nicht gern auf den Arm nehmen. Wer weiß, dachte sie, vielleicht warten Conny und Jule im Stall und lachen sich scheckig, wenn ich jetzt hineinlaufe, um Luisa zu retten? Unentschlossen blieb Dina im Sattel sitzen. Andererseits – warum sollte Luisa sich eine so tollkühne Geschichte ausdenken? Außerdem: So aufgeregt redete man nicht, wenn man jemanden veralbern wollte.

»Komm endlich, Dina! Das ist nicht witzig.«

»Okay. Aber wehe, du lügst.«

Dina stieg von ihrem Wallach Nordlicht ab, übergab die Zügel an Mia und ging zu Paulas Box.

Da sah sie die Eisenplatte vor den Gitterstäben und das Fahrradschloss an der Boxentür. Luisa war tatsächlich gefangen. Damit hatte Dina nicht gerechnet. »Puuuh«, war alles, was sie sagte. Mit beiden Händen versuchte Dina, die silbernen Kettenglieder auseinanderzubiegen. Verbissen half Luisa mit, indem sie von innen an der Kette zerrte.

Flecken-Paula beobachtete die beiden zunächst höchst interessiert, verlor aber schnell das Interesse und wandte sich wieder ihrem Stroh zu. Die Kette gab keinen Millimeter nach.

»Schnell, die Polizei ... bevor sie türmen können«, drängte Luisa und beendete den Kampf mit der Kette. Es hatte ja doch keinen Sinn.

»Warum hast du die nicht längst alarmiert? Ich denke, du nimmst immer ein Handy mit?«

»Mann, Dina, das haben sie mir weggenommen. Hol endlich Herrn Jensen! Los . . . los!«

Von draußen kam Mia-Mathilde herein. Die Gerlach-Zwillinge rannten zur Klingel und drückten wie wild auf den Knopf.

Einen Moment später riss Kai Jensen die Verbindungstür zwischen seiner Wohnung und dem Stall auf.

»Die Sattelbande«, schrie Dina ihm ohne Vorwarnung entgegen. »Alles weg!«

Jensen zuckte zurück, als hätte man ihm ins Gesicht geschlagen. »Was sagst du?«

Mit einer Armbewegung schob er die Zwillinge zur Seite und hastete an ihnen vorbei zur Sattelkammer. In seiner Wohnung hatte er nichts, aber auch gar nichts von dem Blitz-Überfall mitbekommen.

Jensen starrte in die gähnende Leere seiner Sattelkammer. Kahle Holme ragten in den Raum. Vor einer Stunde hatten noch 20 Sättel auf den hölzernen Stangen gelegen. Gute Sättel, alle aus erstklassigem Leder.

Er lehnte sich an einen Holm, auf dessen Ende »Rocky« stand, und bemühte sich, die Fassung zu bewahren. An der gegenüberliegenden Wand hatte bis vor einer Stunde das Zaumzeug seinen Platz gehabt. Und nun . . . die vier Meter lange Leiste war geplündert, restlos leer. Die Schilder mit den Pferdenamen neben den einzelnen Haken sprangen Jensen ins Auge. »Kalle, Lotta, Nappo, Ole, Rocky, Sally, Turbo . . .«, murmelte Kai Jensen, ohne es selbst zu merken. In den Fächern über den Namenstafeln lagen Hufkratzer, Bürsten und Striegel. Der Stallbesitzer lachte schrill auf . . . Putzzeug! Putzzeug war alles, was ihm geblieben war.

1.000 Gedanken schossen ihm durch den Kopf. Wie sollte er nun Reitunterricht geben? Ohne Sättel, das ginge zur Not, zumindest bei den Jugendlichen. Aber Zaumzeug brauchte Jensen für jedes Pferd, daran war nicht zu rütteln. Würde die Versicherung zahlen? Das neue, einbruchsichere Schloss fiel ihm cin. Das war eine wichtige Voraussetzung für die Versicherung.

Gerade wollte Kai Jensen aufatmen, da fiel sein Blick auf die Tür. Was war das? Der Schlüssel steckte ja . . .

Jensen beugte sich herunter und untersuchte das Schloss. Keine Spur von Gewalt. Also kein Einbruch? Das hieße . . . die Tür hatte jemand ganz normal aufgeschlossen.

»Hallo . . . Herr Jensen, hier bin ich.«

Irritiert drehte der Stallbesitzer sich nach der rufenden Stimme um.

»Luisa! Wo ist sie?«, fuhr er die Zwillinge an, die sich vor der Sattelkammer herumdrückten.

»Sie ist eingeschlossen«, sagte Dina kleinlaut, »das wollten wir Ihnen die ganze Zeit sagen. In der Box von Flecken-Paula.«

»Was? Damit kommt ihr erst jetzt? Na, wisst ihr . . .« Jensen ließ alles stehen und liegen und eilte die lange Stallgasse hinunter zur Box von Flecken-Paula.

Luisa sah ihm ängstlich entgegen. Sie fühlte sich schuldig, obwohl sie überhaupt keinen Grund dazu hatte.

»Bist du okay, Mädchen?«

Luisa nickte und starrte auf ihre Stiefel.

»Haben die Diebe dich bedroht? Hast du denen deshalb unseren Schlüssel gegeben?«

Hilflos hob Luisa die Schultern.

»Ich wusste nicht, was ich tun sollte. Die haben gedroht, dass den Pferden etwas passiert, wenn sie den Schlüssel nicht bekommen. Und der Spuk, also der Vampir . . . das war auch einer von denen.«

»Du hast alles richtig gemacht, Luisa«, beruhigte Kai Jensen sie. »Aber jetzt will ich dich erst mal befreien.«

Er ging zum Werkzeugschrank und kehrte mit einer Zange zurück. Jensen kniff die Kettenglieder durch und Luisa konnte herauskommen.

Gerade rechtzeitig, bevor die Voltigiergruppe eintraf. Drei Mütter, die ihre Kinder in die Stallgasse schoben, schöpften sowieso schon Verdacht, weil Herr Jensen die Sattelkammer abschloss und den Schüssel einsteckte.

Jensen wollte die Sattel-Katastrophe möglichst lange geheim halten. Bevor es der ganze Stall erfuhr, musste die Polizei kommen und alles aufnehmen.

Nur Axel Rakete weihte er ein, der den Voltigierunterricht an diesem Tag übernahm.

Zum Glück konnte wenigstens die Voltistunde stattfinden. Luisa hatte Flecken-Paula kurz vor dem Überfall fertig aufgetrenst. Den Voltigiergurt, der vor Paulas Box lag, hatten die Diebe übersehen.

»Fasst nichts an!«, schärfte Jensen den Mädchen ein, bevor er ins Büro ging, um die Großmoorstedter Polizei anzurufen. »Vielleicht sind noch Fingerabdrücke zu finden.«

Nein, es gab keine Fingerabdrücke.

»Beide Täter trugen Lederhandschuhe«, gab Luisa eine Stunde später zu Protokoll. Polizeihauptmeister Karl Brammer und Polizeimeister Günther Beck trafen leider nicht sofort ein, weil sie vorher einen anderen Überfall aufnehmen mussten.

»Das waren Profis«, vermutete Brammer.

Er saß auf der niedrigen Trittleiter, die Jensen sonst als Aufstiegshilfe benutzte, wenn ein Pferd besonders groß war – wie Turbo. Oder wenn ein Reiter besonders ungelenkig war – wie Frau Vogel. Nun nahm also das stattliche Hinterteil von Polizeihauptmeister Brammer die Trittleiter ein.

Sein jüngerer Kollege Beck lehnte mit einem Notizbuch an der langen Wand in der Sattelkammer, an der früher das Zaumzeug hing. Außer den Polizisten und Herrn Jensen waren noch Luisa und die Gerlach-Zwillinge im Raum.

Die Gerlach-Zwillinge waren deswegen dabei, weil sie den Kleintransporter der Diebe gesehen hatten. Jedenfalls möglicherweise. Zumindest sagten beide, dass ein weißer Kleinbus oder Kleinlaster oder etwas Ähnliches in einer affenartigen Geschwindigkeit vom Hof gefahren sei, als sie von ihrem Ausritt zurückkehrten. Leider waren Dina und Mia aber noch zu weit weg, um Einzelheiten zu erkennen.

Nach ihrer Aussage mussten die Gerlach-Zwillinge die Sattelkammer verlassen, was sie nur unwillig taten.

Die Polizisten schrieben sich dann Luisas Täterbeschreibung auf. Sie war so genau, dass Karl Brammer mehrmals stutzte und Kai Jensen fragend ansah.

»Sag mal, Luisa, du denkst dir das nicht etwa aus?«, fragte der Polizist vorsichtig. »Die Sache mit der Tätowierung zum Beispiel?«

Da gab es aber Protest von Herrn Jensen! »Nee, Herr Brammer. Luisa denkt sich bestimmt nichts aus. Was sie sagt, darauf können Sie sich verlassen. 100-prozentig. Glauben Sie, sonst hätte ich ihr den Schlüssel zur Sattelkammer anvertraut?«

Karl Brammer machte sich eine entsprechende Notiz (»Zeugin ist laut Angabe des Stallbesitzers glaubwürdig und gewissenhaft«) und las seine Eintragungen noch einmal durch.

»Ah, hier oben fehlt noch etwas, die Körpergröße. Luisa, du wolltest einen Test machen, wegen der

Größenangabe der mutmaßlichen Täter. Was meinst du damit?«

Es klopfte und Axel Rakete, Jensens Assistent, erschien in der Tür.

»Ein starker Kaffee schadet sicher nicht«, sagte Axel und trug einen roten Futtertrog herein, der sich im Stall als Tablettersatz bewährt hatte. Axel stellte eine silberne Thermoskanne und einige Becher auf den Fußboden. Er griff in die Jackentasche und gab Luisa einen Schokoriegel. »Hier, du brauchst sicher Aufbaunahrung.«

Luisa riss das Papier ab und biss herzhaft in die Schokolade. Jetzt merkte sie erst, wie hungrig sie war.

»Der Test geht so«, erklärte sie und zerkaute das letzte Stück des Riegels. »Ich stelle mich in Paulas Box. Dann müssen verschiedene Männer durch die Tür zum Hof gehen. Also, ich meine, sie müssen verschieden groß sein.«

»Verstehe.« Karl Brammer nickte. »Dadurch kannst du besser einschätzen, wie groß die Diebe waren.«

Im Stehen trank er seinen Kaffee aus und Kai Jensen sagte: »Nun aber los.«

Kurze Zeit später wunderten sich die eintreffenden Abendreiter, dass Luisa Steffen in der Box der Knabstrupper Stute stand und ständig Kommandos an Männer erteilte, die durch die Stalltür gingen. Zuerst war es Bastian Bachmann, dann Axel Rakete, dann Tierarzt Teichmüller, der zufällig vorbeigekommen war.

»Langsamer«, rief Luisa oder »schneller« oder »jetzt bücken.« Sie rieb sich das Kinn. »Mm, wenn man etwas schleppt, sieht das anders aus.«

Karl Brammer stand vor Paulas Box – hinein traute er sich nicht – und hörte sich Luisas Bemerkungen an.

»Wie viele Sättel haben die auf einmal weggetragen?«, fragte er.

»Meistens drei.«

»Nehmen Sie doch mal drei Sättel auf den Arm«, rief Brammer Kai Jensen zu, der gerade als »Testdieb« an der Reihe war.

Jensen blieb stehen und lief rot an.

»Herr Polizeihauptmeister«, knurrte er. »Wenn ich drei Sättel hätte, müsste ich diesen Zirkus nicht veranstalten. Vielleicht erinnern Sie sich, dass mir alle Sättel gestohlen wurden.«

»Oh . . . Entschuldigung . . . natürlich«, brummte der Polizist und ärgerte sich über sich selbst. So etwas passierte ihm normalerweise nicht. Er sah sich nach einem schweren Gegenstand um, den die Männer ersatzweise tragen könnten, da meldeten sich die Gerlach-Zwillinge.

»Wollen Sie unsere Sättel haben?«, schlug Mia-Mathilde vor. »Die sind ja noch da, wir waren doch ausgeritten.«

»Prima«, sagte Karl Brammer.

Als jeder der Männer zwei Sättel trug, sah Luisa

klarer. »Der Schwarzhaarige war so groß wie Bastian.«

»Ich bin 1,82«, sagte Bastian.

*Dieser Albrecht Steinberg, den ich hinausgeworfen habe, der war genauso groß wie Bastian,* dachte Jensen spontan. *Und der beherrschte den Anbindeknoten für Pferde.*

Aber konnte er Steinberg einfach beschuldigen? Nein. Kai Jensen verwarf den Verdacht wieder.

»Der Blonde mit der Tätowierung«, fuhr Luisa fort, »war etwas größer, ungefähr so viel.« Sie zeigte die Breite eines Striegels. »Aber nicht ganz so groß wie Dr. Teichmüller.«

Tierarzt Teichmüller maß 1,95 m und zog den Kopf ein, wenn er durch die Stalltür ging.

»Körpergröße ca. 1,90 m«, schrieb der Polizeihauptmeister auf. Die Polizisten steckten ihre Notizbücher ein.

»Würdest du die Personen wiedererkennen?«, fragte Brammer Luisa.

»Den Blonden bestimmt.«

Brammer legte eine Karte gegen die Wand und füllte sie aus. »Gut, dann solltest du Einblick in die Lichtbildkartei nehmen.« Er steckte den Kuli ein und gab Luisa die Karte. »Mit dieser Vorladung kommst du morgen ins Polizeipräsidium. Adresse steht drauf, du musst an der U-Bahn-Station *Alsterdorf* aussteigen. Bring Mutter oder Vater mit . . .«

»Ich wohne bei meiner Oma«, unterbrach Luisa

ihn. »Wenn ich morgen mit ihr komme, geht das auch?«

»Das ist in Ordnung.«

Bastian mischte sich ein. »Morgen klappt das ja wohl nicht, Luisa. Deine Klasse besichtigt doch den Flughafen. Hast du mir zumindest erzählt.«

Luisa runzelte die Stirn. »Stimmt. Und übermorgen . . . nee, geht auch nicht. Meine Oma ist nicht da . . . können wir nicht sofort fahren, Herr Brammer? Sonst vergesse ich noch, wie die Gangster aussahen.«

Die Polizisten Brammer und Beck beratschlagten kurz, gingen zu ihrem Streifenwagen und telefonierten von dort aus zweimal.

»Von uns aus gibt es keine Bedenken, sofort zu fahren«, erklärte Karl Brammer danach, »aber vorher muss deine Oma zustimmen.«

»Ach . . . Oma erlaubt das bestimmt«, sagte Luisa ungeduldig. Sie brannte darauf, die Verbrecherfotos anzugucken und die Sattelbande zu entdecken. »Wir können zu Hause vorbeifahren, ich wohne ganz nah, am Buchengrund.«

Als der grün-weiße Polizeiwagen vor Steffens Haus am Buchengrund 39 anhielt, stand Hilla Steffen gerade am Fenster und nahm Gardinen für die Wäsche ab. Sie wäre fast von der Trittleiter gefallen, als sie Luisa mit zwei Polizisten aussteigen sah. Frau Steffen ließ die halb herunterhängenden Gardinen an der Stange hängen und lief zur Haustür.

Sie war außer sich vor Sorge, als sie von dem Überfall hörte. Frau Steffen bestand darauf, ausführlich mit Luisa darüber zu reden, unter vier Augen. Die beiden Polizisten setzten sich solange ins Auto.

Nach dem Gespräch war Hilla Steffen ruhiger, denn Luisa steckte die ganze Sache offensichtlich gut weg.

»Vorher hatte ich viel mehr Angst, Oma.« Luisa strich Hilla Steffen beruhigend über den Arm, bevor sie wieder in den Streifenwagen einstieg. »Weil ich nie wusste, was noch im Stall passieren würde. Aber jetzt ist ja alles erledigt.«

Es stimmte, Luisa wirkte regelrecht erleichtert.

Hilla Steffen musste nicht mit aufs Präsidium. Aber sie nahm den Polizisten das Versprechen ab, ihre Enkelin bis vor die Haustür zurückzubringen.

»Das hätten wir sowieso getan, Frau Steffen«, sagte Karl Brammer, als Luisa endlich angeschnallt auf der Rückbank saß. »Meinen Sie, wir schicken ein Mädchen abends allein nach Hause?«

Sie kamen genau in den Berufsverkehr. Glücklicherweise war aber der Verkehr von Großmoorstedt in Richtung Hamburger City längst nicht so dicht wie umgekehrt. Eine endlose Schlange aus weißen Autoscheinwerfern kroch ihnen entgegen, während Luisas Streifenwagen auf der anderen Straßenseite gut vorwärtskam und schon bald auf den Parkplatz des neuen Polizeipräsidiums fuhr.

Luisa kletterte aus dem Wagen und sah sich um. Das supermoderne Hochhaus vor ihr war hell erleuchtet. Wenn sie sich vorstellte, dass das Gebäude von oben bis unten voller Polizisten steckte . . . toll.

»Hierher müsste Herr Jensen seinen Reitstall verlegen«, sagte Luisa und knöpfte ihre Jacke zu. »Dann traut sich bestimmt niemand an die Sättel heran!«

Der Parkplatz war fast bis auf den letzten Platz gefüllt. Überall klappten Autotüren. Grüße und Anordnungen flogen über den Hof, Polizisten stiegen in die Streifenwagen ein und fuhren ab.

Karl Brammer und Günther Beck rückten ihre Dienstmützen zurecht und gingen mit Luisa zum Hauptportal. Lautlos glitt die Schiebetür zur Seite.

Karl Brammer ging vor, entlang von Glasschränken mit der Ausstellung »Die Kriminalpolizei rät«, und nahm Kurs auf den Pförtnerraum am Ende der Eingangshalle.

Der Pförtner saß hinter einer Panzerglasscheibe. Ein Schild über dem Fenster forderte: »Bitte nur einzeln eintreten«.

»Wir sind doch drei.«

Luisa kicherte hinter vorgehaltener Hand, aber da sagte Karl Brammer schon: »Hallo, Kollege, ich habe hier eine Geschädigte, wir wollen zur Digitalen Lichtbildkartei.«

Luisa kicherte wieder. »Geschädigte« – damit war sie wohl gemeint. Wie sich das anhörte! Als ob sie skalpiert worden wäre . . .

»Kennen Sie sich aus, Kollege?«, fragte der Pförtner über ein Mikrofon zurück.

Karl Brammer nahm die Dienstmütze ab und kratzte sich am Kopf. »Na ja ... ich war einmal oben. Wenn Sie mir noch mal den Weg beschreiben könnten ...«

»Gut, passen Sie auf ...«

Polizeihauptmeister Brammer dankte und nahm Luisa zwischen sich und Polizeimeister Beck. Gemeinsam fuhren sie mit dem Fahrstuhl in eins der oberen Stockwerke.

Die »Digitale Lichtbildkartei« war ein heller Raum mit großen Fenstern. Drei moderne Schreibtische mit riesigen Monitoren darauf waren durch graue Sichtschutzwände voneinander getrennt.

»Torben Frank«, stellte der zuständige Kripobeamte sich vor. Er trug keine Uniform, sondern einen blauen Pullover und einen blauen HSV-Schal, weil er Halsschmerzen hatte. Er hustete trocken.

»Wir erledigen noch etwas im Präsidium«, sagte Karl Brammer zu Luisa. »Ungefähr in ...«, er sah auf die Uhr, »in 30 Minuten holen wir dich wieder ab.«

»Was? So schnell? Bis dahin habe ich doch nicht alle Fotos gesehen«, empörte sich Luisa.

Die drei Männer lachten.

Kommissar Frank schob Luisa einen Drehstuhl zu. »Länger schafft das keiner. Danach flimmert alles vor den Augen und dann sieht jeder Kopf gleich aus.« Er hustete. »Wirst schon sehen.«

Frank fütterte den Computer mit allen Angaben über die Verdächtigen, die Luisa den Polizisten gegeben hatte.

»Wir fangen mit dem Schwarzhaarigen an«, schlug der Kommissar vor und räusperte sich. Neun Männerköpfe entfalteten sich auf dem Monitor. Der Bildschirm sah aus wie ein großes Memoryspiel.

»Cool.« Luisa war begeistert. Sorgfältig sah sie sich jedes Gesicht an, schüttelte dann den Kopf. »Nicht dabei.«

Neue Fotos folgten in rascher Folge.

Zweimal rief Luisa: »Der könnte es sein . . . oder . . . vielleicht doch nicht?«

Dann klickte Kommissar Frank das Foto an und vergrößerte das Gesicht über den ganzen Bildschirm.

Alles Fehlanzeige.

»Der Blonde sah so komisch aus, wie eine Eidechse, den erkenne ich schneller«, sagte Luisa, als sie bei den Schwarzhaarigen keinen Verdächtigen gefunden hatte. Insgeheim war sie ziemlich enttäuscht über die erfolglose Suche.

Der Kommissar nickte und nahm einen Schluck aus einer Henkeltasse mit der Aufschrift »Schietwetter-Tee«.

Luisa schnupperte. »Ist das Salbeitee? Gegen Ihre Erkältung?«

Frank nickte und zog seinen HSV-Fanschal enger.

»Salbeitee nimmt man nur zum Gurgeln«, sagte Luisa streng. »Davon kriegt man Bauchschmerzen.

Anis und Spitzwegerich sind besser gegen Husten.« Sie sah seinen überraschten Blick und grinste. »Das weiß ich von unseren Pferden. Außerdem – meine Oma ist Krankenschwester.«

»So, so«, murmelte Torben Frank. »Man lernt doch nie aus.« Er gab nun »männlich, 18–25 Jahre, ca. 1,90 m, bayerischer Dialekt, Tätowierung oberhalb des linken Handgelenks« und einige Daten mehr von dem Blonden ein.

Luisa erinnerte sich noch ganz genau an die weit auseinanderstehenden Augen und die flache Nase. Darum ging die Suche bei dem Blonden schneller. Zumindest erkannte Luisa sofort, welche Männer *nicht* infrage kamen.

Dann, nach fast 20 Minuten, der erste Hoffnungsschimmer.

»Der«, sagte Luisa und tippte auf den zweiten von links in der ersten Reihe.

Torben Frank vergrößerte den Kopf und zeigte danach eine Aufnahme der ganzen Figur des jungen Mannes.

»Wie sicher bist du dir, Luisa? Ganz sicher oder fast sicher oder halb sicher?«

Luisa zögerte. »Mm, wenn ich den jetzt so groß sehe . . . ganz sicher bin ich nicht, aber der hier sieht dem blonden Satteldieb echt ähnlich.«

Kommissar Frank notierte: »Wahrscheinlichkeit: 75 %«.

Bei den nächsten Fotos war nichts dabei.

Ausgerechnet beim letzten Durchgang, als die Großmoorstedter Polizisten gerade zum Abholen kamen, sprang Luisa plötzlich auf, als ob sie sich in ein Wespennest gesetzt hätte. Aufgeregt zeigte sie auf den Bildschirm.

»Mann, der ist es. Den würde ich unter Tausenden wieder erkennen.«

»Welcher?«

Frank rollte mit seinem Drehstuhl zur Seite, damit Luisa sich genau in die Mitte vor den Bildschirm stellen konnte.

»Der da ganz unten. Unten rechts.«

Luisa trat vor Aufregung von einem Bein auf das andere.

»Ja, genau, diese Augen ... und die platte Nase, wie eine Eidechse. Und gucken Sie bloß mal sein linkes Ohr an, voller Ohrringe. Verhaften Sie den jetzt?«

»Langsam, langsam, junge Dame. So schnell geht das nicht.«

»Aber es *muss* schnell gehen.«

Luisa stampfte auf und wandte sich Hilfe suchend an Karl Brammer. »Sie haben gesagt, das sind Profis, die verkaufen die Beute sofort weiter ins Ausland. Und wir brauchen die Sättel doch. Und das Zaumzeug. Wie soll Herr Jensen denn sonst Reitstunden geben?«

Kommissar Frank drückte Luisa auf ihren Stuhl zurück.

»Nicht aufregen. Ich verstehe dich ja. Aber wir

müssen erst einmal deine Erkenntnisse an die zuständige Stelle weitergeben. An die Abteilung ›Räuberische Erpressung‹. Die überprüfen die Verdächtigen.«

Luisa stöhnte. »Aber das dauert doch ewig. Bis dahin haben die unsere Sättel zehnmal verkauft.«

Die Polizisten wechselten rasche Blicke. Das Mädchen, das mit blitzenden Augen vor ihnen saß, hatte völlig recht. Diebstähle wie diese gehörten für die Polizei zu den leichteren Straftaten. Der Hamburger Polizei fehlte es an Leuten, um jeden Fall sofort zu verfolgen.

»Der Satteldiebstahl ist für euren Reitstall sicher schrecklich«, sagte Kommissar Frank behutsam. »Aber, weißt du, in einer Großstadt wie Hamburg gibt es ständig schlimme Verbrechen. Noch schlimmere als bei euch. Wenn zum Beispiel Menschen geschädigt sind, müssen wir das extrem schnell bearbeiten.«

»Ich bin auch eine Geschädigte«, sagte Luisa trotzig. »Herr Brammer hat es selbst gesagt.«

»Wir beeilen uns, die Satteldiebe zu schnappen«, versprach Frank. »Extra für dich. Du hast wirklich prima aufgepasst. Und ich muss ja etwas gutmachen, wegen deines heißen Tipps.«

»Welcher Tipp?«, fragte Luisa und zog ihre Jacke an.

Torben Frank hob seine Tasse. »Na, ich habe doch von dir gelernt, dass ich den falschen Tee trinke. Morgen besorge ich Anis. Und Spitzwegerich.«

Luisa folgte Karl Brammer zur Tür.

»Brav«, sagte sie über die Schulter zu Kommissar Frank, als ob sie zu einem folgsamen Pferd sprach.

Luisa lachte zwar dabei, in Wirklichkeit war sie aber niedergeschlagen, weil die Fahndung sich so lange hinzog. Ob sie die Sättel je wiedersehen würden?

## 9. Kapitel

# Reiten mit Besen

»Hi-Hi-Hilfe, ich falle!«

Das bekannte Kreischen von Frau Vogel drang durch die Reithalle, kurz bevor sie von Lottas breitem Rücken rutschte und ins Sägemehl plumpste. Gerade erst hatte Herr Jensen die unsportliche Reiterin auf seine braune Stute gehievt. Lotta machte einen Schritt zur Seite, um das Gleichgewicht wiederzu finden.

Eilig zog Kai Jensen die Trittleiter weg, mit der Frau Vogel aufs Pferd gelangt war, denn es sah so aus, als ob Lotta mit den Hufen in die Stufen geriet.

»Das fehlte noch, dass Lotta ausfällt«, murmelte Jensen und spähte an Lottas Kopf vorbei zu Frau Vogel, die gerade wieder aufstand und sich den Staub von der Hose klopfte.

»Wollen Sie nicht lieber warten, bis wir wieder Sättel haben, Frau Vogel?«, rief er der molligen Frau zu.

»Nichts da.« Mit hochrotem Kopf stellte sich Doris Vogel neben Lottas Bauch. »Wer weiß, wie lange das dauert. Her mit der Leiter!«

Seufzend klappte Jensen die Trittleiter auseinander und rammte sie neben Lotta ins Sägemehl. Alles, was recht war, Biss hatte Frau Vogel.

»Dann mal los!«

Beim zweiten Versuch blieb sie oben und unter Schnalzen und lauten Anfeuerungsworten lenkte sie Lotta hinter King Louis und Sally auf den Hufschlag.

Kai Jensen trug die Leiter zum Ausgang und stellte sie auf der Tribüne ab. An der Bande lungerten mindestens zehn Jugendliche und machten ihre Bemerkungen. Klar, das ließen sie sich nicht entgehen – über die Erwachsenen zu lästern.

Seit dem Überfall vor drei Tagen ritten alle Reiter auf dem blanken Pferderücken. Als Ersatz für die gestohlenen Trensen hatte Herr Jensen Hilfszaumzeug aus Stallhalftern gebastelt. In die Ringe rechts und links wurde je ein Strick gebunden und am Ende verknotet. Das diente als Zügel.

Zur Not ging das, aber richtig lenken konnte man die Pferde damit nicht. Man war schon sehr auf ihre Gutmütigkeit angewiesen. Lotta und Nappo, King Louis, Ole und Ankum machten freundlich mit. Aber die frechen Schulpferde wie Traber Rocky und Fjordpferd Kalle rannten unkontrolliert durch die Halle und nutzten ihre Freiheit schamlos aus.

Für besonders übermütige Pferde besaß Jensen eine Reserve von drei Sätteln und drei Trensen. Denn drei Privatreiter hatten ihm nach dem Überfall spontan ihre Ausrüstung angeboten.

Leihweise, versteht sich. Zwei stammten – oh Wunder – von den Nervis. Damit stiegen die Gerlach-Zwillinge in der Achtung der Schulpferde-Reiter.

Den dritten Sattel verlieh der Besitzer von Pucky, einer zierlichen Stute.

Natürlich ging das mit den Leihgaben nur vorübergehend. Wenn die Beute der Sattelbande nicht schleunigst entdeckt wurde, musste Jensen 20 neue Sättel kaufen und 20 neue Trensen. Eine Aussicht, die ihm den Schweiß auf die Stirn trieb. Bisher wusste er nicht, was seine Versicherung zahlen würde, obwohl er sofort die nötigen Formulare dort abgegeben hatte. Bei dem Fragebogen hatte ihm Jules Mutter geholfen. Sie hatte Ahnung davon. Jensen rechnete ihr die Hilfe hoch an.

Gestern hatte Jensen einen einzigen neuen Sattel gekauft. Neu war übertrieben, der Sattel war einige Jahre getragen und gehörte Deichgraf, dem Pferd von Imke Zavelstein. Die Zwölfjährige brauchte ihn nicht mehr, denn ihr Deichgraf war verkauft worden. Im Augenblick wurde der Holsteiner Wallach in einer Reha-Klinik gepflegt; er sollte aber danach mit der neuen Besitzerin zurück nach Birkenhain kommen.

Jensen stützte sich auf den Rand der Bande und überlegte, ob er Frau Vogel den neuen Sattel in die Halle bringen sollte. Eine ganze Stunde ohne Sattel hielt die bestimmt nicht durch. Andererseits . . . er hatte noch nicht probiert, ob die Größe passte.

»Augen zu, Herr Jensen … Überraschung!«

Er drehte sich um. Hinter ihm hielt jemand eine Jacke hoch.

»Nicht gucken, Herr Jensen. Raten Sie mal, was ich hier habe?«

»Das ist die Stimme von Conny Clasen, also bestimmt etwas für Rocky, das Schlitzohr.«

»Nix für Rocky … für Sie.«

»Für mich? Keine Ahnung. Erster Buchstabe?«

»Hm, ein D.«

»Vielleicht … Dresdner Stollen … dick gefüllte Doppelkekse … Dracula-Umhang …«

»HERR JENSEN! Na gut, Sie raten es ja sowieso nicht. Augen auf!«

Direkt vor Jensens Nase pendelte Conny Clasen ein nagelneues Zaumzeug hin und her. Das Leder sah weich und geschmeidig aus, das glänzende Mundstück trug noch keine Gebrauchsspuren.

Jensen fasste die Reittrense am Stirnband an und befühlte fachmännisch die Lederriemen.

»Eine Trense … und dann noch so eine gute. Wie kommst du denn daran? Und wieso fängt die mit D an?«

»Ist doch klar. D wie doppelt gebrochenes Mundstück.« Liebevoll strich Conny über das glänzende Metallgebiss. »Garantiert ohne Nickel.«

»Welche Größe ist das?«

»Zwölfeinhalb.« Die Antwort kam wie aus der Pistole geschossen.

Kai Jensen musste lachen. »Hätte ich mir doch denken können. Rein zufällig die richtige Größe für Rockys Maul, stimmt's?«

»Stimmt. Rein zufällig.«

Conny sah Herrn Jensen unschuldig an. »Ich habe in der Schule von der Sattelbande erzählt. Und alle in unserer Fledermaus AG angemacht, dass sie mir noch Geld schulden. Eintrittsgeld für die Besichtigung der Fledermäuse auf Ihrem Heuboden. Jeder hat etwas herausgerückt, auch Frau Arlheiten. Sie wissen schon, die Lehrerin. Und alle fanden es gut, dass ich von dem Geld eine Trense kaufe.«

Jensen gab Conny das Zaumzeug zurück. »Du scheust auch vor nichts zurück, was?«

»Wenn es um die Pferde geht – nein«, gab Conny lachend zur Antwort.

»Du kannst Rocky gleich auftrensen. Wir machen nämlich nachher in eurer Reitstunde ein Spiel. Und wie ich deinen *süßen* Traber kenne, nutzt er die Gelegenheit, um herumzuzicken. Mit der Trense hast du ihn wenigstens im Griff.«

»Phh«, machte Conny und zog ab.

»Ach so – danke für dein Geschenk«, rief Jensen hinter ihr her.

*Besen-Polo* hieß das Reiterspiel, das man auch ohne Sattel spielen konnte. Killerbiene Ilona hatte die Idee dazu aus England mitgebracht, wo sie als Austauschschülerin war.

Endlich verließen die Erwachsenen die Reithalle. Ilona ging mit Herrn Jensen hinein, um die Vorbereitungen zu treffen. Gemeinsam wuchteten sie acht rot-weiße Hindernisstangen aus der Wandhalterung. Daraus legten sie eine lange, schmale Gasse auf den Hallenboden.

Das Zubehör für »Besen-Polo« hatte Ilona gekauft. Jeder im Stall wusste, warum sie so spendabel war: als Buße dafür, dass sie am Halloween-Abend eine Kerze auf dem Heuboden angezündet hatte. Ilona brachte den flachen Besen aus Reisstroh und einen roten Ball mit weißen Punkten in die Halle.

»Kann losgehen«, rief Kai Jensen laut in den Stall. »Pferde herein.«

Jule führte zuerst Sally in die Halle und marschierte mit ihr in der Mitte auf, vor der Gasse aus Hindernisstangen.

»Na, Mäuschen, was sagst du zu unserem Spielfeld?«, fragte Jule. Sally schielte in Richtung der Stangengasse, interessierte sich aber nicht weiter dafür.

Die Pferde der nächsten fünf Reiter machten einen Bogen um die rot-weißen Stangen.

Rocky trabte sofort an, nachdem Conny sich auf seinen Rücken geschwungen hatte, und blieb in der Ecke stehen. Misstrauisch beäugte er den ungewohnten Aufbau.

Man sah dem schwarzen Traber an, was er dachte: *Ich hasse Veränderungen. Zuerst das neue Zaumzeug.*

*Dann diese Balken in der Halle! Und der rote Ball da – was soll das? Jetzt kommt der Chef auch noch mit einem Besen …*

»Ihr nehmt eure Zügel oder Stricke in eine Hand, den Besen in die andere. Dann schiebt ihr den Ball mit dem Besen durch diese Gasse.« Herr Jensen baute sich vor den Reitern auf und erklärte das Spiel. »Es geht nach Zeit. Wer den Ball zuerst durch die Gasse geschoben hat, gewinnt. Wenn er über die Stangen nach außen rollt, gibt es drei Strafsekunden.«

Jensen holte seine Stoppuhr aus der Tasche und hielt sie hoch. »Zuerst Jule auf Sally. Auf die Plätze, fertig, los!«

»Halt, noch nicht.«

Jule setzte sich gerade auf Sallys Rücken, ordnete die verknoteten Stricke in der linken Hand und nahm den Besenstiel fest in die rechte Hand. »Schritt oder Trab?«

»Egal, wenn du Trab schaffst, umso besser. Dann bist du natürlich schneller.«

Bald erfüllte prustendes Gelächter die Reithalle. Ein Reiter nach dem anderen versuchte sein Glück und schubste und stieß den Ball vorwärts. Meistens blieb der dabei sogar in der Gasse und rollte nicht über die Stangen. Dafür fiel den Reitern immer wieder der Besen hin. Und Jule flog einmal von Sally, als sie sich zu weit nach rechts beugen musste.

Überraschend schnell fanden die Pferde Geschmack an dem Spiel.

Selbst Traber Rocky, der zu Beginn äußerst skeptisch geguckt hatte, ging bei jeder Runde eifriger zur Sache. Die Krönung war der letzte Durchgang. Da griff Rocky selbst ins Spiel ein. Mit den Vorderhufen schlug der Traber nach dem Ball und beförderte ihn mit einem kräftigen Tritt ins Ziel. Dafür erteilte Kai Jensen aber Punktabzug.

»Rockys Schuss war unerlaubtes Hufspiel«, bemängelte er, »und keine Geschicklichkeitsleistung von Conny.«

Conny maulte zwar, sie sei es schließlich gewesen, die ihren klugen Traber zu dem Zauberschuss veranlasst habe, aber auf dem Ohr war Herr Jensen taub.

Gewinner wurde schließlich Bastian auf dem alten King Louis.

»Unserem schlauen Herdenchef«, sagte Herr Jensen ankennend, »kann man eben nichts vormachen.«

Mit erhitzten Gesichtern sprangen die Reiter von den Pferden und führten sie zurück in die Boxen.

»Hat riesig Spaß gemacht«, sagte Conny im Vorbeigehen zu Kai Jensen und Jule fügte hinzu: »Mal ehrlich, Herr Jensen: Eigentlich verdanken wir der Sattelbande, dass wir dieses Superspiel gemacht haben. Wären die Sättel nicht weg, hätten Sie heute eine normale Reitstunde geben müssen.«

Kai Jensen sah Jule an, als ob er an ihrem Verstand zweifelte. Auf diese Erfahrung hätte er gern verzichtet.

»Für kurze Zeit geht das zwar mit solchen Spielen«,

sagte er und räumte Besen und Ball in die Kammer unter der Bodentreppe. »Aber irgendwann werden eure Eltern wieder anständige Reitstunden verlangen.« Mit eingezogenem Kopf kroch er aus dem niedrigen Abstellraum zurück. »Außerdem ... die Sattelbande hat Luisa ziemlich verwirrt, auch wenn das erst nicht so aussah. Sie wird ihre Angst nicht los.« Jensen seufzte. »Schon ihretwegen wäre es wichtig, dass die Polizei die Satteldiebe schnappt. Luisa mag nicht mal mehr reiten. Sie macht mir richtig Sorgen. Guckt doch mal, wo sie steckt. Ich glaube, sie ist vorhin zur Friesenwiese gegangen.«

Luisa Steffen saß auf einem Stapel ausgedienter Autoreifen am Zaun der Friesenwiese, auf den Knien ihren Zeichenblock. Weiße Nebelfetzen waberten über die Gräben und hingen in den kahlen Holunderbüschen am Ufer. Die Pferdeweide sah aus wie in jedem November: übersät von Tausenden Hufspuren, tiefe, runde Abdrücke, in denen Wasser stand. Abgerissene Grasstücke, beim Galoppieren aus dem Boden getreten, verrotteten auf der Koppel.

Mit wenigen Bleistiftstrichen hielt Luisa den Eindruck auf ihrem Block fest. Dann, fast zwangsläufig, entstand unter ihren Händen etwas anderes. Ein Bild, das sie nur in Gedanken sah – ein Gesicht. In die Mitte der Weide, zwischen Gräben und Holunder, zeichnete Luisa einen Männerkopf.

Ein schmales Gesicht war es, umrahmt von vollen

schwarzen Haaren, die dem jungen Mann glatt über die Ohren fielen. Das Gesicht war zwar sehr ebenmäßig, aber nicht auffallend, höchstens durch das dichte Haar und durch die dunklen Augenbrauen.

Seit ihrem Besuch bei der Polizei malte Luisa jeden Tag den schwarzhaarigen Satteldieb, den sie in der Lichtbildkartei nicht entdeckt hatte. Auf keinen Fall wollte sie sein Gesicht vergessen, vielleicht wurde sie ja noch ein zweites Mal zur Wiedererkennung geholt.

»Hier steckst du also.«

Luisa fiel fast vom Reifenstapel, als Jule sie ansprach. Sie war so in Gedanken versunken, dass sie Conny und Jule nicht gehört hatte. Luisa bedeckte das Bild mit den Armen.

»Zeig doch mal!«

Jule zog ihr den Block aus den Händen. Jeder im Stall kannte Luisas Zeichentalent und bewunderte ihre Kunstwerke, die auf dem Reiterhof Birkenhain entstanden.

Neugierig warfen Jule und Conny einen Blick auf das Bild.

Der Aufschrei, der dann folgte, hörte sich an, als sähen sie eine Vogelspinne und nicht den Kopf eines Jungen.

»Wer ist das, Luisa?«

»Das? Also . . . ich habe versucht, einen Satteldieb zu zeichnen, den dunkelhaarigen.«

Hastig blätterte Conny einige Seiten zurück und

hielt Jule die Blätter unter die Nase. »Hier, guck mal . . . und hier auch . . . mich trifft der Schlag.«

Jule ließ sich neben Luisa auf die Gummireifen fallen.

»Das traue ich ihm zu. Denkst du auch, was ich denke, Conny?«

Conny nickte finster. »Los, wir sagen es gemeinsam . . . ich zähle bis drei. Eins . . . zwei . . . drei.«

Dann brüllten beide Mädchen einen Namen über die Weide.

»Albrecht Steinberg!«

Jetzt war es Luisa, die fast in Ohnmacht fiel.

»Ihr meint, der sieht aus wie dieser Al? Der hier mal als Lehrling war? Den Herr Jensen rausgeworfen hat?«

»Genau der. Gib noch mal den Block, Luisa. Zu blöd, dass du uns die Bilder nicht eher gezeigt hast!«

»Konnte ich wissen, dass es Albrecht Steinberg ist? Ich habe den ja nie kennengelernt. Was jetzt?«

»Herr Jensen muss die Polizei anrufen«, sagte Conny aufgeregt. »Kommt mit nach oben!«

Kai Jensen schnappte nach Luft, als er Luisas Zeichnung sah. Er schlug mit der Faust auf die Haferkiste. »Als wenn ich es nicht die ganze Zeit geahnt hätte!«

Dann rannte er in sein Büro und kam mit einem grauen Aktenordner zurück. Jensen warf ihn auf die Futterkiste und blätterte den Briefstapel durch, um die Adresse von Albrecht Steinberg zu suchen. Er fand sie schneller, als er gedacht hatte. Große Leistung für jemand, der Büroarbeit so hasste wie ein Pferd eine Wurmkur.

»Hier«, sagte er, während die Mädchen ihm an der Schulter hingen, »er wohnt Friedrich-Ebert-Damm 591 b. Das ist Hamburg-Wandsbek, glaube ich. Oder schon Farmsen? Egal. Hauptsache, sie überprüfen ihn schnell.«

Jensen klappte den Ordner zu. »Wenn die Sättel noch bei Steinberg wären – zu schön, um wahr zu sein. Auf jeden Fall stelle ich den erst mal selbst zur Rede. Der kann sich auf was gefasst machen . . .«

Er wählte die Telefonnummer, die Albrecht Steinberg angegeben hatte, legte den Finger auf den Mund und lauschte in den Hörer.

Am anderen Ende flötete eine amtliche Tonbandstimme. »*Dieser Anschluss ist vorübergehend nicht erreichbar.*«

»Der Vogel ist ausgeflogen«, sagte Jensen grimmig, tippte auf die Gabel und wählte erneut. Diesmal die Nummer der Großmoorstedter Polizei.

»Passt auf!«, flüsterte Conny, nachdem Jensen seinen Verdacht durchgegeben hatte. »Wir fahren morgen nach der Schule mit der U-Bahn zum Friedrich-Ebert-Damm und gucken nach, ob Al Steinberg da wohnt. Wer weiß, wie viel Zeit sich die Polizei lässt. Die ist doch total überlastet.«

Jule quiekte leise auf. »Super Idee. Aber lieber

übermorgen. Ich kann morgen nicht, höchstens abends.«

»Nein.« Conny schüttelte den Kopf. »Wir dürfen keine Zeit verlieren.«

»Das ist aber gefährlich«, gab Luisa zu bedenken. »Der erkennt mich doch sofort wieder.«

»Quatsch. Wir verkleiden uns«, sagte Conny entschlossen. »Nicht mal unsere eigenen Mütter werden uns erkennen.«

## 10. Kapitel

# Entscheidung im Tunnel

Am nächsten Vormittag klingelte Conny schon um kurz nach zehn bei Luisa zu Hause Sturm.

»Ein Glücksfall«, sagte sie, als Luisa öffnete. »Bei uns fallen drei Stunden aus. Gib zu, das ist ein gutes Zeichen … mindestens so viel wert wie ein vierblättriges Kleeblatt.«

Sie verabredeten sich für eine halbe Stunde später am U-Bahnhof, in Verkleidung.

Conny hatte recht gehabt mit ihrer Ankündigung »Nicht mal unsere eigenen Mütter würden uns erkennen.« Die Mädchen gingen glatt als Jungen durch. Beide trugen extrem große Jacken und weite Cargo-Hosen mit vielen Außentaschen. Ihre Baseballkappen zogen sie tief ins Gesicht, sodass die langen Haare darunter verschwanden.

Sie nahmen die Linie U1 in die Innenstadt. Ziel war die Wohnung von Albrecht Steinberg. Conny hielt die herausgerissene Seite des Stadtplans in der Hand. Mit Sicherheit gab die Stadtplan-Schändung zu Hause Ärger, aber im Moment konnte Conny sich darüber keine Gedanken machen. Schließlich ging es darum, einen Räuber zu stellen.

An der Station *Straßburger Straße* stiegen sie aus. Von da gingen sie noch eine Weile, bis die Häuser mit höheren Hausnummern anfingen. Die Mädchen joggten ein Stück, denn die Straße war endlos lang. Schmucklose Mietshäuser mit vier Stockwerken reihten sich aneinander, getrennt durch grauen Rasen.

Obwohl jetzt keine Hauptgeschäftszeit war, herrschte auf dem Friedrich-Ebert-Damm starker Verkehr. Die vorbeiflutenden Wagenkolonnen spritzten öligen Schmutz auf den Bürgersteig, der ohnehin durch welke Blätter rutschig war.

Das letzte Wohnhaus lag hinter ihnen. Neben dem Bürgersteig tat sich links nur noch eine öde, unbebaute Fläche auf, umzäunt von hohem Maschendraht. Wenn man die Straße weiter herunterblickte, sah man hinten ein Gewerbegebiet.

Luisa blieb stehen und blickte Conny zweifelnd an. »Da kann er nicht mehr wohnen. Meinst du, die Adresse ist falsch?«

Conny zuckte die Schultern. »Alles möglich. Aber jetzt sind wir hier ... jetzt gehen wir die Straße auch zu Ende.«

Luisa nickte stumm. Sie hätte nichts dagegen gehabt umzukehren. Sehr wohl war ihr nicht in ihrer Haut.

Sie kamen an zwei Autohäusern, einer Pumpenfabrik und einer Firma für Klimatechnik vorbei und näherten sich nun der Hausnummer von Albrecht Steinberg.

Aber bei Nummer 591 standen sie nicht vor einem Wohnhaus, sondern vor einer Einfahrt mit dem Schild »Baggerbau AG«. Dahinter waren 50 oder 60 gelbe Gabelstabler und Bagger in Reih und Glied abgestellt.

Am Ende des Riesenparkplatzes lagen einige schmutzig weiße Flachbauten.

»Hier wohnt doch niemand«, meinte Luisa. »Das sieht aus wie eine Fabrik.«

Sie guckten auf dem Zettel nach, aber es stimmte: Die Nummer musste hier auftauchen.

»Sucht ihr jemand?«

Plötzlich stand ein Mann im gelben Overall vor ihnen. Er trug Werkzeug bei sich, weil er an den Baggern arbeitete. »Das ist Firmengelände, Zutritt verboten.«

»Es ist wegen einer Stelle für mein Schulpraktikum«, flunkerte Conny. Sie bemühte sich ganz ruhig zu sprechen, obwohl sie innerlich zitterte. »Wo kann man sich dafür anmelden?«

Der Mann schien mit der Antwort zufrieden, denn er zeigte auf eins der niedrigen Häuser am Ende des Firmenhofes und verschwand wieder hinter seinen Baggern.

Triumphierend stieß Conny ihre Freundin an. Sie liefen zum vorderen Gebäude und drückten sich an der Wand entlang. Schließlich erhaschten sie durch die erleuchteten Fenster einen Blick nach innen. An vier Schreibtischen mit Stapeln von Hochglanz-Katalogen saßen zwei Männer und zwei Frauen vor Computern. Das war eindeutig ein Büro und nicht die Wohnung von Albrecht Steinberg.

»Da drüben – die anderen beiden Häuser sehen eher aus wie Wohnungen«, flüsterte Conny. »Komm ... mir nach.«

Gerade wollten sie loslaufen, das stand der leuchtfarbene Overall wieder vor ihnen.

»Macht, dass ihr wegkommt«, schnauzte der gelbe Mann sie an. »Ihr sucht doch gar keinen Praktikumsplatz. Spielt ihr Räuber und Polizist?«

Er wusste gar nicht, wie recht er damit hatte. Aber keins der Mädchen traute sich, ihm etwas über den gesuchten Al zu erzählen.

Ohne großes Federlesen packte der Arbeiter Luisa und Conny am Kragen und beförderte sie zum Ausgang.

»Und jetzt?«, fragte Luisa, als sie frustriert vor dem Zaun standen. »War wohl nichts mit deinem vierblättrigen Kleeblatt. Sollen wir nach Hause fahren?«

Conny winkte ab. »Noch nicht, erst mal bin ich nur sauer. Mist, ich dachte, wir würden den Typen hier finden. Und unsere Sättel auch.« Sie sah auf die Uhr. »Es ist doch erst Mittag. Komm, wir nehmen die U-Bahn in die Innenstadt. Da gibt es ein reines Reitsportkaufhaus mit Sätteln und Trensen. Nur mal gucken ... wie findest du das?«

»Oh ja, super!«

Luisa fiel ein Stein vom Herzen, weil das Detektivspiel beendet war. Pferdeausrüstung anzugucken, war doch eine etwas ungefährlichere Angelegenheit.

»Sind Sättel eigentlich sehr teuer?«, fragte Luisa, als sie zur U-Bahn-Station gingen.

». . . jedenfalls zu teuer, um Herrn Jensen vom Taschengeld neue zu kaufen«, stellte Conny ernüchtert fest, als sie zwei Stunden später am Hauptbahnhof in die U1 nach Großmoorstedt einstiegen. Die Preise hatten sie geschockt. 20 neue Sättel kosteten ein halbes Vermögen.

Der U-Bahn-Wagen war fast leer. In der Mitte saßen lediglich zwei Frauen, die sich zwischen ihren Einkaufstüten eingemauert hatten und unentwegt schwatzen.

Conny und Luisa setzten sich auf die erste Bank und blätterten in Sattelprospekten. Es war kurz vor drei Uhr, eine Zeit, in der die Bahn nicht voll wurde.

An der übernächsten Station *Lübecker Straße* stieg ein junger Mann im Jogginganzug ein, der seine Sporttasche mit Schwung auf die Rückbank am Ende des Wagens hob. Er lümmelte sich auf die Polster und fuhr sich mit dem Kamm durch seine weißblonde Bürstenfrisur.

Luisa sah kurz von ihrem Prospekt hoch – und erstarrte. Die Farbe wich aus ihrem Gesicht. Sie rutschte auf ihrem Sitz nach vorn und zog ihre Baseballkappe bis zur Nase herunter.

»Conny«, wisperte sie. »Der Typ dahinten, das ist er ... nein, guck dich bloß nicht um! Wenn der mich sieht!«

Conny beugte sich zu ihrer Freundin vor, die kreidebleich aussah. »Wer sitzt wo? Was ist los mit dir, Luisa?«

»Nicht so laut«, flüsterte Luisa und drehte sich so, dass sie sich hinter Connys Jacke verschanzen konnte. »Da sitzt einer von der Sattelbande ... der Blonde, der aussieht wie eine Eidechse.«

Jetzt wurde auch Conny nervös. »Bist du sicher? Ganz sicher, Luisa?«

»Ja doch. Was können wir bloß machen? Hast du dein Handy mitgenommen?«

»Ja ja ... aber denk doch mal logisch! Der Kerl hört uns doch, wenn wir telefonieren. Der wirft uns glatt aus der U-Bahn, wenn er Wind von der Sache bekommt.«

Der Zug rollte in den Bahnhof *Wartenau* ein. Der Blonde blieb sitzen. Er schien die Mädchen gar nicht wahrzunehmen. Die Bahn fuhr wieder an.

Luisa kaute vor Aufregung auf ihrem Ärmel herum. »Wir müssen etwas tun. Wenn der Typ aussteigt, ist er über alle Berge. Du ... die Tasche, seine Tasche!« Luisa wagte einen Blick über Connys Schultern. »Die hat er auch im Stall gehabt, für das Zaumzeug. Blau-schwarz war die.«

Plötzlich fiel ihr etwas ein. »Vielleicht fährt der zu Albrecht Steinbergs Wohnung am Friedrich-Ebert-Damm? Kann doch sein, dass die da zusammen hausen.«

»Oh Himmel . . . du hast recht. Dann müsste er ja bald aussteigen. Was machen wir bloß?« Vorsichtig sah Conny sich um. »Die Notbremse ziehen?« Neben der Tür ragte ein roter Griff hervor, darunter klebte ein Schild »Notbremse – Missbrauch ist strafbar«.

Beherzt stand Conny auf.

Luisa bekam sie gerade noch am Ärmel zu fassen und zog sie zurück. »Spinnst du? Mitten im Tunnel? Und wenn er es nicht ist?«

»Ich denke, du bist sicher?«

»Ja, ziemlich . . . aber er sitzt so weit hinten.«

Der Zug verließ die Station *Ritterstraße*.

»Ich habe eine Idee«, sagte Conny, tuschelte mit ihrer Freundin, schaltete ihr Handy ein und gab es ihr. »Wenn etwas passiert, wählst du sofort 110, also die Polizei«, schärfte sie Luisa ein.

Dann marschierte Conny mit klopfendem Herzen zum anderen Ende des Wagens. Über der Rückbank, auf der der Blonde saß, hing das Streckennetz der U-Bahn. Conny tat so, als ob sie den Plan studierte.

Aus den Augenwinkeln suchte sie bei dem Verdächtigen nach den drei Ohrringen und der Tätowierung. Ohrringe trug er zwar nicht, aber im linken

Ohrläppchen erkannte man drei Löcher. Conny linste auf seine Hände – und da wurde ihr fast schlecht vor Aufregung. Denn über dem linken Handgelenk erspähte sie einen blauen Drachen, der auf dem Schwanz stand. Jetzt fehlte noch die letzte Probe, um jeden Zweifel auszuräumen ...

Conny drehte sich um und trat dem Blonden absichtlich auf die Füße, mit aller Kraft.

»Himmiheagood, bisd bläd?«, fuhr der Mann sie an.

Connys Herz schlug bis zum Hals. Er sprach Bayerisch! Der letzte Beweis!

Hastig murmelte sie: »Entschuldigung, tut mir leid«, und machte, dass sie ans andere Ende des Wagens kam.

In den nächsten Minuten überstürzen sich die Ereignisse. Conny setzt sich nicht wieder zu ihrer Freundin auf die Bank, sondern lehnt sich an die Glaswand hinter Luisas Sitz. Conny steht direkt an der Tür mit der Notbremse. Sie blinzelt Luisa zu. Sagen muss sie nichts. Dafür kennen die beiden sich zu lange. Luisa weiß, dass Connys Blick bedeutet: »Er ist es.«

Angespannt starren die Freundinnen in den U-Bahn-Tunnel. Fahle Lichter huschen vorbei, sonst sieht man nichts. Ab und zu tauchen dicke Kabelbündel an der Wand auf und man erkennt graue Schottersteine neben den Gleisen.

»Nächste Haltestelle: *Wandsbek-Markt*«, schnarrt es aus dem Lautsprecher.

Conny wartet, bis sie Licht am Ende des Tunnels sieht. Der Bahnsteig kommt näher. Dann zieht sie den roten Griff der Notbremse . . .

In diesem Moment ertönt beim Zugführer der U1, der soeben in die Station *Wandsbek-Markt* einfährt, eine Tonbandstimme: »Notbremse in Wagen vier«.

Durch das Fenster hinter sich, durch das er bis ans Ende des Zuges sehen kann, erkennt der Fahrer nichts Verdächtiges. Keine Rangelei, kein Feuer, keinen Rauch. Aber er informiert sofort die Leitstelle.

Als der Zug am Bahnsteig steht, steigt er rasch aus und geht zu Wagen vier, an dem eine gelbe Lampe aufleuchtet.

»Nicht einsteigen«, ruft die Frau auf dem Abfertigungspodest den Wartenden zu. Die Menschen zucken von den Türen zurück und recken die Köpfe.

Da schießt ein blonder Mann aus Wagen vier, rennt den Zugführer fast um und stürmt zur Treppe.

Die zweite Tür des Wagens fliegt auf und Conny und Luisa springen auf den Bahnsteig.

»Haltet ihn!«, brüllt Luisa. »Das ist ein Verbrecher.«

Zwei ältere Schüler, beide so groß wie der Satteldieb, machen dem Blonden verdutzt Platz, statt ihn festzuhalten.

»Los, hinterher«, schreit Conny die Jungen an. »Seid ihr blöd oder was?«

Endlich reagieren die beiden. Sie werfen ihre Schulsachen auf die Wartebank und verfolgen den Blonden.

Mit seiner schweren Sporttasche kommt er nicht sehr schnell voran. Er stolpert die Rolltreppe zur Wandsbeker Allee hinauf. Sein unförmiges Gepäck ist ihm dabei im Wege. Die lange Sporttasche eckt an Schaukästen und Automaten an. Das hält auf. Aber er lässt sie nicht fallen.

Der Blonde flüchtet jetzt zum Ausgang. Nur noch ein paar Schritte und er wird zwischen den Fußgängern auf der belebten Wandsbeker Allee verschwinden. Doch da sind die beiden Schüler hinter ihm. Einer bekommt seine Kapuze zu fassen. Der Mann schlägt wild um sich.

»Loslassen!«, brüllt er.

Statt zu helfen, drücken sich die hereinkommenden Leute an die gekachelten Wände und gucken zu. Gut, dass die beiden Schüler groß und sportlich sind. Einer dreht dem Blonden einen Arm auf den Rücken. Mit vereinten Kräften halten sie ihn fest. Lange dauert die Rangelei nicht, da taucht die Polizei auf. Ein Segen, dass die U-Bahn-Angestellten sie sofort alarmiert haben – und dass die Dienststelle so nahe liegt.

Zwei Polizisten überprüfen die Sporttasche. Sie ist vollgestopft mit elektronischen Geräten aus Fitnessstudios. Teure Spezialcomputer für Laufbänder, Rudergeräte und Fitnessfahrräder.

»Diebesgut«, vermutet ein Polizist.

Der Blonde soll seinen Ausweis zeigen. Er zuckt nur die Schultern. Angeblich liegt der bei ihm zu Hause, am Friedrich-Ebert-Damm.

»Wir fahren Sie hin und überprüfen Ihre Angaben.«

Luisa und Conny, die inzwischen auch eingetroffen sind, müssen berichten, warum sie die Notbremse gezogen haben. Luisa klärt die Polizisten über die gestohlenen Sättel von Birkenhain auf. Über ihren Besuch bei der Lichtbildkartei. Dass sie die »Eidechse« im Computer sofort erkannt hat. Genauso wie vorhin in der U-Bahn.

Die Polizisten setzen sich mit ihrem Präsidium in Verbindung. Nach einigem Hin und Her steht fest: Der Mann, den Luisa auf dem Bildschirm erkannt hat, kommt aus München, heißt Mirko Meierhuber und nennt als Adresse »Friedrich-Ebert-Damm 591 b in Hamburg«. Er ist mehrfach vorbestraft.

Wenig später kommen Conny und Luisa zum zweiten Mal an diesem Tag bei der »Baggerbau AG« an, dieses Mal im Streifenwagen. Falls es bei Mirko Meierhuber ein Diebeslager gibt, sollen die Mädchen Jensens Sättel identifizieren.

Vorbei an den gelben Baggern rollen die Wagen zu den beiden heruntergekommenen Flachbauten am Ende des Geländes. In Nummer 591b brennt vereinzelt Licht. Hier gibt es tatsächlich einige Wohnungen.

Mirkos Tür wird geöffnet. Ein Polizist stemmt sich gegen die Holzfüllung. Er muss kräftig drücken, so sehr klemmt die Tür. Das ganze Haus ist feucht und eigentlich nicht mehr bewohnbar. Im Flur schlägt ihnen ein muffiger Geruch entgegen. Der erste Wohnraum ist spärlich möbliert und wahrscheinlich noch nie gelüftet worden. Auf dem Boden liegen Matratzen mit Bettzeug. Am Fenster steht ein Tisch mit angetrockneten Essensresten. Die Vorhänge sind zugezogen.

Mirko wird vernommen. Obwohl die Mädchen nicht zuhören dürfen, bekommen sie mit, dass Al Steinberg tatsächlich bei Mirko wohnt und gleich nach Hause kommt. Ein Polizist verschwindet nach draußen, um die Streifenwagen außer Sichtweite zu fahren. Ein anderer öffnet die Türen zu drei weiteren Räumen. In zwei Zimmern stapeln sich Videorekorder, CD-Player, Camcorder und andere teure Geräte.

Nun der dritte Raum.

Mit Herzklopfen gucken Luisa und Conny um die Ecke – und brechen in ein Indianergeheul aus: »Unsere Sättel, unsere Sättel . . .«

Sie liegen sich in den Armen und kreischen, wie sonst nur die Nervis kreischen oder die Killerbienen. Aber das ist jetzt nicht wichtig. Wichtig ist nur eins: Jensens Sachen sind wieder da. Auch das Zaumzeug liegt auf einem Haufen in der Ecke. Daneben sind noch mehr fremde Sättel an der Wand in die Höhe gestapelt, außerdem Trensen und Kutschpferde-Geschirre.

Der Polizist freut sich mit den Mädchen, dann räuspert er sich und wird förmlich.

»Könnt ihr bestätigen, dass die Pferde-Ausrüstung aus dem Reitstall von Kai Jensen in Großmoorstedt stammt?«, fragt er. »Und woran erkennt ihr das?«

»Erstens stehen die Pferdenamen drauf«, sagt Conny und kauert sich neben die Sättel. »Sehen Sie . . . Sally, Kalle, Ole, Rocky.« Conny hebt Rockys schwarzen Sattel hoch und schmiegt ihr Gesicht an die lederne Sitzfläche. »Und zweitens erkenne ich Rockys Sattel unter Millionen anderen.«

In den nächsten Tagen redeten sie auf Birkenhain über nichts anderes als über die Sattelbande. Und über den mutigen Einsatz von Luisa und Conny. Und über Albrecht Steinberg. Der war noch am Abend des U-Bahn-Abenteuers festgenommen worden. Während Mirko Meierhuber hartnäckig leugnete, gestand Al Steinberg sofort.

Mirko, bei dem Albrecht kostenlos wohnte, hatte Albrecht angestiftet, Jensens Sättel zu stehlen. Al besaß ja noch den Stallschlüssel für Birkenhain, darum stellte er sich den Diebstahl kinderleicht vor. Als er feststellte, dass Jensen ein neues Schloss in die Sattelkammer eingebaut hatte, wollte Al die Sache abblasen. Aber Mirko nicht. Der hatte schon Käufer im Ausland für die heiße Ware gefunden. Schließlich kam er auf die Idee, Luisa einzuschüchern, bis sie den neuen Schlüssel herausgab. Mias Reitweste und das Geld hatte Albrecht nur gestohlen, um Unruhe in den Stall zu bringen. Aus Rache für Jensens Rauswurf.

»Man hatte das Gefühl, Albrecht Steinberg war regelrecht erleichtert nach dem Geständnis«, sagte einer der Polizisten zu Kai Jensen. So erleichtert, dass er auch das Versteck von Connys Vampirumhang verriet und Luisas Handy zurückgab.

Meierhuber war für die Kripo ein alter Bekannter. Steinberg hatte das erste Mal mit der Polizei zu tun.

Obwohl beide Täter gefasst waren, durfte Kai Jensen seine Sättel nicht gleich abholen. Die Polizei brauchte die gestohlenen Sachen noch für Untersuchungen und fürs Protokoll. Endlich, nach fünf Tagen, kam der ersehnte Anruf von der Polizei Großmoorstedt.

»Sättel und Zaumzeug liegen abholbereit in unserer Dienststelle«, gab Polizeihauptmeister Karl Brammer durch. »Bringen Sie beim Abholen doch Ihre schlauen Mädchen mit!«

So schnell war Kai Jensen noch nie bei seinem Pick-up-Lastwagen auf dem Hof gewesen! Die Reitermädchen hinterher. Jensen wollte alle Hauptzeugen mitnehmen – Luisa, Conny, Jule. Auch die Nervis. Bevor Conny den Mund aufmachen konnte, sagte Jensen: »Protest ist zwecklos ... die Gerlach-Zwillinge kommen mit. Die haben schließlich den Transporter der Diebe erkannt. Und uns ihre Sättel geliehen. Schon vergessen?«

Das Polizeirevier Großmoorstedt war in einer alten Villa untergebracht. Gespannt drängten sich die Mädchen neben Kai Jensen durch die wuchtige Eichentür.

Im ehemaligen Salon saßen zwei Polizisten hinter einfachen Schreibtischen. Als die Besucher anrückten, erhob Karl Brammer sich umständlich und kam um den Tresen herum. Ächzend bückte er sich nach einem Karton in der Ecke der Amtsstube.

»Ihr habt mutig gehandelt«, sagte Brammer feierlich und richtete sich auf. »Als kleines Dankeschön für eure Mitarbeit bekommt jeder ein T-Shirt der Polizei.«

Der Polizist zeigte auf den grün-weißen Stapel in seiner Hand.

Luisa angelte sich das oberste Hemd und zog es gleich über ihre Stalljacke an. »Cool.« Mit Genugtuung sah sie an sich herunter.

Brammer klopfte Luisa und Conny auf die Schultern. »Mädchen wie ihr sind zu gebrauchen. Wenn ihr später euren Beruf aussucht – bei der Polizei nehmen wir euch sofort.«

»Setzen Sie meinen Mädchen keinen Floh ins Ohr«, sagte Kai Jensen lachend. »Die brauche ich auf dem Reiterhof.« Er warf einen Blick auf die Uhr und sah in die Runde. »Zeit zum Füttern. Vorher müssen wir noch die Sättel aufladen. Kommt ihr mit? Oder wollt ihr euren Lebensabend mit Polizeihauptmeister Brammer verbringen?«

Brammer zwinkerte den Mädchen zu.

Conny faltete ihr T-Shirt zusammen und lachte. »Echt, Herr Brammer ... so ein Polizist ist ja ziemlich cool, aber im Vergleich zu meinem süßen Rocky ...«

»Na also, das ist eine klare Entscheidung«, sagte Kai Jensen und stand auf. »Nun aber los.«

REITERHOF BIRKENHAIN

# Ende für die Reitschule?

# Inhalt

## 1. Kapitel

# Frostige Zeiten

»Hör auf damit, Jule! Sonst kannst du morgen deinen Arm wirklich nicht mehr bewegen.«

Tierarzt Dr. Teichmüller winkte dem rothaarigen Mädchen zu, als er vor der Reitschule Birkenhain aus seinem Wagen stieg. Kalte Luft schnitt ihm ins Gesicht. Kopfschüttelnd musterte der Tierarzt die zwölfjährige Jule. Verbissen bearbeitete sie das Glatteis auf dem Hof mit dem Spaten. Als hinge ihr Leben davon ab, die gesamte Anlage eisfrei zu machen. Kleine Eisbrocken flogen nach links und rechts.

Dr. Teichmüller griff nach seiner Arzttasche und schloss die Autotür mit steifen Fingern ab.

Für einen Moment unterbrach Jule Ahrend ihre Arbeit. Mit dem Ärmel ihrer Thermojacke wischte sie sich Eissplitter aus dem Gesicht.

»Aufhören geht nicht, Herr Teichmüller. Erst, wenn der Weg zum Auslauf frei ist.«

Sie machte eine Armbewegung. »Gucken Sie sich das Spiegeleis an – unsere Pferde brechen sich ja die Beine.«

Der hagere 50-jährige Mann betrachtete Jule über den Brillenrand. Er kannte sie gut, schließlich kam er regelmäßig hierher, um nach den Schulpferden zu sehen. Wenn Jule sich etwas in den Kopf gesetzt hatte, das wusste er, konnte sie störrisch wie ein Esel sein.

Der Tierarzt seufzte und rutschte mit kleinen Schritten über den Hof zum Stall.

Jule hing schon wieder über ihrem Spaten und hackte auf das Eis ein. Seit sie heute Nachmittag in die Reitschule gekommen war, war sie auf dem Hof im Einsatz. Allmählich geriet sie ins Schwitzen, trotz der Kälte. An ihrer Stirn klebten rote Haarsträhnen.

Dr. Teichmüller blieb bei Jule stehen.

»Hol einfach ein paar Karren Mist und wirf den aufs Eis. Mist stoppt prima, sogar bei Pferden mit Hufeisen. Wundert mich, dass Herr Jensen dir das nicht gesagt hat.«

Jule richtete sich auf und rieb ihren rechten Ellenbogen.

»Ach ... Herr Jensen ... den können wir seit Tagen nicht ansprechen. Der hört gar nicht hin.«

Ein Schatten glitt über Dr. Teichmüllers Gesicht.

»Ja, ich weiß«, murmelte er.

»*Was* wissen Sie?«

»Ach nichts.«

Ohne weitere Erklärungen balancierte der Tierarzt über das aufgehackte Glatteis. Gewohnheitsmäßig zog er seinen Kopf ein, als er den Stall betrat.

»Ach nichts . . .«, rief Jule aufgebracht hinter ihm her. Wütend ließ sie den Spaten auf ein dickes Eisstück niedersausen. »Nichts! Die Antwort gibt uns Herr Jensen auch dauernd. Wir sind doch keine Kinder. Wann sagt uns endlich jemand, was hier los ist?«

Die Tür zur Stallgasse öffnete sich wieder ein Stück. Dr. Teichmüller hatte Jules Anfall gehört und kam zurück.

»Ich rede gleich mit Kai Jensen. Versprochen.«

»Hoffentlich«, knurrte Jule und schlitterte zum Unterstand hinüber, um eine Schubkarre zu holen.

Das Benehmen von Stallbesitzer Kai Jensen war tatsächlich undurchsichtig. Richtig beängstigend, fanden Jule und ihre Reiterfreundinnen. Früher hatte er immer ein offenes Ohr für »seine Mädchen« gehabt. Warum war das auf einmal vorbei?

Am Misthaufen schaufelte Jule die Karre voll und leerte den Inhalt auf den Hof aus. Fünfmal musste sie Nachschub holen, um einen leidlich breiten Wegstreifen anzulegen. Dann brachte sie Sally, ihr Lieblingsschulpferd, mit ihrem Fohlen M2 in den Auslauf.

Trotz des gefrorenen Bodens stürmten Stute und Fohlen gleich davon. Weiße Atemwolken entstanden vor ihren Nüstern, Schnee stob unter den Hufen auf.

Jule lächelte, als sie das Gatter schloss. Sie freute sich für die Pferde. Lange würden Sally und M2 allerdings nicht draußen bleiben können. Der Sonnenuntergang kündigte sich bereits an. Am Horizont glühte der Himmel und ließ den klirrend kalten Dezembertag noch eisiger erscheinen.

Normalerweise fand Jule Kälte scheußlich, aber solch ein prachtvoller Tag gefiel selbst ihr. Schnee kam in Großmoorstedt nicht oft vor. Seit hier am Stadtrand von Hamburg der Winter eingezogen war, sah der Reiterhof aus wie ein Knusperhaus. Glitzernder Schnee häufte sich auf dem tief gezogenen Dach. Wo das Blech der Regenrinne undicht war, hingen Eiszapfen herunter. Die geschnitzten Pferdeköpfe am Giebel funkelten unter 1.000 Schneekristallen.

Jule sah auf die Uhr. Kurz vor vier.

»Ach du Schreck!«

Über ihre Eishackwut hätte sie fast die Lesestunde im Stall vergessen. Für vier Uhr hatte sich Wilma Löwe angesagt. Frau Löwe wohnte am Birkenweg neben dem Reiterhof. Ab und zu kam sie herüber und machte mit den Mädchen einen gemütlichen Vorlesenachmittag.

Die Lesestunde!

Darum war auf dem Hof von ihren Freundinnen keine Spur zu sehen, dachte Jule, als sie den Spaten im Unterstand aufhängte. Conny und Luisa kümmerten sich drinnen um Sitzgelegenheiten. Sie wollten es sich nachher richtig kuschelig machen. Kai Jensen hatte sogar sein Büro geräumt, weil es auf dem Heuboden zu kalt war.

Kai Jensen – kaum fiel Jule sein Name ein, beschlich sie ein unbehagliches Gefühl. Irgendetwas ging hier vor, das Jensen seinen Reitern verheimlichte. Aber was?

»Quatsch«, sagte sie laut. »Mach dich nicht verrückt, Jule Ahrend!«

Nein, ihre krausen Gedanken sollten ihr nicht den Nachmittag verderben. Jule warf einen letzten Blick auf Sally und M2, dann ging sie über den gestreuten Weg zum Stall.

In der Tür stieß sie mit Conny Clasen zusammen.

»Los, Jule, ich wollte dich gerade holen.« Conny zog Jule durch die Stallgasse nach vorn. »Frau Löwe fängt an.«

Aus der Box des Friesen Ankum drangen Gesprächsfetzen. Die Mädchen blieben stehen und sahen sich bedeutungsvoll an.

»Vielleicht schnappen wir etwas auf«, flüsterte Jule, denn Herr Jensen unterhielt sich mit Dr. Teichmüller, während der Tierarzt Ankums Beine abtastete.

Aber es ging nicht um düstere Geheimnisse, sondern nur um Ankum und seine neue Besitzerin. Jensen ließ das schwarze Pferd untersuchen, weil es in den nächsten Tagen verkauft wurde. Zum Glück blieb der schöne Friese weiter auf Birkenhain stehen, nur eben in einer Privatbox.

Auf Zehenspitzen schlichen die Mädchen weiter. Conny drückte die Eisentür am Ende der Stallgasse auf. Dahinter lag ein enger Flur, von dem Jensens Büro abging. Aus dem Zimmer hörte man Stimmengewirr.

»Volles Haus«, stellte Jule fest, als sie hereinkam, und rieb sich die verfrorenen Finger. Sie nahm Kurs auf den alten Kachelofen, aus dem wohlige Wärme strömte. Jule legte ihre Handflächen auf die Kacheln und sah sich nach einem Sitzplatz um.

Zehn Strohballen nahmen den Platz des Schreibtisches ein, der jetzt auf dem Flur stand. Mehr als 20 Mädchen machten es sich laut schwatzend und lachend auf dem Stroh gemütlich, tranken heißen Kakao und knabberten Kekse. Sogar einige »Killerbienen« waren gekommen. Das war der Spitzname für die 17- und 18-Jährigen, die überall dabei sein wollten, obwohl sie längst zu alt für Pferdegeschichten waren.

Auf Jensens Drehstuhl blätterte Wilma Löwe, eine blonde Frau mit kurzem Haar und fröhlichen Augen, in einem Roman. Neben ihren Füßen türmten sich Bücher.

Frau Löwe saß neben dem Kachelofen, auf dem drei Kakaokannen standen. Das sah lustig aus, denn die Kannen und Frau Löwe hatten den gleichen runden Bauch. Wilma Löwe erwartete nämlich bald ein Baby.

Aus dem Gewirr von hellen und dunklen Haarschöpfen tauchte ein Kopf mit einem schwarzen Zopf im Nacken auf. Luisa Steffen. Sie entdeckte Jule und Conny am Kachelofen und winkte sie heran.

»Hier . . . ich habe Platz freigehalten.«

Das zierliche Mädchen rutschte ans Ende des Ballens, damit ihre Freundinnen sich danebenquetschen konnten.

Da begann Wilma Löwe mit der ersten Geschichte. »In einer stürmischen Frühlingsnacht wurde ein pechschwarzes Fohlen geboren, mit einem weißen Stern auf der Stirn . . .«

Wilma Löwe las packend vor und jeder fieberte dem Ende der Geschichte entgegen. Die Gesichter glühten vor Spannung. Die Backofen-Hitze ließ die Backen noch roter erscheinen.

Jule bangte wie die anderen um das Fohlen aus dem Buch. Sorgen wegen Jensens Verhalten? Vergessen. Jedenfalls für diesen Nachmittag. Als Wilma Löwe das Buch zuklappte und »Feierabend« sagte, schien es auf Birkenhain so normal und schön wie früher.

Bis Kai Jensen hereinkam.

Wer ihn kannte – und manches Mädchen kannte ihn besser als den eigenen Vater –, merkte sofort: Etwas Ernstes musste geschehen sein. Nichts, was man mit links aus der Welt schaffen konnte. Die Reitermädchen kannten Jensens verschiedene Gesichter. Sie wussten, wie der Stallbesitzer seine Miene verzog, wenn er sich ärgerte. Wie er die Stirn bei Reitfehlern runzelte. Wie er die Augen zusammenkniff, wenn er sauer war.

Aber heute – nichts von alledem. Beinahe verzweifelt sah Kai Jensen aus, als er anfing zu reden.

»Ich muss euch etwas sagen, was mir seit Wochen auf der Seele liegt.«

Der Stallbesitzer lehnte sich in den Türrahmen und vermied es, die Mädchen anzusehen. »Ihr könnt mir glauben . . . das fällt mir verdammt schwer.«

Jensen räusperte sich und fuhr fort: »Es ist jetzt zwei Wochen her, da erschien ein Bauunternehmer hier im Stall. Dieter Markmann. Derselbe, der drüben am Lottbach die neuen Häuser gebaut hat . . .«

Kai Jensen redete drei oder vier Minuten, schnell, fast ohne Luft zu holen. Danach herrschte in seinem Büro Totenstille.

## 2. Kapitel

# Wir geben nicht auf!

Wie versteinert saßen die Mädchen auf ihren Strohballen. Der Schock verschlug ihnen die Sprache. Dass die Halme piksten, spürte niemand mehr. Jule hielt ihren halb vollen Kakaobecher in der Hand – aber konnte sie nach dieser Nachricht je wieder Nahrung zu sich nehmen?

Conny legte ihren Arm um Luisa. Die anderen starrten auf den Boden und versuchten, das Unfassbare zu fassen.

Die letzten Sätze von Kai Jensen hingen in der Luft. Entsetzliche Worte: »Hofverkauf«, »Zwangsräumung« und »Testament«.

Was war passiert?

Vor zwei Wochen war Bauunternehmer Dieter Markmann bei Herrn Jensen erschienen. Er behauptete, er habe Birkenhain geerbt – von dem alten Bauern, der gerade gestorben war. Markmann plante, Stall und Reithalle abzureißen und Eigentumswohnungen zu bauen. Natürlich müssten alle Pferde schnellstens weg. Wenn Jensen sich weigerte, drohte der Bauunternehmer mit Zwangsräumung.

Wilma Löwe fasste sich als Erste, ganz blass um die Nase. Ihre Stimme bebte vor Empörung. Sie wollte keine Luxuswohnungen am Birkenweg haben.

»Ich weiß doch, dass der alte Bauer den Reiterhof erhalten wollte. War das Testament wirklich echt?«

Jensen zuckte die Schultern.

»Ja. Dieser Markmann hat mir einen Original-Erbschein unter die Nase gehalten. Vom Gericht. Ich verstehe das alles nicht . . .«

Er ließ sich auf die Ofenbank fallen und schüttelte den Kopf.

»Dabei wollte der Bauer nie, dass auf seinem Hof Wohnungen gebaut werden. Ich habe ja sogar ein Testament von ihm, in dem er mir alles vererbt. Aber nur, wenn Birkenhain ein Reiterhof bleibt.«

Jule sah hoch.

»Dann sind Sie ja im Recht, Herr Jensen! Markmanns Testament ist doch nicht besser als Ihres!«

»Leider doch, Jule.«

Müde winkte Jensen ab. »Ich war schon beim Gericht. Die sagen, Markmanns Testament ist neuer als meins. Und das neueste gilt.«

Jule verkrampfte die Hände so fest ineinander, dass die Knöchel hervortraten. Unter ihrer Schädeldecke kribbelte es plötzlich. Ihr Kopf war leer. Nur ein einziges Wort hatte Platz darin: Sally. Sally, Sally, Sally. Nichts als die eine Frage beschäftigte Jule, die wichtigste aller Fragen: Was wird aus meinem Lieblingspferd? Alle anderen Mädchen in der Runde dachten dasselbe: *Was wird aus meinem Lieblingspferd?*

Im Kachelofen knackten Holzscheite und fielen krachend in der Glut zusammen. Wärme erfüllte den Raum. Ein paar übrig gebliebene Lebkuchen verströmten Zimtaroma. Ohne den köstlichen Duft, ohne die anheimelnde Wärme, ohne die Nähe der Freundinnen wäre die Lage überhaupt nicht auszuhalten gewesen.

Für die Mädchen war es eine schier unerträgliche Vorstellung, dass ihr Reiterhof Birkenhain von Wohnungen verdrängt werden sollte.

»Ohne Pferde . . . ich glaube, dann wandere ich aus«, sagte Nicky leise; sie ritt in der Jugend-Quadrille. »Meine Eltern sind nur zu ertragen, weil ich nachmittags von zu Hause wegkann und hier die Pferde habe.«

»Nur noch Schule . . . und ich weiß nicht, wo mein Rocky bleibt . . . nein, dann ist das Leben sinnlos.« Conny Clasen hatte einen Kloß in der Kehle, als sie sprach.

Jule fuhr von ihrem Strohballen hoch. »Was soll ich denn sagen? Ich habe schließlich doppelt Stress . . . in der Schule bin ich eine Vollniete und zu Hause überwachen mich meine oberstrengen Eltern.«

Trotzig stampfte Jule mit dem Fuß auf.

»Wenn Birkenhain verkauft wird, nehme ich keine Mathenachhilfe mehr«, sagte sie, als wenn sie damit die Sache beeinflussen könnte.

»Wir müssen den Leuten im Gericht die Hölle heißmachen«, schlug Olivia von den Killerbienen vor. »Die müssen merken, dass in Großmoorstedt die Erde brennt, wenn der Reiterhof weg ist. Schließlich fällt Reiten unter *sinnvolle Jugendarbeit*. Wenn die fehlt, laufen wir alle aus dem Ruder.«

Normalerweise gab niemand etwas auf das Gerede der Killerbienen, aber heute griff man nach jedem Strohhalm. Bald schwirrten verrückte Vorsätze und fürchterliche Versprechen durch Jensens Büro.

»Ich erzähle überall, dass ich ohne Pferde kriminell werde«, kündigte Luisa Steffen mit finsterem Blick an. »Dass ich mit einem Baseballschläger am U-Bahnhof lauere und Fußgänger bedrohe.«

Einige Mädchen prusteten los. Für einen Moment löste sich die beklemmende Stimmung. Luisa Steffen mit Baseballschläger am Bahnhof – das war das Letzte, was man sich vorstellen konnte. Ausgerechnet Luisa, die hilfsbereite Luisa, die keiner Fliege etwas zu Leide tun konnte.

Wilma Löwe packte die Bücher zusammen und stapelte sie auf ihrem Drehstuhl.

»Jedenfalls gucken wir nicht einfach zu, wie der schöne Reiterhof kaputtgemacht wird. Ich will, dass mein Baby hier mal reiten lernt.«

»Ein winziger Hoffnungschimmer bleibt uns noch«, sagte Kai Jensen. »Ich muss Zeugen finden. Zeugen, die gehört haben, dass der Bauer den Reiterhof unbedingt erhalten wollte. Dann kann ich das Testament anfechten.«

»Das dürfte leicht sein«, warf Frau Löwe ein. »*Ich* weiß es zum Beispiel. Mein Mann auch. Ich finde garantiert noch mehr Zeugen.«

Schwerfällig drehte sie sich um und stützte beide Hände in den Rücken. Stehen fiel ihr jeden Tag schwerer, wegen des Babys.

»Wer weiß, was da gelaufen ist mit diesem Bauunternehmer. Dem Markmann traue ich alles zu. Der Kerl ist doch ein ganz undurchsichtiger Bursche.«

Tatsächlich besaß der Bauunternehmer in Hamburg einen schlechten Ruf. Wo er baute, gab es Ärger. Maurer, Elektriker und Klempner arbeiteten nur im Notfall auf seinen Baustellen, wenn sie keine anderen Aufträge hatten. Hinter vorgehaltener Hand munkelte man, dass Markmann wichtigen Leuten Geld zusteckte, um sie zu bestechen.

»Sogar Baugenehmigungen soll der sich ergaunert haben«, sagte Wilma Löwe, die das von ihrem Mann gehört hatte. »Warum nicht auch ein Testament?«

Jule überlegte, bis ihr Kopf glühte wie der Kachelofen. Dann fiel ihr etwas ein.

»Vielleicht hat der Mistkerl den alten Bauern bedroht ... ich meine ... der war doch krank und konnte sich nicht wehren. Ich wette, Markmann hat ihn gezwungen, ihm Birkenhain zu vererben.«

»Genau«, sagte Conny sofort und Luisa rief: »Bestimmt hat er das.«

»Na, na«, sagte Herr Jensen. »Ihr lest zu viele Krimis. Besonders du, Jule.«

»Quatsch. Mein Vater sagt immer, wenn es ums Geld geht, werden Menschen zu Monstern. Und der ist bei der Bank und muss es wissen.«

An diesem Abend saßen sie noch lange um den Kachelofen, diskutierten erhitzt und schmiedeten Pläne. Erst als besorgte Mütter auftauchten, um ihre Töcher abzuholen, fuhr Kai Jensen erschrocken auf. »Dass ich die Zeit vergesse ... das ist mir ja noch nie passiert. Da seht ihr, was dieses Testament angerichtet hat.«

Sofort stürzten sich die Mädchen auf ihre Mütter und schrien ihnen die unerhörte Nachricht entgegen. Erst verstanden die Frauen gar nicht, was die Jugendlichen so in Aufruhr versetzte. Aber als sie begriffen, dass der Reiterhof verschwinden sollte, waren auch sie geschockt. Sogar Jules Mutter, die oft versuchte, ihre Tochter von den Pferden fernzuhalten, war niedergeschlagen.

In gedrückter Stimmung sammelten die Mädchen ihre Rucksäcke ein und verließen den Stall.

Eisige Luft nahm ihnen draußen fast den Atem. Doch die klirrende Kälte hatte auch einen Vorteil: Sie putzte die Köpfe frei. In der Wärme von Jensens Büro konnte man nicht geradeaus denken. Vor der Tür sah die Sache weniger bedrohlich aus.

Eine dunkelblaue Nacht senkte sich auf Großmoorstedt herab. Wolkenlos wölbte sich der Winterhimmel über Birkenhain. Das verschneite Dach leuchtete im Schein der Sterne. Es war hell genug, um den gestreuten Pfad zum Birkenweg zu erkennen.

Wortlos stapfte die kleine Truppe die Auffahrt hinauf. Eine dichte Schneedecke lag auf den Wiesen und breitete Frieden über dem Reiterhof aus.

Auf halbem Weg blieb Jule stehen und sah zum Stall zurück. Durch die lange Fensterreihe fiel Licht nach draußen. Dahinter standen die Pferde in ihren Boxen und zermalmten das abendliche Heu. Sally, Rocky, Ankum, Flecken-Paula – sie wussten nichts von einem Testament. Und wüssten sie davon, würden sie sich nicht darum scheren. Pferde kennen keine Zukunft und darum haben sie auch keine Angst davor.

Vor Jules Auge tauchte ein Bild der Luxuswohnungen auf, die hier gebaut werden sollten. Wo jetzt die Pferde im Stroh standen, würden da in einem Jahr teure Teppiche liegen? Mit Designermöbeln darauf? Wo jetzt Sally Wasser aus der Tränke schlürfte, würden dort bald Leute in Nobelkleidung Cocktails trinken?

Jule schüttelte sich bei der Vorstellung. Reiterhof Birkenhain war der schönste Platz der Welt – und so sollte es bleiben.

»Das hier darf der Markmann uns nicht wegnehmen«, sagte Jule. »Niemals.«

Die anderen nickten entschlossen. Verschwörerisch drückten die Mädchen sich die Hände.

Ihr Paradies, das gaben sie nicht kampflos auf.

## 3. Kapitel

# Protest, Protest

»Spinnst du, Jule? Leg Papier unter, sonst verfärbt sich noch der Teppich. Hier, nimm!«

Mit einem Fußkick schoss Conny Clasen eine braune Rolle Packpapier zu ihrer Freundin hinüber.

Jule grummelte etwas, das wie eine Entschuldigung klang, riss ein Stück von der Rolle ab und schob es unter den weißen Stoff vor sich. Sie lag neben Luisa Steffen auf dem Teppich in Connys Zimmer und malte Plakate.

In der anderen Ecke hockte Bastian Bachmann, ein 14-jähriger Reiterfreund mit blondem Bürstenschnitt, und entwarf Protest-Texte.

Neben ihm häuften sich Tischdecken und Bettlaken, alle weiß, alle heimlich aus den Elternhäusern entwendet.

Conny spannte eine dritte Wäscheleine quer durch ihr Zimmer. An den anderen beiden trockneten einige fertige Tücher.

*»Großmoorstedter, wehrt euch!«* stand mit schwarzem Filzstift darauf und *»Kämpft mit um unseren Rei-*

*terhof!«* auf einem zweiten und *»Reiterhof Birkenhain darf nicht sterben!«* auf dem dritten.

»Fertig!«

Zufrieden schraubte Jule den dicken Stift zu und rollte zur Seite.

»Guckt mal, wie findet ihr das?«

Conny machte den Hals lang und las den Text.

»Super«, sagte sie.

»Hammerhart«, kam es von Bastian aus der Ecke, »obwohl das von dir stammt, Jule.«

Protestierend warf Jule den Filzschreiber nach Bastian. Die beiden frotzelten ständig, dabei war es offensichtlich, dass sie sich gern hatten.

Jule drückte Luisa einen Zipfel des beschrifteten Tischtuchs in die Hand, das sie an die Leine klammerten.

*»Hilfe!!! Der Mistkerl Markmann will unseren Stall abreißen!«*, stand auf dem Stoff. Mit gemischten Gefühlen studierte Luisa den Text.

»Hm ... klingt gut. Aber ich wette, Herr Jensen erlaubt nicht, dass wir das aufhängen, Jule.«

»Dummes Zeug. Er soll froh sein, dass wir seinen Reiterhof retten. Und die Pferde ...«

»Jule!«, schrien Conny und Luisa gemeinsam. »Sei still!«

»Ja, ich weiß«, seufzte Jule.

Gestern, am Tag nach der unfassbaren Neuigkeit, hatten sich die Mädchen geschworen, nicht mehr von der Zwangsräumung zu sprechen. Jede von ihnen bekam sofort Bauchschmerzen, wenn sie an den Pferdeverkauf dachte.

Also verdrängten die Mädchen das Thema.

Stattdessen stürzten sie sich mit Feuereifer in die Aktion »Rettet den Stall!«. Dazu zählte auch die Plakatmalerei. Sie wollten die Spruchbänder am Pferdestall aufhängen, um Reitereltern und Spaziergänger aufzurütteln.

Wilma Löwe informierte inzwischen die Großmoorstedter. Dabei half ihr Dr. Völker, dessen Praxis fünf Minuten vom Reiterhof lag.

Der Arzt – die Mädchen nannten ihn nur »Humanmediziner« – legte Unterschriftenlisten aus. Darin protestierten seine Patienten gegen die Bebauung von Birkenhain.

»Der Humanmediziner hatte gestern schon 50 Unterschriften«, verkündete Conny, während sie die trockenen Transparente von der Leine nahm, faltete und in eine Reisetasche legte. »Am ersten Tag. Wenn das so weitergeht . . .«

»Wenn das so weitergeht, sehe ich schwarz für dein Zeugnis«, ertönte eine Stimme im Flur.

Connys Mutter steckte ihren Kopf ins Zimmer. »Ich verstehe euch ja . . . die Sache mit den Pferden . . . aber ich wette, keiner von euch hat seine Hausaufgaben erledigt. Und die gehen vor.«

»Oh nein, Frau Clasen, fangen Sie nicht auch noch an!« Jule verdrehte die Augen. »Bisher haben wir Conny immer beneidet, wegen ihrer tollen Eltern. Ich dachte, Sie sind eine Supermutter. Ein Glücksfall für eine Pferdenärrin wie Conny.«

»So, dachtest du das.« Frau Clasen war geschmeichelt. »Na ja, wenn das so ist. Trotzdem, die Hausaufgaben . . .«

Connys Vater war durch den Wortwechsel in seinem Arbeitszimmer aufmerksam geworden und kam dazu.

»Ach Jutta, das holt Conny schon nach. Ich bin ja auch noch zum Helfen da.«

Obwohl Ulli Clasen selber Lehrer war, Deutsch und Bio, war er nachsichtig, was Connys Zensuren anging. Er fand es wichtig, dass seine Tochter sich für Tiere einsetzte und für den Umweltschutz. Er und seine Frau halfen in der Tierschutz- und Umweltgruppe von Großmoorstedt.

»Auf Bauunternehmer Markmann sind wir schlecht zu sprechen«, sagte Ulli Clasen. »Der hält sich an keine Vorschrift. Wisst ihr noch, im Sommer? Die Überschwemmung? Das Hochwasser geht auch auf Markmanns Rechnung, weil er die Wiesen mit Parkplätzen zugebaut hat.«

Und ob sie sich erinnerten.

Der Lottbach überschwemmte die Wiesen zwischen Reiterhof und Wald. Zahllose Rehe und Kaninchen ertranken damals. Das Hochwasser stieg hinauf bis in den Stall. Hals über Kopf mussten alle Pferde in Sicherheit gebracht werden.

»Also los!« Connys Vater gab seiner Tochter einen

Klaps auf die Schulter. »Lauft endlich und hängt die Plakate auf!«

Mit der Reisetasche polterten die vier die Treppe hinunter.

»Nein, lauft bloß nicht . . . geht vorsichtig!«, rief Ulli Clasen ihnen übers Geländer nach. »Es ist mordsmäßig glatt draußen.«

Obwohl sie sich an Ulli Clasens Warnung hielten, fielen Jule und Conny auf dem Weg zur Reitschule zweimal hin und Luisa einmal. Die Straße lag knöcheltief im Pulverschnee, darunter geriet man plötzlich auf glatte Stellen, die bremsende Autos verursacht hatten. Die Mädchen rappelten sich unverletzt wieder auf, aber sie sahen aus, als wären sie in eine Lawine geraten. Der Weg zum Reiterhof dauerte dreimal so lange wie sonst. Nach 20 Minuten kamen die geschnitzten Pferdeköpfe am Giebel von Birkenhain in Sicht.

»Jetzt ein Ausritt durch den Schnee«, sagte Conny mit einem sehnsüchtigen Blick auf die verschneiten Reitwege. »Aber mit dem Glatteis dazwischen – da kann man sich ja gar nicht ins Gelände wagen.«

Bastian nickte.

»Hast recht. Herr Jensen lässt nur Ankum und Brinkum heraus, denen kann man Stollen unter die Hufeisen schrauben. Außerdem sieht man unsere Friesen gut mit ihrem schwarzen Fell. Stellt euch mal vor, ein Schimmel im Schnee ... den rennt doch jeder um.«

Am Schaukasten, in dem Fotos der Pferde hingen, blieben die Jugendlichen stehen. Sie sahen sich die 18 Pferdeköpfe an, die Bastian fotografiert hatte. Keiner sagte etwas. Ihre Gedanken kreisten um das Wort »Zwangsräumung«.

Conny betrachtete die Fotos genauer als sonst. Die Pferde sahen aus, als wollten sie etwas sagen, fand sie. Besonders Rocky, ihr heiß geliebter Traberwallach. Seine Augen forderten: »Sorg dafür, dass ich hierbleiben kann! Woanders kann ich mich nicht mehr eingewöhnen.«

King Louis guckte mit dem weisen, geduldigen Blick des Herdenchefs auf die Gruppe herab: »Keine Panik, Leute. Bis der Verkauf so weit ist, fließt noch viel Wasser durch den Lottbach.«

Dann die Fjordpferde Ole und Kalle. Ole mit seinen lieben Augen zwinkerte Conny zu: »Wird schon gut gehen.«

Frech und rauflustig blinzelte Fjordpferd Kalle aus dem Schaukasten: »Knöpft dem Markmann unseren Reiterhof wieder ab! Ihr schafft das – oder ich fresse einen Stallbesen.«

Conny seufzte. Wenn sie doch in die Zukunft sehen könnte. Wo würden Rocky, King Louis, die Fjordpferde und die anderen nächstes Jahr sein? Würden sie am Ende doch getrennt? In alle Himmelsrichtungen verkauft?

Die Vorstellung trieb ihr jäh die Tränen in die Augen. Rasch bückte Conny sich nach der Tasche mit den Spruchbändern. Sie schniefte. Bloß nicht losheulen. Umständlich räumte Conny die beschrifteten Tischtücher hin und her. Schließlich zog sie eins hervor und hielt es hoch.

»Dieses kommt an die wichtigste Stelle.«

Sie banden das Transparent *»Reiterhof Birkenhain darf nicht sterben!«* am Schaukasten fest.

*»Großmoorstedter, wehrt euch!«* hing kurz darauf in den Ästen der großen Birke an der Einfahrt. Ein drittes Plakat wollte Kai Jensen abends am Fenster seiner Wohnung aufhängen.

»Und was ist mit dem *Mistkerl Markmann?* Wo soll das Plakat hin?«, fragte Luisa, als sie über den Hof zum Eingang balancierten.

»Psst.«

Jule öffnete die Stalltür und flüsterte: »Geheimnis. Wirst schon sehen.«

Kai Jensen gab gerade Unterricht.

Darum bekam er nicht mit, wie Jule, Conny und Bastian seinen beiden Friesenpferden Stollen in die Hufeisen schraubten. Luisa stand Schmiere in der Stallgasse.

Das war gut so, denn Kai Jensen rief aus der Reithalle: »Ist Bastian da? Er soll kommen und King Louis führen. Die Reiterin hat Angst.«

Bastian schlüpfte aus der Box auf die Stallgasse. Er

drückte Conny das Zaumzeug in die Hand. »Mach du Brinkum fertig. Hilft nichts, ihr müsst ohne mich gehen.«

Fünf Minuten später führten Conny und Jule die Friesen Ankum und Brinkum aus dem Stall. Luisa ging vor und testete den Hof auf glatte Stellen. Entlang des Hauses lag fester Schnee, in dem die Stollen Halt fanden. Gutmütig folgten die schweren Pferde Luisa. Durch glitzernden Schnee schritten sie lautlos hinauf zum Birkenweg.

Die Mädchen wollten mit den Friesen Aufsehen erregen. Und das gelang ihnen.

Ankum und Brinkum fielen bis zum Ende der Straße auf. Wer bei den letzten Häusern auftauchte, blieb stehen und sah genauer hin. Die schwarzen Friesenkörper zeichneten sich scharf gegen den Schnee ab. Vor den Nüstern gefroren die Atemwolken und legten einen Kranz aus Raureif um jede Pferdenase.

Zwar waren Pferde am Birkenweg keine Unbekannten, es kam häufig vor, dass sie an den Gärten vorgeritten wurden. Aber dann trugen sie keine großen Tischdecken um den Hals, die wie Riesenservietten aussahen. Dass die weißen Tücher beschriftet waren, sah man von Weitem. Den Wortlauf erkannte man aber erst beim Näherkommen.

Auf Ankums Decke stand Jules Text: *»Hilfe!!! Der Mistkerl Markmann will unseren Stall abreißen!«*

Auf Brinkums las man: *»Wir Pferde sollen vor die Tür gesetzt werden! Helft uns!«*

Jeder Großmoorsteder, der vorbeikam, weil er mit seinem Hund Gassi rutschte oder zum Einkaufen schlitterte, blieb stehen. Erst schmunzelten die Passanten über das lustige Bild – Friesen mit XXL-Servietten –, aber wenn sie den Text gelesen hatten, wurden sie ernst. Oder wütend, je nach Temperament. In einem Punkt herrschte Einigkeit: Man musste Markmann einen Strich durch die Rechnung machen. Luxuswohnungen statt Pferde am gemütlichen Birkenweg? Niemals!

Luisa behielt die Uhr im Auge. »Wir müssen zurück in den Stall. In zehn Minuten ist die Reitstunde zu Ende.«

Die Truppe drehte um und erreichte gerade die Hofeinfahrt, da überholte sie ein grauer Geländewagen. Neben ihnen bremste der Fahrer und drückte seine Nase gegen die Seitenscheibe. Ärgerlich sah Luisa sich nach dem Auto um. Konnte der Typ nicht aufpassen? Fast wäre er den Friesen in die Hinterhufe gefahren. Dann entdeckte Luisa eine Aufschrift an der Fahrertür. *Dieter Markmann, Bauunternehmen.*

Sie wurde blass. Ausgerechnet der! Hatte er etwa den Text »Mistkerl Markmann« gesehen? Hoffentlich nicht. Wenn doch, machte er garantiert Herrn Jensen die Hölle heiß.

»Macht, dass ihr wegkommt«, zischte Luisa ihren Freundinnen zu. »Und guckt euch nicht um. Los ... Markmann ist hinter uns. Der hat den Text gelesen, glaube ich.«

Markmann stoppte mitten in der Einfahrt und riss die Wagentür auf. Er war ein bulliger, großer Mann mit eckigem Kopf, auf dem eine bunt geringelte Wollmütze saß. Dazu hatte er einen grauen Anzug mit Weste an und Lederschuhe. Ein merkwürdiger Anblick. Die eleganten Sachen trug er, weil er einen Termin im Bauamt hatte. Auf dem Weg dahin machte er einen Umweg, um einen Blick auf Birkenhain zu werfen.

Mit laufendem Motor ließ Markmann den Geländewagen in der Einfahrt stehen und wollte hinter den Mädchen her.

Doch kaum setzte er einen Fuß auf die Straße, da riss es ihn von den Beinen. Markmann stieß einen Schrei aus und ruderte wild mit den Armen. Aber es half nichts: Der schwere Mann fiel wie ein Sack nach hinten. Er hatte noch Glück, dass der Schnee den Aufprall dämmte.

Von oben bis unten weiß, rappelte Markmann sich auf. Fluchend zog er die verrutschte Mütze zurecht und klopfte sich den Schnee von der Hose, während er mit einer Hand Halt an der Autotür suchte. Ärgerlich kniff er die Lippen zusammen. Sein breiter Mund hatte den Ausdruck eines Krokodils, das im Sumpf auf Beute lauert.

»He«, rief er hinter den Mädchen her, die hastig mit Ankum und Brinkum den Hof hinuntergingen. »Kommt sofort zurück! Ich will sehen, was auf den Tüchern steht. Dreht euch um, habe ich gesagt. Wird's bald?«

Als Conny und Jule nicht reagierten, stieß er eine Verwünschung aus und drehte sich zum Auto um. Sein massiger Körper verschwand im Innenraum. Er suchte nach seinen Baustellenstiefeln, fand sie aber nicht.

Luisa ging rückwärts hinter den Pferden her, um Markmann im Auge zu behalten.

»Runter mit den Tischdecken«, wisperte sie, als der Bauunternehmer im Auto suchte. »Schnell ... her damit!«

Rasch zogen Jule und Conny den Pferden die Tischtücher über die Köpfe. Luisa schnappte sie sich und lief damit in den Stall.

Conny und Jule hörten oben ein anderes Auto und drehten sich um. Hinter Markmanns Wagen rollte ein weißer Golf aus. Eine sportliche Frau mit Kurzhaarfrisur lehnte sich aus dem Auto und rief dem Bauunternehmer zu: »Fahren Sie doch weiter. Ich muss in die Einfahrt.«

»Das ist Frau Mühlberg.« Conny erkannte sie gleich. »Komm Jule, wir holen sie ab. Markmann kann uns ja nichts mehr anhaben ...«

Durch den Schnee stapften sie mit den Pferden zurück zum Birkenweg.

»Hallo, Frau Mühlberg.« Conny winkte ihr zu. »Ich bringe Ankum zu Ihnen hoch.«

Ulrike Mühlberg fuhr ihr Auto an die Seite und stieg aus. Vorsichtig setzte sie die Füße voreinander, um nicht hinzufallen.

Ankum hob den Kopf und schnaubte, als sie näher kam. Gerührt strich sie ihm über die Nase. »Hallo, mein Junge, hast du mich gleich erkannt?«

Von seinem Geländewagen rief Markmann herüber: »Wo sind die weißen Spruchbänder?« Er drohte mit der Faust. »Ich habe genau gesehen, dass etwas von einem . . . einem Mistkerl Markmann draufstand. Das ist Rufschädigung.«

Connys Herz klopfte bis zum Hals, aber sie ließ sich nichts anmerken. Harmlos schaute sie in die Runde.

»Mistkerl Markmann? Ich kenne keinen Markmann. *Willkommen, Frau Mühlberg* stand auf den Tüchern. Wenn überhaupt welche da waren. Sehen Sie Tücher, Frau Mühlberg?«

Beim Namen Markmann zuckte Ulrike Mühlberg zusammen. Seit gestern wusste sie von der schrecklichen Erbschaft. Auch für sie war das eine Katastrophe. In ein paar Tagen gehörte Ankum ihr. Der Friese sollte auf Birkenhain stehen bleiben, weil er so schnell Heimweh bekam. Seinetwegen war sie von Krefeld hierher umgezogen. Gerade richtete Ulrike Mühlberg in Hamburg einen Reitershop ein.

Sie musterte den Mann mit der Mütze, der unter einer Birke stand. Die Schatten der Zweige malten Streifen auf seine glänzenden Backen. Sein ganzer Viereckkopf sah aus wie eine einzige geringelte Mütze. Das lustige Muster milderte jedoch nicht den rücksichtslosen Zug um seinen Mund.

»Das war eine nette Empfangsidee der Mädchen«, sagte Ulrike Mühlberg. »Für mich und mein Pferd. Was spielen Sie sich überhaupt so auf?«

Natürlich hatte Ulrike Mühlberg gesehen, dass Luisa mit zwei Tüchern in den Stall gelaufen war. Sie war sicher, dass eine Schmährede auf Markmann darauf stand. Das gehörte sich nicht, andererseits – musste man nicht zusammenhalten gegen jemand, der den Reiterhof abreißen wollte?

Markmann schnaubte aufgebracht.

»Für Ihr Pferd! Das glauben Sie doch selber nicht«, sagte er. »Bald wird es hier keine Pferde mehr geben. Und überhaupt – ihr werdet mich noch kennenlernen.«

Ächzend kletterte er in seinen Geländewagen und startete mit durchdrehenden Reifen. Die drei sahen dem grauen Wagen nach, bis er hinter der Kurve verschwand. Ankum nutzte die Gelegenheit, in Frau Mühlbergs Taschen nach Leckerli zu suchen. Sie zog den großen Schwarzen an seiner Mähne nach oben.

»Was mache ich bloß mit dir, Ankum? Wenn der Kerl den Stall abreißt?«

»Herr Jensen meint, er kann das Testament ... anfechten ... oder wie das heißt«, sagte Conny eifrig. Sie trat von einem Bein auf das andere, um ihre eiskalten Füße in Bewegung zu halten.

Jule schaltete sich ein. »Genau. Und wir ziehen alle Großmoorstedter auf unsere Seite. Die Nachbarn helfen uns, Frau Löwe und der Humanmediziner. Mit Unterschriftenlisten.«

Frau Mühlberg zeigte auf die beiden Friesen. »Und mit Protestplakaten, die ihr den Pferden umhängt. Ich schätze mal, Kai Jensen weiß nichts von der Sache vorhin?«

Conny verzog das Gesicht. »Nicht wirklich . . . er muss es auch nicht dringend erfahren.«

»Von mir hört er nichts«, versprach Frau Mühlberg. »Aber macht das bloß nicht wieder, auch wenn es gut gemeint war. Stand wirklich *Mistkerl Markmann* auf dem Spruchband?«

Conny und Jule nickten.

»Vorsicht! Wenn ihr Markmann beleidigt, zeigt er Jensen wegen Rufschädigung an. Das fehlt ihm noch, wo ihm die Sorgen schon so über die Ohren wachsen.«

Inzwischen waren sie auf dem Hof angelangt. Ulrike Mühlberg bückte sich, schraubte die Stollen aus den Hufeisen, klopfte den Schnee heraus und steckte sie Conny in die Jackentasche. Sie hielt den Mädchen die Tür zum Stall auf.

»Eröffnen Sie Ihren Reitershop trotzdem?«, wollte Jule im Vorbeigehen wissen. »Auch wenn Birkenhain verkauft wird?«

Ulrike Mühlberg seufzte, als sie die Tür hinter sich zuzog. »Ja . . . was soll ich sonst machen? Ich habe die Räume gemietet und die ganze Einrichtung bestellt. Ein Teil ist bereits da. Der Shop wird wohl gut laufen, es gibt ja viele Freizeitreiter in Hamburg.«

Sie machten einen Bogen um die Killerbienen, die auf der Stallgasse Pferde putzten. Leise, damit sie nichts mitbekamen, fragte Conny: »Dürfen wir beim Einräumen helfen?«

Ulrike Mühlberg legte ihr die Hand auf die Schulter. »Klar . . . das ist eine klasse Idee. Ihr könnt mir Tipps geben, was Jugendliche gern kaufen. Wie ist es mit morgen? Habt ihr Zeit?«

## 4. Kapitel

# . . . oder den Friesen?

»Pass auf, Jule!« Frau Mühlberg schrie auf. »Du fällst!«

Jule linste erschreckt durch ihre hochgestreckten Arme nach unten. Sie war dabei, einen Vorhang vor der Umkleidekabine aufzuhängen. Der Stuhl, auf dem sie stand, schaukelte gefährlich.

Mit einem Satz standen Bastian und Luisa hinter ihr. Gleichzeitig umklammerten sie Lehne und Jule und brachten so den wackelnden Stuhl zum Stehen.

»Danke«, murmelte Jule und blies sich eine Haarsträhne aus dem Gesicht. Ohne die beiden wäre sie wohl heute mit einem Gipsbein nach Hause gekommen.

Bastian hob Jule vom Stuhl und lehnte sie an die leere Wand des Reitershops, direkt neben eine Schaufensterpuppe.

»So, hier bleibst du jetzt stehen. Am besten, wir stellen dich zusammen mit dem Plastikmädel ins Fenster«, grinste er, »dann kannst du nichts anrichten.«

»Ich glaube, Jule macht das extra, damit du sie auffangen kannst«, rief Conny zu Bastian hinüber.

Sie selbst hatte sich einen Platz in Frau Mühlbergs Laden ausgesucht, wo sie allein werkeln konnte – das Schaufenster. Über eine niedrige Bank konnte man in die Fensterauslage steigen. Auf der Bank lagen Preisschilder und Pferdeposter kreuz und quer übereinander.

Conny griff nach einem Plakat und brachte es mit Klebestreifen im Fenster an. »Hier wird demnächst ein Reitershop eröffnet«, stand auf dem Schild.

Wie hatte sie sich darauf gefreut, endlich einen Reitershop in der Nähe zu haben. Aber nun ... würde sie hier jemals etwas kaufen? Wenn Birkenhain schließen musste – wo sollte sie dann reiten? Wollte sie überhaupt noch reiten? Ihr ging es im Grunde gar nicht ums Reiten, sondern um ihren geliebten Rocky. Ihn zu vergessen, bei einem anderen Pferd in den Sattel zu steigen, das war in Connys Augen Verrat.

Mit einem Seufzer bückte sie sich nach einer Hand voll Hufkratzer, um sie zu dekorieren. Conny nahm sich vor, heute auf keinen Fall mehr an das Ende des Reiterhofs zu denken. Obwohl es schwer war, die düsteren Gedanken zu verscheuchen, riss sie sich zusammen.

Draußen vor dem Fenster verlief die Hamburger Allee. Auf dem Bürgersteig herrschte reger Betrieb. Neugierig blieben die Fußgänger stehen, um zu sehen, was in dem neuen Laden angeboten wurde.

Zwei Mädchen klopften an die Scheibe und machten eine begeisterte Handbewegung, die Conny so deutete: »Toll, der neue Reitershop.«

Conny winkte nach draußen zurück und musterte dann kritisch ihr Werk im Schaufenster. Die rechte Hälfte konnte sich schon sehen lassen. Rote und blaue Putzkästen stapelten sich in der Ecke, die obersten geöffnet, damit man hineinsehen konnte. Striegel aus Plastik und Gummi lagen darin, Kardätschen mit Holzrücken, Wurzelbürsten, Hufkratzer, silberne Mähnenkämme.

Jetzt kamen die nächsten Meter des Schaufensters an die Reihe.

»Habt ihr mal Trensen und Zügel für mich? Und Halfter?«, fragte Conny.

Keine Antwort.

Sie reckte den Hals. Große Mengen an Schachteln, Kartons und Folienpaketen türmten sich auf dem blauen Teppich. Zwei Baustellen-Strahler warfen gleißendes Licht auf Bücherhaufen und Zeitschriften auf der Erde. Es roch nach Leder, Wandfarbe und Druckerschwärze.

Ein hohes Regal für Pferdedecken, Bandagen, Putzzeug und Kappen teilte den Laden in der Mitte. An der hinteren Wand lief eine lange, leere Kleiderstange entlang. Nur der Kassentisch wirkte schon gemütlich. Eine Milchglas-Leuchte vom Flohmarkt tauchte den Tresen in behagliches Licht.

»Trensen und Zügel!«, rief Conny, diesmal lauter.

»Noch nicht ausgepackt.«
Ulrike Mühlbergs Stimme kam irgendwoher zwischen Bergen von Reithosen.
»Okay, dann nehme ich fürs Fenster erst mal ... Gamaschen und Decken.«
»Auch nicht ausgepackt.«
»Was ist mit Reithosen ... Turnierblusen ... Westen?«
Ulrike Mühlberg kam mit Kleidungsstücken bepackt hinter dem Regal hervor. Mit ausgestreckten Armen legte sie die Sachen auf die Ablage.
»Reicht das? Hier ... fang auf, Conny.«
Eine Rolle Plastikschnur flog zu Conny herüber. »Damit kannst du die Sachen aufhängen.«
Jule bahnte sich einen Weg durch das Karton-Dickicht. Sie schleppte die Schaufensterpuppe heran.
»Die kannst du auch gleich aufstellen, Conny. Klasse angezogen, was? Du musst ihr nur noch eine Reitkappe aufsetzen.«
Die nächsten Stunden verbrachten die Jugendlichen damit, Kartons aufzureißen und Reiterkleidung und Pferdeausrüstung einzusortieren. Das Oberkommando bekam Luisa Steffen, sie besaß den besten Ordnungssinn.
Luisa ließ nichts durchgehen. Keine Ungenauigkeit beim Dosenstapeln, keine nachlässig aufgehängte Trense. Die Jugendlichen häuften leere Schachteln in eine Ecke, stopften Folien in Müllsäcke und sammelten Lieferscheine in einem Kasten.

»Luisa, du nervst«, stöhnte Jule mehr als einmal, denn sie war, was Ordnungsliebe betraf, genau das Gegenteil ihrer Freundin.

Luisa holte Dosen mit Leckerlis aus dem Regal und sortierte sie nach Größe und Farben. Lederöl-Flaschen mussten einer Pyramide aus Huffett-Dosen weichen und die Halfter hängte sie so lange neu auf, bis sogar Ulrike Mühlberg sagte: »Ist gut jetzt, Luisa. Wenn ich ein Halfter verkaufe, sieht dein Kunstwerk doch wieder anders aus.«

Als draußen die Dunkelheit hereinbrach, ließ Ulrike Mühlberg sich erledigt auf den Stuhl hinterm Tresen fallen. Sie zog einen Geldschein aus der Tasche.

»Nebenan ist ein Italiener. Holst du uns fünf Pizzas, Bastian?«

Während Bastian zum Pizzabäcker lief, breitete Ulrike Mühlberg im Reitershop Kataloge auf dem Tresen aus. Der schönste Teil des Tages folgte: gemeinsam Reitergeschenke und Schmuck für den Verkauf aussuchen.

Nachdem Bastian zurückgekommen war, brüteten sie zusammen über den Prospekten, blätterten mit klebrigen Fingern die Seiten um, suchten aus und verwarfen wieder, bis ihre Auswahl feststand.

»Briefpapier mit Pferdekopf«, schlug Jule vor.

Nach dem letzten Stück Pizza wischte sie sich die Finger an der Hose ab und tippte auf die entsprechende Seite.

»Man kann wählen zwischen Haflingern, Holsteinern, Fjordpferden und Friesen. Ich finde den braunen Holsteiner am schönsten.«

»Klar, weil Sally eine Holsteiner Stute ist«, stellte Bastian fest.

Ulrike Mühlberg beugte sich über die Seite. »Ja, Holsteiner sind schön ... oder ... was haltet ihr von Friesen, von Friesenköpfen auf dem Briefpapier?«

Alle lachten.

»Wegen Ankum, stimmt's?«, fragte Conny. »Sehen Sie mal hier unten auf der Seite. Die haben auch Trinkbecher. Die sehen doch cool aus, mit dem edlen Vollblüter drauf ... der guckt genau wie Rocky.«

»Wirklich schick«, gab Frau Mühlberg zu. »Oder ... sieh mal, wie findest du diesen Becher daneben ... mit dem schwarzen Friesenkopf?«

Und so ging es weiter. Egal, was die Mädchen aussuchten – Anstecknadeln, Kissen, Halsketten, Wecker, Plüschpferde –, Frau Mühlbergs Lieblingssatz war: »... oder sollen wir den Friesen nehmen?«

Am Ende sah es so aus, dass alles, was mit Friesenkopf zu haben war, auch mit Friesenkopf bestellt wurde.

»Na ja, ist schließlich Ihr Shop, Frau Mühlberg«, meinte Bastian gönnerhaft, als sie hinausgingen, um sich das Schaufenster von außen anzusehen. »Dann dürfen sich hier auch rudelweise die Friesen austoben.«

Frau Mühlberg staunte nicht schlecht, als sie vor dem Fenster stand.

»Klasse gemacht, Conny. Ehrlich ... wenn ich noch kein Pferd hätte, würde ich mir sofort eins kaufen, damit ich diese tollen Sachen gebrauchen könnte.«

Die Halogenlampen im Schaufenster strahlten über Reithosen und Halfter. Der Reitershop fiel auf. Niemand würde hier vorbeigehen, ohne einen Blick ins Fenster zu werfen.

Luisa wanderte unschlüssig auf und ab.

»Da fehlt noch etwas.«

Sie zeigte auf die Scheibe. »Wir kleben das Fenster an den Rändern mit schwarzem Papier ab, als Rahmen. Von außen muss es wie ein Pferd aussehen.«

Ulrike Mühlberg fand Luisas Idee gut.

»Schwarzes Papier habe ich da.«

Sie gingen hinein, zeichneten gemeinsam, schnitten schwarzes Papier aus und beklebten die Scheibe.

Wenig später war das Schaufenster von einem schwarzen Papierpferd eingerahmt. Gerade klebten sie den Schweif an, als Dr. Teichmüllers Autos vorbeifuhr. Durch die Scheibe erkannte er »seine« Birkenhainer, bog auf den Parkstreifen ein und stellte den Motor ab.

»Natürlich ein Friese als Rahmen«, sagte er lachend beim Aussteigen.

Während die Jugendlichen ihre Sachen packten, unterhielt Dr. Teichmüller sich mit Frau Mühlberg über den Stallverkauf. In ganz Großmoorstedt tuschelte man, dass Markmann sich die Erbschaft erschwindelt habe.

Jule gesellte sich zu den beiden und quetschte Dr. Teichmüller nach allen Regeln der Kunst aus.

Zum Schluss hatte sie herausbekommen, welches Hamburger Gericht sich mit dem Testament befasste.

## 5. Kapitel

# Wie spricht man mit Richtern?

Entschlossen richtete Jule sich auf. Sie sprach laut und mit fester Stimme.

»Glauben Sie bloß nicht, dass Sie Ihre schmutzigen Geschäfte verbergen können! Nur weil Sie Richter sind. Bauunternehmer Markmann hat Ihnen garantiert Geld rübergeschoben . . .«, ihr Ton verschärfte sich, »damit Sie sein Testament für Birkenhain nicht prüfen.«

Jule löste den Blick von der blauen Putzbox vor ihrem Bett, die sie bei ihrer flammenden Rede angestarrt hatte. Als Ersatz für den Richter.

Nein, das ging nicht. Wenn sie einen Richter anschrie, würde der sie gleich ins Heim stecken.

Jule wanderte in ihrem Zimmer auf und ab. Sie probte eine Rede. Nachher wollte sie mit Conny zum Nachlassgericht nach Hamburg fahren und dort von ihren Zweifeln an Markmanns Testament berichten. Das heißt, falls ihr jemals ein paar passende Sätze einfielen.

Wie sprach man einen Richter an? Herr Richter? Euer Ehren? Zu dumm, dass sie keinen fragen konnte. Aber außer ihren engsten Freunden Bastian und Luisa wusste niemand von dem Plan, zum Gericht zu fahren.

Die Idee dazu war Jule gestern gekommen, bei dem Gespräch mit Tierarzt Teichmüller und Ulrike Mühlberg. Was die Erwachsenen unternahmen, dauerte Jule viel zu lange. Jetzt sofort wollte sie gegen den Mann vorgehen.

Jule lehnte sich ans Fenster und überlegte. Vielleicht ging das: »Herr Richter!«, sagte sie streng zu ihrem Putzkasten. »Wenn Sie wüssten, welche Ungerechtigkeiten sich in Großmoorstedt abspielen, würde Ihnen schlecht . . .«

Auf der Treppe hörte man Schritte. Jule verstummte und horchte. Ihre Mutter hatte heute frei und machte sauber. Sie putzte immer, wenn sie nicht im Job war. Die Tür ging auf.

»Hast du gerufen, Julia?«

Brigitte Ahrend blieb mit einem Eimer in der Hand im Türrahmen stehen und betrachtete ihre umherwandernde Tochter. »Was ist mit dem Richter?«

»Ach nichts . . . ich übe nur für Deutsch . . . eine Nacherzählung.«

»Was nehmt ihr denn mit Richtern durch? «

»Richter, Richter . . .«

»Richter Adam? *Der zerbrochene Krug?*«

»Stimmt genau, Mama.«

»Schön, dass du endlich den richtigen Dreh zur Schule hast«, sagte Frau Ahrend, während sie mit einem Blick das Chaos im Zimmer wahrnahm. »Du könntest mal wieder aufräumen.«

»Mach ich.«

Frau Ahrend murmelte etwas, das so klang wie »Das glaube ich im Leben nicht«, und verschwand.

Jule nahm ihre Wanderung wieder auf. Sollte sie im Gericht besser auf nettes Mädchen machen? Und auf die Tränendrüse drücken? Sie startete einen neuen Versuch.

»Denken Sie doch an die Jugendlichen von Großmoorstedt, lieber Herr Richter.«

Jule sah ihren Putzkasten flehend an.

»Birkenhain sollte immer ein Reiterhof bleiben, so wollte der alte Bauer das. Es *kann* gar nicht stimmen, dass er Markmann den Reiterhof vererbt hat. Das geht nicht mit rechten Dingen zu. Sie sind doch so klug, Herr Richter. Sie finden bestimmt die Wahrheit heraus.«

Jule schnurrte, als hätte sie Kreide gegessen.

Na ja.

Die schmeichelnde Rolle lag ihr weniger gut, stellte sie fest. Schmalztexte musste Conny übernehmen. Ihr glaubte man Nettigkeiten eher.

Im Vorbeiwandern warf Jule einen Blick in den Spiegel. Ihr Karottenkopf sah immer frech aus, auch wenn sie noch so geschwollen redete. Conny dagegen mit ihrem blonden Haar wirkte richtig lieb. Jedenfalls vermutete bei ihr niemand, dass sie es faustdick hinter den Ohren hatte.

Vielleicht fällt uns gemeinsam die zündende Ansprache ein, dachte Jule, als sie zu ihrer Thermojacke griff, um Conny abzuholen.

Scharfer Ostwind biss Jule und Conny ins Gesicht, als sie wenig später den Holstenwall hinuntergingen. Sie kniffen die Augen zusammen und drehten den Kopf aus dem Wind. Zwischen Hafen und Alster blies es immer heftig. An einem eisigen Tag wie diesem mied jeder normale Mensch diese Ecke Hamburgs. Die Großmoorstedter Mädchen konnten sie aber nicht meiden, denn hier lagen die Gerichtsgebäude.

»Ich glaube, ich stelle nie etwas richtig Schlimmes an«, stieß Jule gegen den Wind hervor und hielt ihre Kapuze mit beiden Händen fest. »Schon damit ich hier nicht zum Gericht muss. Brrr, ist das kalt.«

Einmal hatten Conny und Jule sich schon verlaufen. Zuerst landeten sie im Ziviljustizgebäude, wo sie durch endlose Flure irrten, in denen jedes Wort von den Wänden hallte. An eine der Türen klopften sie schließlich und fragten. Eine Sekretärin schickte sie in eine Nebenstraße, in den Dammtorwall.

Immerhin, die Freundinnen werteten es als gutes Zeichen, dass die Frau sie nicht hinauswarf. Insgeheim rechnete Jule jede Minute damit, dass eine schwarze Amtstracht auftauchte und verkündete: »Das Ziviljustizgebäude ist kein Spielplatz. Verschwindet – im Namen des Volkes.«

Aber das war nicht passiert.

Dämmerung lag schon über der Stadt. Am Dammtorwall flammten die Straßenlaternen auf, als die Mädchen vor dem Nachlassgericht ankamen.

Conny zögerte, ob sie hineingehen sollte. Jule öffnete die wuchtige Holztür einen Spalt und lugte nach innen. Vor ihr lag eine gläserne Pförtnerloge, die unbesetzt war. Sie winkte Conny herbei. Mit klopfenden Herzen traten sie ein.

Von außen sah das Haus unscheinbar und eher ungefährlich aus, aber drinnen flößte ihnen die mächtige Eingangshalle Ehrfurcht ein. Großzügige Rundbögen wölbten sich über dem Mosaikfußboden. Eine weite Treppe führte in kühnem Schwung nach oben.

Jule empfand die strengen Pfosten des Geländers wie erhobene Zeigefinger: »Du! Hier wird kein Unsinn gemacht.«

Gemeinsam studierten sie die schwarze Informationstafel.

»1. und 2. Stock: Vormundschaftsgericht«, las Conny vor. »3. Stock: Nachlassgericht«.

Darunter stand etwas kleiner: »Testaments- und Hinterlegungssachen«.

Conny rieb sich das Kinn.

»Das hört sich alles so streng an, Jule. Ehrlich, ich möchte da nirgends hingehen.«

Sie flüsterte, obwohl es keinen Anlass dafür gab. Aber in einem solchen Gebäude drängte es sich förmlich auf, die Stimme zu senken. Selbst Jules

Selbstbewusstsein bekam Risse. Unschlüssig standen sie eine Weile in der Halle. Ständig ging die schwere Tür auf und zu. Jedes Mal schwappte kalte Luft in die Halle. Leute hasteten an ihnen vorbei, ohne sie anzusehen. Manche nahmen gleich zwei Stufen auf einmal. Hatten sie Angst, bei den Hinterlegungssachen etwas zu verpassen?

Zwischen den Besuchern fielen Leute mit Plastiktüten auf, aus denen schwarze Talare lugten. Neben ein paar Frauen waren es vor allem Männer, die unverständliche Ausdrücke von sich gaben. Sie hätten genauso gut Chinesisch sprechen können, dann hätten die Mädchen auch nicht weniger verstanden.

Jule zeigte auf die schwarzen Stoffzipfel, als wieder zwei Männer mit Tüten vorbeihetzten.

»Das sind Rechtsanwälte«, sagte sie leise. »Jede Wette.«

»Meinst du? Die habe ich mir ganz anders vorgestellt«, gab Conny zurück. »Vornehmer.«

Zumindest hätte sie nie gedacht, dass ein Rechtsanwalt seinen feinen Talar in eine leere Einkaufstüte stopfte wie einen schmutzigen Stallpullover.

Sie trauten sich nicht von der Infotafel weg. Je länger sie dort verharrten und je mehr Chinesisch sprechende Menschen vorbeikamen, desto mehr rutschte ihnen das Herz in die Hose. Ihr Mut sank auf den Nullpunkt.

»Ich glaube, das packen wir nicht«, sagte Jule schließlich und Conny dachte dasselbe.

Komisch, zu Hause hatte das ganz einfach ausgesehen. Es war eben leichter, eine Putzbox anzuschreien als einen leibhaftigen Richter. Hier, im Gericht, erschien Jule plötzlich alles lächerlich, was sie vorzubringen hatte. Sie konnte schlecht in ein Richterzimmer stürmen und rufen: »Wir glauben, dass ein Testament in Großmoorstedt gefälscht ist. Oder dass die Unterschrift erpresst wurde.«

Und wenn der Richter nach ihren Gründen fragte? Sollte sie etwa antworten: »Ich mag den Markmann einfach nicht. Der Typ will den Reiterhof abreißen und unsere Pferde verkaufen. Außerdem trägt er alberne Ringelmützen.«

Der Richter würde einen Lachkrampf bekommen. Bestenfalls. Wenn er sie nicht sofort verhaften würde, wegen Rufmord. Das hatte ja schon Frau Mühlberg befürchtet.

Jule gab sich einen Ruck. »Wir müssen es zumindest versuchen.«

Sie rannte die Treppen bis in den dritten Stock hoch, ohne einmal anzuhalten. Conny lief hinterher.

In der Abteilung »Testaments- und Hinterlegungssachen« klopfte Jule an die erstbeste Tür. Keine Antwort. Sie versuchte es ein Zimmer weiter. Von innen dröhnte eine Männerstimme: »Jetzt nicht. Bitte warten.«

Die dritte Tür riss Jule einfach auf und äugte hinein. Schlagartig brach die Diskussion in dem Raum ab. Vier Männer und Frauen musterten Jule überrascht.

»Entschuldigung«, murmelte sie. Hastig schloss Jule die Tür und sah Conny an. Was konnten sie noch tun?

Mit hängenden Köpfen gingen die Mädchen zurück in die Eingangshalle. Jule ließ sich auf die unterste Stufe fallen.

»Eins sage ich dir: Ich gehe hier nicht eher weg, bis wir einen neuen Plan für Birkenhain haben.« Trotzig sah sie zu Conny hoch. »Ich kämpfe um Sally und die anderen. Ohne Pferde macht das Leben keinen Spaß.«

Conny nickte. »Du hast ja so recht.«

Sie setzte sich neben Jule auf die Treppe und beratschlagte mit ihr. In einem Punkt einigten die Mädchen sich schnell: Ihre neue Aktion musste in Großmoorstedt stattfinden. Zu Hause konnten sie alles leichter handhaben als in der Hamburger City.

Schließlich stand der Plan. Sie dachten an eine große Demonstration mit Pferden vor dem Bauamt in Großmoorstedt.

Conny machte sich Gedanken wegen Jensen.

»Wenn der vorher davon erfährt . . .«, flüsterte sie.

»Wir tun das doch alles nur für ihn«, wisperte Jule. »Wenn wir die Reitschule retten, dankt er uns auf Knien. Wenn nicht, ist es egal, ob er sauer ist. Dann haben wir wenigstens alles versucht.«

Jule holte ein Faltbatt über »Hinterlegungssachen«

aus dem Prospektständer und kritzelte die Namen von allen Pferden auf den Rand, die dabei sein sollten.

»Nein, Sally geht nicht, wegen des Fohlens. Turbo? Hat Hufeisen. Ole und Kalle – die sind optimal. Kalle hat sich sogar mal im Ortsamt versteckt. Weißt du noch? Am 1. Mai?«

Klar erinnerte sich Conny.

Den »Tag der offenen Tür« auf Birkenhain hatte der freche Kalle wörtlich genommen. Er war ausgebüxt und durch Großmoorstedt getobt. Am Ende fand ihn die Feuerwehr im Ortsamt. Ein verrückter Bursche, der Kalle. Und völlig unerschrocken. Also genau richtig für ihren Plan.

Auf dem Faltblatt gab es keine freie Stelle mehr. Jule holte einen Stapel frischer Prospekte und machte darauf neue Notizen. Unter dem Dach des Hamburger Nachlassgerichtes reifte ein wunderbarer Plan.

»Und wann machen wir es?«, fragte Conny, als sie zurück zur U-Bahn gingen.

»Sobald die Straßen geräumt sind.« Jule zog sich die Kapuze über die Ohren. »Bei Glatteis ist es zu gefährlich. Aber ich habe heute schon Streulastwagen bei uns gesehen.«

Als sie in Großmoorstedt aus der U-Bahn stiegen, rannte Conny sofort nach draußen, um die Straße zu begutachteten.

»Gestreut, gestreut!«, jubelte sie und ballte die

Fäuste. »Jetzt schnell zum Stall, Jule. Dann erwischen wir die anderen noch und können alles besprechen.«

Sie kamen gleichzeitig mit Bauunternehmer Dieter Markmann am Reitstall an. Jule entdeckte ihn zuerst. Gerade, als sie mit Conny zum Eingang lief, schob Markmann sich auf dem Parkplatz aus seinem Geländewagen. Aus der anderen Tür stieg ein Fremder aus.

Die Mädchen blieben stehen, damit sie nicht erkannt wurden. Markmann holte seine Ringelmütze aus der Jacke und setzte sie auf. Wenn die Bäume am Parkplatz kahl waren wie jetzt, machte der Wind sich stark bemerkbar. Die Männer stellten sich unter die Laterne und falteten eine Bauzeichnung auseinander. Conny und Jule zogen die Schals vor ihre Gesichter und stießen sich an.

Markmann und der Fremde beugten sich über den Entwurf und redeten leise. Der Wind griff immer wieder unter das Papier und wölbte es hoch. Markmann drückte den Bauplan herunter und deutete mit einer Kopfbewegung über Hof und Weiden.

»Wie der sich aufspielt!« Jule war empört. »Als ob ihm schon alles gehört. Der Typ da neben ihm will bestimmt später in eine der Wohnungen einziehen.« Sie starrte auf die breiten Rücken. »Die werden sich wundern.«

Mit vermummten Gesichtern liefen Conny und Jule

an den Männern vorbei zur Stalltür. Sie taten so, als ob die beiden Luft wären.

In der Reithalle lief der erste Abendkursus. Auf der Tribüne war heute wegen des Frostes kein einziger Platz von Zuschauern besetzt.

Dagegen war es weiter hinten auf der Stallgasse voll wie immer. Auf der Bank bei der Sattelkammer kauerten einige Jugendliche und räumten ihre Putzkästen ein. Mit dicken Daunen-Westen und Schals, die sie mehrmals um den Hals geschlungen hatten, trotzten sie der Kälte.

Es war ungewöhnlich ruhig. Sonst redeten immer alle durcheinander, aber die drohende Schließung von Birkenhain lastete wie Blei auf dem ganzen Stall.

Jule und Conny spürten die gedrückte Stimmung, als sie um die Ecke kamen. Aus der Reithalle drangen Jensens Kommandos, längst nicht so forsch wie sonst.

Bastian sprang auf, als er Jule und Conny entdeckte.

»Habt ihr etwas erreicht?«

Die anderen sahen von ihren Putzkästen hoch. Jule zuckte die Schultern.

»Das nicht. Aber uns ist eine Bombenidee gekommen. Gott sei Dank . . . draußen streunt nämlich wieder dieser Markmann herum. Gut, dass uns etwas eingefallen ist. Hört mal . . .« Sie zog Bastian und Luisa beiseite und sprach leise auf sie ein.

»Hammerhart«, sagte Bastian drei Mal.

Imke Zavelstein tippte Jule auf den Rücken.

»Wir wollen auch wissen, was ihr vorhabt«, beschwerte sie sich.

Imke gehörte zu den »Nervis«. Der Spitzname stammte von Jule und galt Imke und den Gerlach-Zwillingen. Früher hätte sie Imke zur Schnecke gemacht, wenn sie es gewagt hätte, sie zu berühren. Es war kaum länger als drei Monate her, dass Jule und Imke sich nicht ausstehen konnten.

Das änderte sich erst, als Imkes Pferd im Herbst unter dramatischen Umständen gerettet werden musste. Ohne die Hilfe von Jule und Conny wäre das nicht gelungen. Seitdem war das Eis gebrochen. Imkes Holsteiner »Deichgraf« stand nun wieder auf Birkenhain.

»Keine Panik«, sagte Jule und winkte die anderen von der Bank zu sich heran. Sofort kamen sie herbei und steckten die Köpfe zusammen, um Jule zuzuhören.

». . . morgen früh fährt Herr Jensen zur Mühle und holt Futter«, endete Jule. »Drei Stunden ist er mindestens weg. Also freie Bahn für uns. Bei euch klappt es hoffentlich morgen?«, fragte sie in die Runde. »Die Schulen haben doch alle Adventsfeier in den ersten Stunden.«

Von den anderen kam zustimmendes Murmeln.

»Okay. Bei den Feiern fällt es nicht auf, wenn ein paar Leute fehlen . . .«

Wenn Kai Jensen geahnt hätte, was seine Jugendlichen in der Stallgasse ausheckten, hätte er seine Reitstunde nicht so ruhig zu Ende gebracht . . .

## 6. Kapitel

# Geheimer Ritt

»Ihr bringt mich in Teufels Küche.«

Tierarzt Teichmüller schimpfte wie ein Rohrspatz. »Warum nehmt ihr nicht den Humanmediziner mit – Dr. Völker?«

Umringt von einer Mädchengruppe, kämpfte der Zwei-Meter-Mann sich über die Stallgasse zur Hoftür. »Einen Menschenarzt braucht ihr bei eurem Protestritt eher als einen Tierarzt.«

»Der Humanmediziner hat jetzt Sprechstunde«, sagte Conny. »Dr. Völker kann doch nicht die Kranken aus dem Wartezimmer jagen. Übrigens: Frau Löwe kommt mit ihrer Unterschriftenliste in die Fußgängerzone.«

Seit wenigen Minuten gehörte Dr. Teichmüller zu den Mitwissern des Geheimplans. Mit acht Pferden wollten die Mädchen zum Ortsamt reiten. Die große Pferdetruppe würde ein Riesenaufsehen erregen. Die Hauptstraße durch Großmoorstedt war schmal. Der Verkehr staute sich dort bei jedem kleinen Hindernis. Bei acht Pferden auf der Straße konnte man sich leicht ausrechnen, wie die Autos dahinter Schlange standen.

Das erste Ziel sollte das Ortsamt sein, in dem die Baubehörde ihre Büros hatte. Mit riesigen Plakaten wollten sie gegen den Abriss des Reiterhofs protestieren.

»Birkenhain liegt Ihnen doch auch am Herzen«, meinte Jule, »da können Sie doch wirklich mitkommen.«

Sie war sich mit den anderen einig: Je mehr Erwachsene ihren Protest unterstützten, desto eher würden sie ernst genommen.

Dr. Teichmüller musste noch aus einem anderen Grund dabei sein – aus Sorge um die Pferde. Stellenweise war es noch glatt. Wenn ein Vierbeiner ausrutschte, war es gut, einen Tierarzt in der Nähe zu haben.

Eine Traube Mädchen hing an Dr. Teichmüllers Jackenzipfel. Von allen Seiten wurde er mit Bitten überhäuft. Die Mädchen lärmten und schwatzten durcheinander. Dr. Teichmüller sah sich um. Keine Chance, unbemerkt zu entkommen.

Der Tierarzt hatte sich völlig überrumpelt gefühlt, als er vorhin auf den Reiterhof kam.

Er vermutete Kai Jensen auf der Stallgasse. Stattdessen empfing ihn eine verschworene Schülertruppe in Reithosen. Die Sattelkammer quoll über vor Kleidung und Schultaschen. Hosen und Hemden baumelten an Haken und Holmen. Über den Sätteln lagen Massen von Schuljacken, Schals und Sportbeuteln.

»Ich kriege Bauchschmerzen, wenn ich daran denke, was Kai Jensen dazu sagen wird«, stöhnte der Tierarzt und blieb vor Kalles Box stehen. Sofort machten sich Kalles Lippen an der Tierarztjacke zu schaffen. Energisch zerrte das Pony am Klettverschluss der ausgebeulten Tasche. Wo es nach Leckerli roch, da mussten auch Leckerli drin sein . . .

»Meinen Sie, wir haben keine Bauchschmerzen?«, rief Bastian Bachmann aus Brinkums Box.

Dr. Teichmüller trat einen Schritt zur Seite. »Sorry, Kalle. Kein Futter zwischendurch.«

Verärgert starrte das Fjordpferd ihn an und stampfte mit dem Vorderhuf auf, als hätte es jedes Wort verstanden.

Die Mädchen nahmen den Tierarzt in die Zange.

Dr. Teichmüller sah in die Runde. Conny, Jule, Luisa, Sophie, Merle, Imke, die Gerlach-Zwillinge – sie alle setzten ihre Hoffnung in ihn. Die meisten Mädchen kannte er seit ihren ersten Reitversuchen. Er wusste, was ihnen Birkenhain bedeutete. Und dieses Paradies sollte mit Wohnungen bebaut werden? Eine Schande!

Seit Tagen grübelte Dr. Teichmüller darüber, wie er der Reitschule helfen konnte. Vielleicht war diese Aktion der richtige Weg?

Als ob Luisa seine Gedanken erraten hätte, baute sie sich vor Dr. Teichmüller auf und stieß ihre Lieblingsdrohung aus: »Wenn Birkenhain weg ist, lungere ich an der U-Bahn herum und werde kriminell.«

»Ach Luisa . . .«

Dr. Teichmüller legte ihr die Hand auf die Schulter. Unwillig schob Luisa seinen Arm weg.

»Sie können mich ruhig ernst nehmen.«

»Tue ich ja. Würde ich sonst diesen Eiertanz mitmachen und euch begleiten? Ohne Jensens Wissen?«

Großer Jubel brach aus. Luisa strahlte den Tierarzt an.

»Sie kommen also mit?«

»Macht die Pferde fertig, damit wir loskönnen.«

Der Birkenweg lag menschenleer vor ihnen, als die Reiter den Hof verließen. Um diese Zeit waren die Großmoorstedter bei der Arbeit, in der Schule oder sie kauften ein.

Der Asphalt war geräumt, griffig und frei von Rutschstellen.

Zwar kündigte der lila Himmel Schnee an, aber in den nächsten Stunden musste man wohl nicht damit rechnen.

Vorne gingen die Friesen Ankum und Brinkum. Jule und Bastian führten die Gruppe an. Dahinter kamen die Gerlach-Zwillinge auf ihren Privatpferden Nordlicht und Godewind. Conny ritt ausnahmsweise Kalle, weil sie das freche Fjordpferd gut im Griff hatte. Für Ole, das andere Fjordpferd, hatten die

Mädchen Imke Zavelstein ausgesucht. Sie gehörte zu den erfahrensten Reiterinnen. Luisa saß auf Rocky, Theresa auf Nappo.

Den ganzen Weg ins Zentrum ritten sie auf trockenen Straßen. Auf den Gehwegen lag festgetretener Schnee, nur an den Bordsteinen häufte sich Matsch.

Konzentriert gingen die Pferde vorwärts. Ahnten sie, dass dieser Marsch wichtig für ihre Zukunft war? Hinter Rocky und Nappo brummte der Wagen von Dr. Teichmüller, der andere Autos auf Abstand halten wollte.

Bevor der Zug am Museumsdorf rechts in das Zentrum einbog, setzten Merle und Nicky sich mit einem Plakat an die Spitze. Zwischen zwei Besenstielen trugen sie ein großes Betttuch. Die knallrote Aufschrift schrie weit über die Straße: *»Hilfe! Reiterhof Birkenhain darf nicht sterben.«*

Sarah und Esther bildeten den Schluss. Hinter den letzten Pferden hielten sie ein Plakat hoch. Die halbe Nacht hatte Luisa über der Papptafel gesessen und gemalt. Luisas Meisterwerk zeigte Birkenhain vor und nach der befürchteten Bebauung.

Vorher – das waren weiße und braune Pferde mit gespitzten Ohren und fröhlichen Gesichtern, die über die Weide vor Jensens Bauernhaus tobten. Auf der »Nachher«-Bildhälfte rahmten düstere Wolken ein Apartmenthaus ein. Davor standen traurige Pferde mit gesenkten Köpfen. Ein gepunktetes Pferd – es stellte Flecken-Paula dar – weinte sogar auf dem Bild.

Paulas Trauer wirkte so echt, dass später manchem Betrachter ebenfalls Tränen in den Augen stiegen.

Als die Protestgruppe unterwegs war, öffneten die Geschäfte gerade. Um diese Zeit drängten sich die meisten Einkaufslustigen in Großmoorstedt. Bei Bank, Post und im Ortsamt musste man der Erste sein, später wurde es unerträglich voll. Das Ortsamt erlebte morgens immer einen wahren Ansturm.

Anna und Katharina waren vor den Pferden da. Sofort begannen sie damit, gelbe Zettel zu verteilen. Die flammenden Aufrufe stammten von Conny Clasen und die 200 Kopien aus dem Laserdrucker ihres Vaters. Bis weit nach Mitternacht hatte Ulli Clasen seiner Tochter mit den Zetteln geholfen.

Wilma Löwe – sie war schon weit vor Ladenöffnung mit dem Auto gekommen – konnte bereits gute Erfolge verbuchen. Sie ging mit der Unterschriftenliste gegen die Luxuswohnungen herum und sprach jeden an.

»Mein Baby kommt in den nächsten Tagen zur Welt«, sagte sie. »Es soll auf Birkenhain reiten lernen. Pferde sind für Kinder das Beste, was es gibt.«

Einige wussten noch gar nichts von den Bauplänen und regten sich entsprechend auf. Im Nu fanden sich auf den Bürgersteigen kleine Diskussionskreise zusammen.

»Das ist ja unerhört.«

»Eine Riesenschweinerei.«

»Wieso wird so ein Klotz genehmigt? Ich darf noch nicht mal eine Garage bauen!«

Nicht einer verweigerte seine Unterschrift. Inzwischen sammelten sich 30 oder 40 Großmoorstedter vor dem Ortsamt. Obwohl sie alle etwas zu erledigen hatten, wollten sie auf die Pferde warten. Die Menschen zogen ihre Schals enger und Leute ohne Handschuhe hauchten in die Hände, um ihre steifen Finger zu wärmen. Die Kälte kroch unter Jacken und Mäntel.

Endlich tauchten die Pferde hinter der Straßenbiegung auf. Mit großem Hallo wurden die Reiter begrüßt.

Geschickt bugsierte Jule Ankum an der breiten Rhododendron-Hecke vorbei in die Einfahrt zum Ortsamt. Fahle Wintersonne fiel auf das rosafarbene Gebäude, vor dem Wagen hinter Wagen parkte. Obwohl der Weg kaum schmaler war als die Hauptstraße, wurde es wegen der breiten Autos und der Menschen eng.

Bastian nahm die Zügel kürzer und rief Jule zu: »Lass uns einzeln reiten, das wird sonst zu knapp.«

Jule übernahm die Spitze und ritt mit Ankum an der Wagenkolonne vorbei. Sie dirigierte ihn hinter das letzte Auto. Weiße Schleifen zierten den schwarzen Oldtimer. Im Heckfenster hing ein Herz mit den Namen *Diana* und *Stefan.*

»Eine Hochzeit!« Jule drehte sich im Sattel nach den anderen um. »Da drinnen ist eine Hochzeit! Cool.«

Sie hielt Ankum neben dem Oldtimer an. Auch die anderen parierten ihre Pferde zum Halten durch. Ankum schnupperte an dem glänzenden Lack und leckte über das vereiste Autodach.

Von hinten kämpfte Dr. Teichmüller sich zwischen Menschen und Pferden durch.

Jule lehnte sich zur Seite, um einen Überblick zu gewinnen. Eine breite Treppe, die aus drei flachen Stufen bestand, führte zur Eingangstür. Jule schätzte die Höhe der Treppe ab und überlegte laut.

»Drinnen im Standesamt sitzt eine ganze Hochzeitsgesellschaft. Wäre es nicht genial, wenn wir sie besuchten?«

Mit unschuldigem Grinsen blickte Jule von ihrem Friesen auf den Tierarzt hinab.

»Sehen Sie dort drüben, Dr. Teichmüller, über der Türklinke das Schild *Für Hunde ist der Zutritt verboten?«*

»Sehe ich.«

Ankum leckte weiter Raureif vom Oldtimer ab. In seinen Tasthaaren bildeten sich weiße Eisgespinste.

»Erinnern Sie sich, wie unser Kalle sich im Ortsamt versteckt hat? Am 1. Mai?«

»So deutlich, als wäre es gestern gewesen.«

»Okay.« Jule holte tief Luft. »Entdecken Sie irgendwo ein Schild *Für Fjordpferde ist der Zutritt verboten?«*

»Untersteh dich, Jule! Du reitest *nicht* ins Amt.«

Beschwichtigend senkte Jule eine Hand.

»Mit Ankum geht das ja wohl schlecht. Aber könnten nicht unsere Pferde ohne Hufeisen . . . also Ole und Kalle . . .«

»Nein«, sagte Dr. Teichmüller, griff nach Ankums Zügeln und hielt sie fest in der Hand. »Ich lasse hier keinen vorbei.«

Von hinten drängelte Kalle nach vorn, bis er sich neben Ankum gequetscht hatte. Einträchtig standen die beiden Vierbeiner nun vor dem Hochzeitsauto und schlabberten mit der Zunge über das Raureifdach. Einige Zuschauer begannen zu lachen. Es sah zu komisch aus, wie die Pferde hingebungsvoll den Lack ableckten.

»Du hast dein Pferd nicht unter Kontrolle, Conny«, sagte der Tierarzt. »Oder willst du etwa klammheimlich an mir vorbei ins Ortsamt reiten? Vergiss es!«

Conny zog es vor, darauf nicht zu antworten. Stattdessen sagte sie: »Jule hat recht. Was meinen Sie, wenn wir mit den Pferden mitten im Ortsamt stehen . . . dann verbreitet sich der Skandal um Birkenhain wie ein Lauffeuer.«

»Kommt nicht infrage.«

Hinter ihnen entstand Unruhe. Die Pferde zogen ihren Reitern die Zügel aus der Hand und traten unwillig hin und her. Rocky und Nappo begannen zu tänzeln.

»Ihr müsst die Pferde bewegen«, sagte Dr. Teichmüller. »Geht ein paar Mal um das Ortsamt herum.«

Esther und Sarah bauten sich mit dem gemalten Pferdeplakat auf der Treppe auf.

Die anderen machten sich auf die Aufwärmrunde. Wieder staute sich der Verkehr, als acht Pferde über die Straße ritten. Doch die Stimmung der Autofahrer blieb gut. Die meisten kurbelten die Scheiben herunter und grüßten. Nur ein einziger fuhr seinen Wagen halb auf den Bürgersteig hinauf und rief hinter den Pferden her: »Ist das überhaupt genehmigt?«

Beim zweiten Rundritt um das Ortsamt kam Conny genau auf die Eingangstür zu. Mit einem Blick maß sie die Treppenhöhe ab. Die Stufen lagen so flach vor ihr, so einladend, so leicht zu erklimmen für ein Fjordpferd, dass Conny kaum widerstehen konnte.

Als bei der dritten Runde die Treppe erneut verlockend nahe kam, zischte Conny über die Schulter: »Los, Imke, rauf.«

Eins, zwei, drei – mit eleganten Sätzen überwanden Kalle und Ole die Stufen.

Geistesgegenwärtig riss Esther die Tür auf. Ohne zu zögern, marschierte Kalle in die weite Eingangshalle. Ole verharrte einen Moment in der Flügeltür, folgte dann aber seinem Bruder. Obwohl die Ponys keine Hufeisen trugen, hallte jeder Schritt auf dem Fliesenboden.

»Huch . . .«

»Oh nein . . .«

Entsetzt schrien die beiden einzigen Menschen in der Halle auf, als die Ponys hereinpolterten. Eigentlich hatten diese Frauen im Ortsamt gar nichts zu tun. Der einzige Grund, warum sie im Warteraum saßen, war ihre Neugier. Sie kamen zu *jeder* Trauung, um die Braut zu sehen.

»Nicht aufregen, die Ponys sind ganz harmlos«, sagte Conny und sah sich um. Von der Halle gingen fünf weiße Türen ab. Zwei davon führten zum Bauamt und zum Standesamt.

»Nein, Kalle, das ist kein Futter.« Conny sprang aus dem Sattel und zerrte Kalle von einem Adventskranz weg.

Imke stieg ab und kraulte Oles Stehmähne.

Kreidebleich klemmte die dünnere Frau sich hinter ihren Stuhl, die Lehne wie ein Schild vor sich.

»Im Standesamt ist eine Hochzeit«, ächzte die dickere, die hinter einer Bodenvase mit Tannenzweigen Schutz suchte. »Ihr könnt doch nicht einfach . . .«

## 7. Kapitel

# Ein Pferd auf dem Flur

»... und wollen Sie, Diana Kirschfeld, den hier anwesenden Stefan Haarhaus zu Ihrem Ehemann nehmen ...?«

Der Standesbeamte Anton Biermann unterbrach seine Ansprache, weil lautes Gezeter in den Hochzeitsraum des Ortsamts drang. Der kleine, rundliche Standesbeamte von Großmoorstedt horchte. Die Geräusche kamen nicht von draußen, sondern von der Eingangshalle nebenan.

Und jetzt ... klang das nicht wie ein Wiehern? Anton Biermann zuckte zusammen. War er so überarbeitet, dass er Stimmen hörte?

Unauffällig zog Biermann ein Taschentuch aus seinem schwarzen Anzug. Heute fand seine allerletzte Hochzeit statt, danach ging er in Ruhestand. Warum konnte diese Feier nicht störungsfrei ablaufen? Er holte tief Luft, wurde dabei aber von seinem zu engen Anzug behindert. Biermanns Weste saß so prall, dass die Knöpfe, wenn er tief einatmete, abzuspringen drohten. Er tupfte sich die Stirn ab.

Einige Hochzeitsgäste hüstelten, einige warfen

ihm verständnislose Blicke zu. Das junge Brautpaar, sie im pelzbesetzten Seidenkleid und er im schwarzen Frack, sah sich ratlos an. Wie brachte man einen Standesbeamten dazu weiterzumachen? Sagte man: »Nun aber los«? Oder: »Wird's bald«?

Biermann griff nach seinen Unterlagen und begann von vorn.

». . . wollen Sie, Diana Kirschfeld, den hier anwesenden Stefan Haarhaus . . .«

Von der Halle hörte man ein klirrendes Geräusch, als ob eine Vase umfiel und zerbrach. Unwillig legte der Standesbeamte seine Papiere vor sich hin. »Nein, so geht das nicht. Entschuldigen Sie mich einen Moment.«

Ein Raunen ging durch den Raum.

»Unmöglich«, zischelte eine Dame mit großem Hut, als Anton Biermann sich an ihr vorbei zum Ausgang schob.

Er öffnete die Tür und schaute nach rechts und links.

»Ruhe bitte, hier findet eine Trauung statt.«

Hinter dem Adventsschmuck aus dichten Tannenzweigen erkannte er undeutlich einige Gestalten. Als er die Tür wieder schloss, verharrte er. War das nicht . . . nein, unmöglich. Sicher irrte er sich. Fahrig wischte der Standesbeamte sich über die Augen. Er ging an seinen Platz zurück, mit einem Ausdruck im Gesicht, als habe er im Flur ein Rudel Wölfe gesehen.

»Geht es Ihnen gut?«, fragte die Mutter der Braut.

»Doch, wunderbar«, flüsterte Anton Biermann. »Ich dachte nur gerade . . . ach was. Wo waren wir stehen geblieben . . . also . . . dann antworten Sie mit Ja.«

Ein tiefer Seufzer entrang sich seiner zu knappen Weste, als das Brautpaar Ja sagte.

»Tauschen Sie jetzt die Ringe als Zeichen Ihrer Liebe.«

In das Wort »Liebe« mischte sich helles Wiehern.

Wie auf Kommando drehte sich die Hochzeitsgesellschaft zur Tür um.

Der Bräutigam beugte sich zu seiner Fast-Ehefrau und flüsterte ihr ins Ohr: »Lass uns schnell die Ringe tauschen, wer weiß, was hier noch passiert. Sonst sind wir am Ende gar nicht verheiratet.«

Zum zweiten Mal machte sich Anton Biermann zum Ausgang auf und öffnete die Tür zur Eingangshalle. Im nächsten Augenblick schnappte er nach Luft. Kreidebleich drehte er sich zu den Gästen im Hochzeitsraum um.

»Da steht ein Pferd auf dem Flur«, stammelte er.

Dann fiel Anton Biermann um.

Einfach so. War seine knallenge Weste schuld? Oder der Schock über Kalle, den er neben der zerbrochenen Vase erblickte?

Das Erste, was Anton Biermann nach seiner kurzen Ohnmacht sah, war eine dünne Metallbrille. Das Zweite war die Nase, auf der die Brille saß. Und das Dritte war der Mann, zu dem die Nase gehörte. Ein hagerer 50-Jähriger, der ihm den Puls fühlte und den irgendwer »Dr. Teichmüller« nannte.

»Gib mir die Tasche, ich brauche das Kreislaufmittel«, hörte Biermann diesen Dr. Teichmüller sagen. Und dann lauter: »Conny, Imke, haltet endlich eure Pferde vom Adventsschmuck zurück! Ihr habt sie wohl nicht alle.«

Anton Biermann stieg der Duft von Fichtennadeln in die Nase. Benommen öffnete er die Augen ganz.

Was er sah, brachte seinen Puls noch mehr zum Rasen. Denn Anton Biermann blickte geradewegs auf zwei Pferdemäuler, die über seinem Kopf Tannenzweige zerkauten.

Da fiel der Standesbeamte gleich wieder in Ohnmacht.

»Jetzt muss aber der Humanmediziner kommen«, brummte Dr. Teichmüller und schob dem Mann seine Tasche unter die Waden. Beine hoch bei Schock – diese Erste-Hilfe-Regel für Menschen kennt auch jeder Tierarzt. »Und du holst Kalle endlich zurück, Conny.«

Kalle sperrte sich. Er drehte sich zur Seite, schnaubte ärgerlich und machte den Hals lang. Er wollte sich nicht aus dem Zentrum des Geschehens wegführen lassen.

Ein dünner Mann mit umgehängter Kamera trat ein und blieb überrascht stehen, als er die Ponys erblickte. Er wandte sich an Conny. »Ich soll hier Hochzeitsfotos machen. Wo finde ich das Standesamt?«

Kalle nutzte den Moment, in dem Conny abgelenkt war, und schnappte nach Biermanns Westenknöpfen. Blitzartig riss er alle fünf ab und spuckte sie auf den Boden. Die Weste klaffte sofort weit auseinander. Unvorstellbar, dass sie je geschlossen war.

Anton Biermann schlug seine Augen zum zweiten Mal auf und flüsterte: »Ich bekomme wieder Luft. Ein Wunder.«

Conny zerrte den widerstrebenden Kalle bis an die Tür des Bauamtes zurück. »Danken Sie Kalle, dass er die Knöpfe abgerissen hat«, rief sie Biermann zu. »Ihre Mörderweste hätte Sie fast erstickt wie eine Würgeschlange.«

Der dünne Fotograf kratzte sich am Kinn und suchte nach einem guten Hintergrund. Vor dem Standesamt steckten die Hochzeitsgäste ihre Köpfe zusammen und diskutierten. Schließlich kniete sich das Brautpaar neben Anton Biermann auf den Boden und fragte: »Sind wir jetzt verheiratet?«

»Erst wenn Sie unter meiner Aufsicht unterschrieben haben.« Er richtete sich auf. »Ich komme.«

Dr. Teichmüller drückte ihn zurück. »Sie bleiben liegen, bis Ihr Puls vernünftig ist.«

Er bahnte sich einen Weg durch die Gruppe, holte die Papiere aus dem Trauzimmer und packte sie dem Standesbamten auf den Bauch. »Das können Sie auch hier erledigen.«

So kam es, dass das Hochzeitsfoto von Diana Kirschfeld und Stefan Haarhaus etwas anders aussah als üblicherweise. In Brautkleid und Frack kauerte das Paar neben Anton Biermann auf den Fliesen des Ortsamtes und im Hintergrund sah man acht Fjordpferdebeine. An die irrsinnige Duftmischung aus Tanne, Parfüm und feuchtem Pferdefell würde sich das Paar noch bei der Silberhochzeit erinnern.

Die Gäste, die sich erst aufgeregt hatten, fanden bald Gefallen an der schrägen Situation. Als Esther und Sarah hereinkamen, um sich aufzuwärmen, und später auch Frau Löwe, diskutierten sie mit ihnen über die Bebauung des Reiterhofes. Allmählich redeten sich die Gesprächspartner in Hitze. Das merkte man auch an der Luft, die zum Schneiden dick war. Die Fenster in der Halle beschlugen. Schwüle wie nach einem Sommergewitter erfüllte den Raum und machte durstig.

Der Vater der Braut besorgte Sekt und schenkte ihn in Bechern aus, die das Einwohnermeldeamt spendierte.

Anton Biermann fühlte sich wieder gut. Als er Weste und Jacke auszog, ging es ihm noch besser. Und nach einem Glas Sekt einfach grandios. Zwei Angestellte aus dem Zimmer »Pässe und Personalausweise« gesellten sich zu der Runde, weil an diesem Morgen niemand Pässe und Personalausweise haben wollte.

Jemand holte aus dem Café gegenüber Kakao für die Mädchen und harte Brötchen für Kalle und Ole.

Nur das Bauamt glänzte durch Abwesenheit. Als

Dr. Teichmüller in den Büros nachsah, fand er einen Anschlag: *Wegen eines Betriebsausfluges bleiben die Amtsräume des Bauamtes heute geschlossen.*

Die Nachricht von Dr. Teichmüller löste riesige Enttäuschung aus. Wozu fand denn der ganze Aufstand statt? Doch nur, um das Bauamt umzustimmen.

Völlig durchgefroren kamen Merle und Nicky herein. Sie schoben sich mit ihrem Schild *Hilfe! Reiterhof Birkenhain darf nicht sterben!* zwischen den Menschengruppen zu den Fjordpferden durch. Merle lehnte das Plakat gegen eine Wand und wärmte sich die Hände an Oles Hals. Nicky drückte ihre rot gefrorene Nase in Kalles Stehmähne.

»Ihr feiert hier drinnen und wir frieren uns die Füße ab«, kam es dumpf aus der Mähne. »Die Pferde werden unruhig. Habt ihr vergessen, warum wir hier sind?«

»Ja, erzählt mal Einzelheiten«, sagte der spindeldürre Fotograf, der sich als »Herr Dotter« vorstellte. Er sei Mitarbeiter bei einer Zeitung, sagte er. »Ich müsste mich verdammt täuschen, wenn diese Birkenhain-Geschichte nicht etwas für meine Zeitung wäre. Mit meinen irren Fotos hier« – er klopfte auf seine Kamera – »wird das eine klasse Geschichte. Wann begann denn das Drama?«

Conny biss sofort an.

Das war es schließlich, was sie gehofft hatte – dass die Zeitung über den Bauskandal berichtete.

»Mit dem Testament fing es an«, sagte Conny eifrig. »Nein, eigentlich mit dem Mistkerl Markmann ... ich meine, mit dem Bauunternehmer Markmann. Oder ... vielleicht mit dem alten Bauern, dem Birkenhain früher gehörte ...«

Dr. Teichmüller half mit, die Sache zu glätten, und ergänzte Connys Bericht. Der Fotograf schrieb eifrig mit.

»Ich gucke im Archiv nach, ob ich etwas über Bauunternehmer Markmann finde«, versprach Herr Dotter, als er seinen Block einsteckte. »Wer weiß, vielleicht hat der Mann Dreck am Stecken. In unserem Archiv sind massenhaft alte Zeitungsartikel gesammelt, aus ganz Deutschland. So – und jetzt fotografiere ich draußen noch die anderen Pferde.«

Dr. Teichmüller warf einen Blick auf die Hallenuhr. »Aber schnell. Die Mädchen müssen gleich zur Schule, stimmt's, Conny?«

»Müssen wir wirklich?«

Dr. Teichmüller zog eine Augenbraue hoch und stieß die breite Flügeltür auf. Das genügte als Antwort.

Lachend und mit roten Backen vom Sekt fluteten die Hochzeitsgäste nach draußen. Ole und Kalle drängten nach vorn, weil sie den Platz hinterm Brautpaar für angemessen hielten. Mit aller Macht bremsten Conny und Imke ihre Fjordis. Kalle mochte das nicht und buckelte unwillig. Fast wäre er der Braut auf die neuen Schuhe gesprungen.

Als die Gäste das Ortsamt verließen, fielen die ersten Schneeflocken. Fotograf Dotter beeilte sich, seine Bilder zu schießen, von Ankum, Brinkum und den anderen Pferden. Laut hupend, fuhren die Hochzeitsautos davon. Die Schaulustigen zerstreuten sich in die umliegenden Geschäfte.

Dr. Teichmüller und Frau Löwe holten ihre Autos und verstauten die Plakate im Kofferraum.

Noch vor zehn Uhr ritten die Reiter zurück zum Stall.

Es war weniger kalt als erwartet. Unterwegs verstärkte sich der Schneefall. Die Flocken wurden größer und leichter und schwebten lautlos aus lila Wolken. In den Nebenstraßen fuhren kaum Autos.

Nur das gleichmäßige Getrappel der Hufe unterbrach die Stille. Mancher Großmoorstedter zog die Gardinen beiseite und sah auf die Straße. Was machten Jensens Pferde hier?

Immer wieder wischten die Reiter sich übers Gesicht. Der federleichte Schnee setzte sich auf Augenbrauen und Wimpern.

»Mit etwas Glück ist Herr Jensen noch nicht vom Futterholen zurück«, sagte Jule und pustete eine Flocke von der Nasenspitze. »Dann erzählen wir ihm gar nichts von dem Ritt.«

Bastian trieb Brinkum an, der eine halbe Pferdelänge hinter Ankum trottete.

»Geht nicht, Jule. Jensen sieht doch, dass die Pferde nass sind und das Zaumzeug auch. Außerdem spricht sich unsere Aktion garantiert in Großmoorstedt herum.«

Jule seufzte und sah über die Schulter nach hinten, bevor sie Ankum in den Birkenweg lenkte.

»Stimmt. Herr Jensen wird sich nicht gerade überschlagen vor Freude.«

Conny trabte mit Kalle an, überholte die Gerlach-Zwillinge und ritt neben Ankum weiter. Sie hatte das Gespräch bis nach hinten gehört.

»Vielleicht doch ... vielleicht findet Herr Jensen uns morgen genial ... wenn etwas über Birkenhain in der Zeitung steht. Ich bin so gespannt, was die schreiben ...«

## 8. Kapitel

# Schwerer Verdacht

»Hat der Kerl es doch geschafft!«

Ungläubig schlug Krankenschwester Dörte auf die Zeitung, die sie in ihrer Frühstückspause durchblätterte. Mit ihrer Arbeitskollegin Heike saß sie im Schwesternzimmer des Hamburger Krankenhauses St. Martin.

»Guck dir das an, Heike.« Die junge Frau im hellblauen Kittel knickte die Zeitung und fuhr mit dem Finger unter der Überschrift entlang. »Das musst du lesen, die Sache mit dem Reiterhof, der abgerissen werden soll.«

Schwester Heike schob die Kaffeekanne beiseite und beugte sich über den Artikel *Junge Hamburger kämpfen um Reiterhof in Großmoorstedt.*

Was brachte ihre Freundin Dörte so aus der Fassung? Wer auf der Unfallstation arbeitete, war einiges gewohnt und regte sich nicht schnell auf.

In der Zeitung waren einige Fotos abgedruckt – zwei Fjordpferde mit Braut, schwarze Pferde im Schnee, Mädchen mit Protestplakaten. Ein Bauernhaus mit hölzernen Pferdeköpfen am Dach überragte die Seite. Am Giebel stand: »Reiterhof Birkenhain«.

»Großmoorstedt? Hast du dort nicht früher bei einem Pflegedienst gearbeitet?«, fragte Schwester Heike.

»Genau. Noch bis zum Herbst.«

Schwester Dörte tippte auf die Zeitung.

»Den alten Bauern, um den es hier geht, habe ich jeden Tag versorgt. Und Bauunternehmer Markmann, der den Reitstall abreißen will, kenne ich auch. Der lungerte ein paar Mal in der Wohnung herum. Ich hatte immer ein ungutes Gefühl. Und nun hat der den Reiterhof geerbt. *Sehr* merkwürdig.«

Die junge Schwester setzte ihre Tasse ab und studierte gedankenverloren die Zimmerdecke. »Ich wusste gar nicht, dass der Bauer gestorben ist. Nachdem ich ins St. Martin gegangen bin, hat ihn eine andere Altenpflegerin betreut, Frau Dunkhard. Die kenne ich aber kaum.«

Sie versuchte, sich an Einzelheiten zu erinnern.

»Der Bauer sprach oft von dem Reiterhof. Ein richtiger Pferdenarr war das. Einmal erzählte er mir sogar, dass Markmann seinen Hof kaufen wollte, um dort Wohnungen zu bauen. Aber davon wollte er nichts wissen. Ich hatte den Eindruck, dass der Bauer richtig Angst vor ihm hatte.«

Schwester Dörte nahm einen Schluck Kaffee.

»Dieter Markmann ist in Großmoorstedt berüchtigt. Macht dauernd undurchsichtige Geschäfte. Gut möglich, dass er den Bauern bedrängt hat.«

Schwester Heike griff nach der Zeitung und überflog den Artikel.

»Hier steht, dass niemand begreift, warum ausgerechnet Markmann den Reiterhof geerbt hat. Das riecht nach einem krummen Ding. Andererseits . . . das Gericht hält das Testament für echt, außerdem . . .«

Sie unterbrach sich, weil draußen ein Martinshorn aufheulte. Schwester Heike stand auf und sah auf den Hof hinab. Zwei Unfallwagen brachten neue Fälle. Die Frühstückspause war zu Ende.

»Du musst dich melden, Dörte«, sagte sie, als sie das Fenster schloss, »und erzählen, dass der Bauer Angst vor Bauunternehmer Markmann hatte.«

Schwester Dörte nickte. Sorgfältig faltete sie die Zeitung und legte sie in ihren Schrank. »Du hast recht. Aber wen rufe ich am besten an?«

»Ist doch klar – Reiterhof Birkenhain.«

Als Schwester Dörte mittags Kai Jensens Telefonnummer wählte, musste sie es mehrmals versuchen, weil immer besetzt war. Sie war nämlich nicht die Einzige, die Jensen Verdächtiges über Markmann mitteilte.

Der Zeitungsbericht trat eine Lawine los. Wie niederstürzende Schneemassen auf ihrem Weg ins Tal einen ganzen Landstrich aufwühlen, so löste der Artikel eine Lawine der Hilfsbereitschaft aus. Unzählige Hamburger meldeten sich, um Jensen von ihren schlechten Erfahrungen mit Markmann zu berichten. Der Mann schien überall, wo er auftauchte, deutliche Spuren zu hinterlassen.

Kai Jensen konnte sich nicht retten vor Anrufen. Seit die Zeitung morgens erschienen war, rannte er dauernd zwischen Stallgasse und Büro hin und her. Das erste Mal klingelte es, als Jensen um sieben Uhr die Pferde fütterte.

»Der Markmann hat heimlich uralte Eichen fällen lassen, die den Blick auf die Elbe verdeckten«, behauptete der Anrufer. »Das ist streng verboten bei alten Bäumen. Aber ohne die hohen Eichen konnte er das Grundstück teurer verkaufen. Der kennt keine Skrupel.«

Ein anderer Anrufer erinnerte sich, dass es vor Jahren einen Fall von Bestechung im Bauamt gab. Unter Verdacht: Dieter Markmann. Der Fall wurde aber nie geklärt.

Das war leider typisch für alle Geschichten, die Jensen an diesem Morgen hörte. Viele wussten etwas über den Bauunternehmer, aber am Ende hieß es immer: Man konnte ihm nichts beweisen.

Dieter Markmann bewegte sich offensichtlich haarscharf an der Grenze zur Kriminalität. Brach er die Gesetze, dann so geschickt, dass man ihm nichts anhängen konnte.

Darum waren die Beobachtungen von Schwester

Dörte für Jensen extrem wichtig. Sie hatte Markmann mit eigenen Augen bei dem Bauern gesehen. Und vor allem: Sie erinnerte sich, dass der alte Mann nach Markmanns Besuchen vor Angst zitterte. Das klang so, als ob Markmann ihm gedroht habe.

Was hatte der Richter im Nachlassgericht zu Kai Jensen gesagt?

»Das Testament ist ungültig, wenn der Bauer durch Drohung dazu gezwungen wurde.«

Jensen notierte Schwester Dörtes Adresse. Sicherheitshalber wiederholte er die Anschrift zweimal. Er brauchte die Krankenschwester unbedingt als Zeugin vor Gericht.

Das Blatt Papier wanderte in einen gelben Ablagekorb, auf den Jensen »Zeugen« geschrieben hatte. Daneben stand ein blauer Kasten mit der Aufschrift »Markmann allgemein«, in dem er alle Hinweise sammelte, die er heute bekam.

Als das Telefon endlich schwieg, merkte Jensen, dass er fröstelte. Über die vielen Gespräche war er nicht dazu gekommen, sich um seinen Kachelofen zu kümmern. Höchste Zeit, bevor das Feuer ausging.

Er zog seinen Pulloverärmel über die Hand und fasste den Türgriff mit Daumen und Zeigefinger. »Verflixt ... dass die Klappe so lange heiß bleibt.«

Die Eisentür glühte, obwohl Jensen den Ofen seit Stunden nicht nachgeheizt hatte. Wärme schlug ihm entgegen, als er die Tür öffnete und drei Holzscheite hineinwarf. Die Flamme duckte sich unter den Aststücken und loderte danach wieder auf.

Versonnen blickte Jensen ein paar Minuten in die Glut. Er genoss den Duft von brennendem Holz und das heimelige Knistern. Blaumann, der Stallkater, blinzelte schläfrig von seinem Lieblingsplatz am Ofensockel hoch.

Kai Jensen liebte die gemütlichen Vormittagsstunden in seinem Büro. Wie lange würde ihm diese Oase noch bleiben? Wann stand der Abrissbagger vorm Stall? Jensen drückte die Ofentür zu, ging ans Fenster und sah auf den verschneiten Hof. Blaumann reckte sich, machte einen eleganten Satz auf die Fensterbank und kuschelte sich an Jensens Arm.

»Vielleicht haben wir ja Glück«, sagte Kai Jensen und kraulte den weichen Katzenkopf. »Sieht doch gar nicht so schlecht aus, was, Blaumann?«

Wenn er sich Mut zusprechen musste, redete Jensen schon mal mit seinem Kater.

Kurze Windböen wirbelten an der Ecke Schnee auf und drückten ihn ans Fenster. Ein gelber Zettel trudelte mit dem Schnee hoch und blieb mit der Schrift verkehrt herum vor der Scheibe kleben.

Um ihn lesen zu können, musste Kai Jensen sich wie ein Schlangenmensch verdrehen und den Kopf nach unten hängen lassen.

»Rettet unseren schönen Reiterhof Birkenhain«, las er. Es war einer der Handzettel, die seine Jugendlichen gestern in Großmoorstedt verteilt hatten.

Jensen lachte leise, als er an die »Verschwörung« dachte. Sein Ärger über den unerlaubten Ausritt war längst verraucht. Immerhin – die Tour ins Ortsamt hatte Aufsehen erregt. Ohne den Protestritt wäre kein Bericht in der Zeitung erschienen. Dann hätte Krankenschwester Dörte nichts vom Testament erfahren. Da biss keine Maus einen Faden ab.

»Tut mir leid, wenn ich Sie beim Kopfstand störe.«

Jensen zuckte zusammen, als ihn plötzlich jemand von hinten ansprach. Blaumann sprang maunzend von der Fensterbank und zog sich hinter den Ofen zurück.

»Ja?«, sagte Jensen kühl. Er hasste die Vorstellung, dass jemand ihn bei seinen Gesprächen mit dem Kater belauschte.

Der junge Mann kam näher. Obwohl seine Daunenjacke ihn dick vermummte, sah man, dass er in Wirklichkeit spindeldürr war, ähnlich dünn wie Kai Jensen.

»Sorry, dass ich hier einfach hereinplatze. Die Tür stand offen ... Dotter ist mein Name, ich bin der Fotoreporter, der gestern Ihre Pferde fotografiert hat. Und die Hochzeit. Ich will gerade zum Brautpaar wegen der Fotos. Auf dem Weg wollte ich Ihnen rasch etwas vorbeibringen.«

Jensens Miene hellte sich auf. Der Fotoreporter hielt Jensen einen Packen Papier unter die Nase.

»Alles aus unserem Zeitungsarchiv. Habe ich für Sie herausgesucht«, sagte er. »Alte Zeitungsartikel über Verbrechen im Baugewerbe.« Er sah sehr zufrieden aus. »Wissen Sie, welcher Name immer wieder auftaucht? D. M. Logisch, dass damit Dieter Markmann gemeint ist, der Ihnen hier Ärger macht.«

Jensens Herz machte einen kleinen Hopser.

»Hat der früher schon mal . . . ich meine . . . gab es schon mal so einen Fall mit einem zweifelhaften Testament?«

Er seufzte, als der Fotograf den Kopf schüttelte. Das wäre zu schön gewesen, um wahr zu sein.

»Leider nicht. Aber . . .« Er blätterte den Stapel durch und zog eine Fotokopie mit einem roten Haftsticker heraus. »Hier ist eine sehr spannende Sache aus Hessen. Ungeheuerlich, sage ich Ihnen. Sehen Sie selbst . . .«

Mit verschränkten Armen lehnte Herr Dotter sich an den Kachelofen. Erwartungsvoll beobachtete er Jensen beim Lesen, als habe er selbst die Tat aufgedeckt und erwarte nun Lob dafür.

»Das ist wirklich allerhand«, murmelte Kai Jensen.

Von der Stallgasse hörte man Mädchenstimmen und ungeduldiges Poltern von Hufen gegen Boxenwände.

»Moment.«

Jensen steckte den Kopf aus der Tür und entdeckte Jule und Conny bei den Pferden. Er winkte sie heran.

»Euer Fotograf ist hier – wollt ihr Neuigkeiten hören?«

Was für eine Frage!

Eilig kamen Jule und Conny in Jensens Büro. Sie ließen sich kaum Zeit, Herrn Dotter zu begrüßen. Sofort zogen sie Kai Jensen den Zeitungsbericht aus der Hand. Ihre Augen rasten über die Zeilen, es war ein langer Bericht.

Danach sagte Jule: »Also ist er doch ein Mistkerl. Sogar richtig vorbestraft!«

Die Sache in dem alten Zeitungsausschnitt lag fast 20 Jahre zurück. Ein gewisser Dieter M. war damals verurteilt worden. Er hatte in einem Baugebiet bei Kassel 15 Tonnen mit hochgiftigem Quecksilber vergraben und Reihenhäuser darauf gebaut. Das Gift sollte eigentlich von einer Entsorgungsfirma in ein Speziallager gebracht werden, als Sondermüll.

Mit dieser Firma machte Dieter M. gemeinsame Sache. Heimlich schaffte er das Quecksilber in die Baugruben. Behördenscheine wurden gefälscht. Die Komplizen teilten sich den Batzen Geld, den die Quecksilber-Firma für das Entsorgen bezahlt hatte.

Aber seine Geldgier wurde Markmann – keiner zweifelte daran, dass er gemeint war – zum Verhängnis. Er hatte das Quecksilber nicht in die nötigen Glasfässer verpackt, denn die kosten viel Geld. Er nahm Metalltonnen mit dünner Wand. Das Gift ätzte die Tonnen durch, drang in die Erde ein und später in die Gemüsebeete.

Viele Mieter erkrankten. Der Boden wurde untersucht, die Giftfässer gefunden. Einige Häuser waren so verseucht, dass sie abgerissen werden mussten. Die gesamte Erde wurde ausgehoben und weggeschafft. Die Polizei kam auf Markmanns Spur und überführte ihn. Er hatte noch ein anderes Gift, Strychnin, heimlich beiseitegeschafft. Das tauchte aber nicht wieder auf, zumindest damals nicht. Markmann bekam eine hohe Strafe aufgebrummt. Danach war seine Baufirma pleite und er zog nach Hamburg um.

Damit endete der Zeitungsartikel.

»Wer so eiskalt das Leben von Hunderten von Menschen aufs Spiel setzt«, sagte der Fotograf, während er erneut seinen Papierstapel durchsah, »dem traue ich alles zu. Solchen Ganoven muss man das Handwerk legen.«

Er zog zwei weitere Kopien hervor.

»Markmann sorgte immer wieder für Schlagzeilen. Hier zum Beispiel . . . im Freihafen hat er vor sieben Jahren Strychnin verkauft. Totsicher aus der alten Giftgeschichte in Hessen. Verlief aber im Sande, weil es nur ein Kilo war.«

»*Nur* ist gut«, sagte Kai Jensen. »Strychnin ist ein Teufelszeug. Früher nahm man das als Rattengift. Ein Kilo reicht, um 10.000 Menschen umzubringen. Das muss man sich mal vorstellen . . . eine ganze Kleinstadt.«

»Vielleicht hilft Ihnen diese Spur weiter.« Dotter wandte sich zur Tür. »Ich muss leider los. Rufen Sie mich auf jeden Fall an, wenn's was Neues gibt?«

Die Zeitungsausschnitte ließ er da. Conny und Jule lasen alle Fotokopien und verglichen einige Artikel. Abgründe taten sich auf. Zuerst ging es nur um ihren Reiterhof, aber nun entwickelte sich daraus ein richtiger Kriminalfall.

»Wo gibt es denn dieses . . . Strychnin?«, fragte Conny, ohne aufzublicken.

Kai Jensen wusste ein bisschen darüber.

»Apotheken brauchen es und große Firmen, die Medikamente herstellen. Man kann sicher etwas abzweigen, wenn man kriminell genug ist.«

»Aber wer will denn 10.000 Menschen umbringen? Das tut doch keiner.«

»Nein, nein. Aber ein Verbrecher kann damit *drohen.* Und jemanden erpressen. Er mischt Gift in ein Glas Jogurt, ruft bei der Joghurt-Firma an und sagt: ›Entweder ihr zahlt mir eine Million oder ich vergifte sämtliche Joghurts.‹ Wenn die Firma dann im Supermarkt nachforscht und einen vergifteten Joghurt findet, kriegt sie Angst und zahlt.«

»Meinen Sie, Markmann vergiftet Joghurts?«

»Glaube ich nicht. Dafür ist Markmann zu gerissen und vorsichtig. Aber wenn der noch Gift von früher hat, verkauft er es bestimmt. Der braucht dringend Geld, habt ihr ja vorhin gehört. Man kommt so schwer an Strychnin, dass Verbrecher viel dafür zahlen.«

Jule nahm Blaumann auf den Arm und strich ihm gedankenverloren über den Nacken.

»Ich habe gleich gesagt, Markmann hat den Bauern gezwungen das Testament zu schreiben. Bestimmt hat er ihm angedroht, dass er ihm sonst Gift ins Essen mischt.«

Jensen seufzte.

»Selbst wenn du recht hast ... der Mann ist tot und niemand kann ihn fragen. Trotzdem – diese Zeitungsartikel mit Markmanns Straftaten schicke ich dem Nachlassgericht. Das wirft ein schlechtes Licht auf ihn.«

Die Geschichte mit dem vergrabenen Gift verbreitete sich im Stall schneller als Windpocken. Jeder, der davon erfuhr, erzählte es sofort weiter.

Der bleierne Druck, der über dem Stall lag, ließ etwas nach. Gab es nicht Hoffnung, dass Markmanns Gangstermethoden auch etwas mit dem Testament zu tun hatten? Man musste Menschen finden, die mehr über die Geschäfte des Bauunternehmers wussten. Wer weiß, was es noch für Giftskandale gab? Wenn es um Umweltverbrechen ging, wusste Connys Vater Bescheid. Er sollte verstärkt eingespannt werden.

An diesem Abend gingen Conny und Jule zum ersten Mal seit Wochen wieder lachend nach Hause. Luisa alberte auf dem Heimweg die ganze Zeit herum und Bastian bewarf die Mädchen mit Schneebällen.

Auf dem Reiterhof pfiff Kai Jensen abends beim Füttern, was er schon seit zwei Wochen nicht mehr getan hatte.

Die Zuversicht hielt nur bis zum übernächsten Tag an. Am frühen Nachmittag waren von den Mädchen nur Conny und Jule auf dem Reiterhof. Sie putzten gerade Ole und Rocky in den Boxen, da walzte der bullige Bauunternehmer Markmann über die Stallgasse. Hinter ihm ging ein unbekannter, gut gekleideter Mann.

Durch kurzes Räuspern verständigten sich die Mädchen, dass sie unsichtbar bleiben wollten. Markmann trug wieder seine Lieblingskluft – den eleganten Anzug und die bunte Ringelmütze, die er beim Hereinkommen abstreifte. Darunter kam eine glänzende Vorderglatze zum Vorschein. Markmanns kahler Kopf war der Grund, warum er bei Kälte automatisch zur Mütze griff.

Dieter Markmann sah die Mädchen nicht, als er mit dem Fremden ein Gespräch anfing.

»Ungefähr hier«, er zeigte in Richtung Sattelkammer, »beginnen später die Terrassen. Von Ihrer Wohnung aus haben Sie eine herrliche Aussicht auf das Naturschutzgebiet. Unter uns« – vertraulich schirmte Markmann den Mund mit der Hand ab, als verrate er ein Geheimnis – »dort wimmelt es von Rehen. Sehen Sie zu, dass Sie eine Jagderlaubnis bekommen, dann haben Sie bald Ihren eigenen Rehbraten im Ofen.«

Markmann lachte schallend, als hätte er einen guten Witz gemacht.

»Ich bin Vegetarier«, sagte der Fremde frostig. »Ich

esse nichts, was ein Gesicht hat. Was glauben Sie, warum ich hierher ziehen will? Weil ich gern in der Natur bin und Tiere beobachte.«

Kaum erkannte Markmann, dass er auf der falschen Fährte war, schwenkte er um. Das war für ihn kein Problem.

»Ach so, sicher. War auch nur ein Scherz. Wer isst heute denn noch Fleisch? Ja, ich bin auch ein großer Tierfreund.«

Um seine Lüge irgendwie zu stützen, griff Markmann in die nächste Box, um das Pferd dahinter zu kraulen. Er stand aber ausgerechnet vor King Louis. Sein Pech, denn der alte Herdenchef ließ sich nicht täuschen. Wie kein anderes Pferd merkte er, ob ein Mensch es ehrlich meinte. Darum tat King Louis etwas, was für ihn logisch war: Er schnappte nach der Hand und hinterließ eine kräftige Quetschspur. Erschreckt riss Markmann den Arm zurück und unterdrückte einen Fluch. Dass er »Du Mistvieh!« hervorstieß, hörte man aber doch.

Conny wusste später nicht mehr, warum sie aus Rockys Box herausgekommen war. Vielleicht, weil sie King Louis' Biss als Aufforderung verstand? Oder war es der nette Ton, in dem der Fremde von Tieren sprach?

Jedenfalls schlüpfte Conny mit dem Striegel in der Hand auf die Stallgasse. Ihr Herz schlug doppelt so schnell wie sonst, als sie sich vor Markmanns Kunden stellte.

»Wenn Sie Tiere mögen, finden Sie es dann richtig, dass der Markmann den Reiterhof abreißen lässt? Und dass alle Pferde weggejagt werden?«

Mit dem Striegel fuchtelte sie ihm unter der Nase herum. Der Fremde wich einen Schritt zurück und sah Dieter Markmann ernüchtert an.

»Der Hof wird abgerissen? Das wusste ich ja gar nicht. Ich komme aus Köln und kenne mich hier nicht aus«, fügte er als Erklärung hinzu.

Die bösen Blicke, die Markmann Conny zuwarf, hätten jedem Löwen Angst eingejagt. Aber nicht Conny Clasen. Zu viel stand auf dem Spiel. Stur blieb sie stehen, obwohl ihr Herz wie verrückt pochte. Jule kam aus Oles Box und stellte sich neben ihre Freundin.

Feindselig starrte Jule den Fremden an.

»Sie werden keine Freude haben, wenn Sie hier einziehen. Jede Nacht träumen Sie von den unschuldigen Pferden, die Sie auf dem Gewissen haben. Gucken Sie sich unsere Pferde an!« Jule wies mit einer Handbewegung auf die Boxenreihen. »Hier, der süße Ole und Kalle und Rocky und Nappo. Die erscheinen Ihnen jede Nacht im Schlaf und klagen Sie an.«

»Hör auf!«, sagte der Fremde.

In diesem Moment kam Rockys Auftritt. Der schwarze Traber steckte seinen Kopf aus der Box und spielte den Vernachlässigten. Das war seine Lieblingsrolle und jetzt passte sie wie bestellt. Rocky machte den Hals lang, legte den Kopf schief, klappte die Ohren zur Seite und zuckte mit der Oberlippe. Armseliger konnte kein verstoßenes Tier aussehen.

»Mein Gott«, sagte der Fremde.

Conny und Jule mussten sich zusammenreißen, um nicht zu lachen. Rocky hatte es faustdick hinter den Ohren.

Markmann kochte. Natürlich merkte er, dass sein Interessent bei Rockys Schauspiel dahinschmolz. Und dass er die Lust am Wohnungskauf verlor.

So war es auch. Der Mann zog sich zurück.

»Ich glaube, diese Wohnung ist nicht das Richtige für mich«, sagte er achselzuckend. »Nichts für ungut, Herr Markmann, aber streichen Sie mich von Ihrer Liste.«

Er grüßte und verschwand. Kaum fiel die Stalltür hinter ihm zu, änderte sich Markmanns Ton.

»Hört zu, ihr Gören! Ich lasse es nicht zu, dass ihr mir meine Geschäfte verderbt.« Er gab Jule einen leichten Stoß gegen die Schulter. »Besonders dich meine ich. Du kannst noch so salbungsvoll reden, die Wohnungen werden gebaut. Und vorher kommen die Pferde weg.«

Jule stampfte mit dem Fuß auf.

»Aber wenn wir nicht weggehen? Und die Pferde in den Boxen einschließen?«

»Zwangsräumung«, sagte Markmann kaltschnäuzig. »Dafür gibt es ja Gesetze. Das Grundstück gehört mir und ich kann machen, was ich will.«

Er schob die Mädchen zur Seite. »Und jetzt geht mir

aus dem Weg! Ich will zu meinem Rechtsanwalt. Er wird Jensen ein paar Takte über die Protestaktion in Großmoorstedt erzählen. Rufmord ist das, glatter Rufmord! Noch so ein Vorfall und ich verklage Jensen wegen Geschäftsschädigung.«

Mit schweren Schritten bewegte er sich zum Ausgang.

»Zum Gericht würde ich aber an Ihrer Stelle nicht gehen«, rief Conny ihm nach. »Au . . .«

Sie fasste sich ans rechte Schienbein, gegen das Jule ihr einen Tritt versetzt hatte.

»Willst du wohl ruhig sein«, raunte Jule. »Erzähl bloß nicht, was wir über seine Giftgeschichten wissen. Dann ist der doch gewarnt.«

Markmann stutzte kurz und drehte den Kopf halb um. Conny hüpfte auf einem Fuß herum und rieb sich den schmerzenden Schienbeinknochen. Sie blickte Markmann nach, der beim Herausgehen seine bunte Ringelmütze über den Kopf stülpte. Conny fand sein fettes Selbstbewusstsein derart abstoßend, dass ihr fast schlecht wurde.

»Den Kerl werde ich immer widerlich finden. Und wenn ich fünf Millionen Jahre alt werde.«

## 9. Kapitel

# Neue Hoffnung

»Ich könnte Ihnen eine braune Stute, Holsteiner, anbieten. Und einen schwarzen Traber. Beide gesund . . . richtig, bisher als Schulpferde eingesetzt. Die Stute hat ein Fohlen bei Fuß.«

Kai Jensen wechselte den Hörer auf die linke Seite und schrieb eine Telefonnummer auf den Block, der vor ihm lag. Die Namen aller Pferde standen darauf, dahinter quetschten sich Adressen von Kaufinteressenten.

Wenn der Stallbesitzer auf die Aufstellung sah, drehte sich ihm der Magen um. Seine schönen Pferde! Zwar hoffte Jensen immer noch, dass das Gericht ihm recht geben würde und dass er Birkenhain behalten konnte. Trotzdem – er musste sich vorsichtshalber um Käufer für die Pferde kümmern.

»Wie bitte?« Jensen drehte sich zur Bürotür um, weil er etwas hinter sich hörte. »Ja natürlich . . . die passenden Sättel können Sie auch kaufen. Ich brauche dann ja nichts mehr. Gut, wann kommen Sie?«

Conny – sie war das »Geräusch« gewesen – erstarrte hinter der Tür. Sie wollte nach dem Unterrichtsbuch für die Reitstunden fragen, aber nun versagte ihre Stimme.

Conny drehte sich um und rannte zurück in den Stall. Mit lautem Knall flog die Eisentür hinter ihr zu. Ihre Kehle war wie zugeschnürt. Herr Jensen verkaufte die Pferde! Dabei hatten sie alle geglaubt, der Spuk mit dem Testament wäre bald zu Ende. Hatten die Artikel über Markmanns Vergangenheit das Gericht nicht beeindruckt? Conny wurde heiß, dann fror sie plötzlich. Wie sich das anhörte, als Kai Jensen ihre Schulpferde anbot! Als wären sie Gebrauchtwagen.

»Braune Holsteiner Stute.« Jensen meinte Sally damit, klarer Fall. Holsteiner Stute – was sagte das jemand, der Sally nicht kannte? Konnte der sich vorstellen, wie einmalig klug sie war? Wie anhänglich Sally sein konnte, vorausgesetzt, sie lag mit einem Menschen auf gleicher Wellenlänge? Conny dachte an Jule. Sally erkannte ihre Freundin allein an den Schritten, wenn sie durch die Stallgasse kam. Und wie zufrieden Sally schnaubte, wenn Jule *Mäuschen* zu ihr sagte . . .

Und dann: »Schwarzer Traber«!

Konnten die zwei Worte etwa Rocky beschreiben? Er war doch nicht irgendeines von 1.000 ausgemusterten Trabrennpferden, sondern *ihr* Rocky, den Kai Jensen verängstigt von der Rennbahn gekauft hatte und der durch ihre Pflege seine Furcht verlor. Rocky, der bei der Überschwemmung im Sommer um sein Leben kämpfte und fast ertrunken wäre. Rocky, der so süß um Leckerlis bettelte. Rocky, der umwerfend nett war, wenn er ein anderes Pferd gut riechen konnte wie Ankum, den Friesen.

Als Conny aus Jensens Büro floh, war sie völlig aufgelöst.

Bis jetzt hatte sie es geschafft, nicht an Rockys Verkauf zu denken. Aber das ging nun nicht länger. Es wurde Zeit, der Wahrheit ins Auge schauen. Herr Jensen bot die Schulpferde zum Verkauf an.

Und sie konnte nicht eingreifen ...

Auf der hölzernen Bank vor der Sattelkammer saß niemand. Conny ließ sich auf die wackelige Sitzfläche fallen und nahm nicht einmal wahr, wie hart die Bank war. Sie stützte den Kopf in die Hände und sah mit leeren Augen zu den Boxen hinüber. Die anderen Jugendlichen striegelten Pferde oder trensten sie für den Unterricht auf.

Conny seufzte tief. Wie lange gab es wohl noch Reitstunden auf Birkenhain?

Bastian kam bepackt aus der Sattelkammer und blieb vor der Bank stehen.

»Was ist los?«

Conny senkte den Blick auf den Fußboden, um ihre feuchten Augen zu verbergen. Umständlich zog sie ein Taschentuch hervor und putzte sich die Nase.

»Er verkauft schon die Pferde«, sagte sie, ohne aufzusehen.

»Nein!«

»Ich habe es selbst gehört.«

Bastian wuchtete den Sattel ein Stück höher auf den Arm.

»Pass auf, Conny! Wenn die Kleinen gleich Reitstunden haben, setzen wir uns zusammen. Okay?«

Kurz darauf – Kai Jensen stand in der Reithalle und gab Unterricht – steckte ein Dutzend Reiter auf der Stallgasse die Köpfe zusammen: Jule und Bastian, Conny und Luisa, Nicky, Katharina und Theresa, Anna, Merle und Sophie, Annika und Berit. Das Thema hieß: »Welche Eltern kann man überreden, ein Pferd zu kaufen?«

Das Ergebnis war niederschmetternd.

Außer Annika und Berit, deren Eltern sich wahrscheinlich breitschlagen ließen, die Ponys Leo und Popcorn zu kaufen, gab es kaum Pferdefans unter den Eltern. Bei Luisa und Bastian fehlte zu Hause das Geld. Jule Ahrends Eltern hatten zwar Geld, mochten aber keine Pferde. Außerdem verlangten die Ahrends, dass Jule jede freie Minute für die Schule arbeitete. Der Reitstall hielt sie nach ihrer Meinung nur davon ab.

Connys Eltern hatten auch Nein zum Kauf von Rocky gesagt. Aber das war kein knüppelhartes Nein gewesen. Connys Vater war ein großer Tierfreund, den sie um den Finger wickeln konnte. Conny klammerte sich an einen winzigen Strohhalm: Ulrike Mühlberg wollte ein bekanntes Pferd mitnehmen, wenn sie mit ihrem Friesen Ankum umzog. Warum nicht Rocky? Schließlich verstand sich der Traber hervorragend mit Ankum. Ob das genügte, ihren Vater umzustimmen? Ungewiss. Ach, es war doch alles bedrückend.

Mitten in die wehmütige Versammlung platzten die Gerlach-Zwillinge. Mia-Mathilde und Dina-Dorothee kamen durch den unteren Hofeingang. Eisiger Wind trieb die Kälte bis zur Sattelkammer, als die Tür aufging.

Die blonden Mädchen schüttelten die Nässe aus ihrem Haar. Im Näherkommen streiften sie Schnee von den Jacken, der vor den Boxen zu einer Pfütze zusammenschmolz.

Bastian fuhr auf. Er konnte die Nervis nicht ausstehen – und umgekehrt.

»Ihr seid doch selten dämlich.« Er zeigte auf das Wasser, das zum schmalen Bach wurde und sich auf der Stallgasse verteilte. »Könnt ihr den Schnee nicht draußen abputzen? Sollen die Pferde ausrutschen und aufs Maul fallen? Ist euch wohl egal, weil sie sowieso verkauft werden. Hauptsache, ihr habt Nordlicht und Godewind untergebracht, was?«

Dina-Dorothee bekam einen roten Kopf. Wortlos öffnete sie King Louis' Boxentür und bückte sich. Mit der hohlen Hand schaufelte sie Sägespäne aus der Einstreu in das Rinnsal, das nach und nach versiegte. Der hellbraune Wallach beugte sich zu Dina herunter und grummelte.

Mit zusammengekniffenen Augen verfolgte Bastian Dinas Aktion. Wegen so einer Kleinigkeit rastete er sonst nicht aus. Aber bei ihm waren die Nerven gespannt wie bei jedem anderen. Eine Kleinigkeit reichte, um sie zum Zerreißen zu bringen.

»Na gut«, murmelte Bastian, als Dina fertig war und sich mit Mia-Mathilde zu seiner Runde gesellte. »War nicht so gemeint. Aber stimmt es vielleicht nicht, dass ihr für eure Pferde einen neuen Stall gefunden habt?«

Mia-Mathilde Gerlach verzog das Gesicht. »Sicher. Aber der liegt fast in Bargteheide. Mit dem Rad kommen wir da nicht hin. Außerdem gibt es dort nur öde Erwachsene.«

»Genau«, bestätigte ihre Schwester Dina und rubbelte sich feuchte Späne von den Händen. »Wen sollen wir ärgern, wenn wir euch nicht mehr haben?«

Jule seufzte. Ihr ging es ähnlich wie den Gerlach-Zwillingen. Als noch keine Gefahr für Birkenhain bestand, hätte sie alles dafür gegeben, die Zwillinge und die Killerbienen auf den Mond zu schießen. Aber nun, da der Stall bedroht war . . . jetzt merkte auch Jule, dass alle eine verschworene Gemeinschaft waren und auf krumme Weise zusammengehörten. Die einen brauchte man als Freunde, die anderen, um sich über sie aufzuregen.

»Das Bauamt bleibt uns noch«, sagte Bastian. »Wilma Löwe bringt morgen die Unterschriftslisten dorthin. Fast alle Großmoorstedter haben unterschrieben, dass sie gegen die Schließung von Birkenhain sind. Das Bauamt kann doch keinen Reiterhof abreißen, den alle unbedingt behalten wollen.«

»Erwachsene können alles«, fürchtete Luisa.

Bevor Wilma Löwe am nächsten Nachmittag zum Bauamt fuhr, kam sie im Stall vorbei. Sie bot Luisa und Bastian an, im Auto mitzufahren. Das ließen sie sich nicht zweimal sagen . . .

Aber dann stellte Wilma Löwe fest, dass sie mit ihrem Babybauch nicht mehr hinters Lenkrad passte. Luisa lief zum Humanmediziner, der auch am Birkenweg wohnte.

Dr. Völker sprang als Fahrer ein. Er opferte seine Mittagspause, um die ganze Mannschaft zum Bauamt zu fahren, und ging selbst mit hinein. Schließlich hatte seine Stimme Gewicht in Großmoorstedt. Leider nicht beim Bauamt, wie sich herausstellte.

Erst mussten sie eine Stunde in einem dunklen Flur warten. Als sie endlich ins Amtszimmer gelassen wurden, einen stickigen Schlauch, in dem es nach altem Papier roch, wollte der Beamte nicht über die Wohnungen sprechen.

»Wenn wir das genehmigt haben, hat alles seine Ordnung«, war das Einzige, was er sagte.

Der mollige Mann sah die Besucher nicht an, sondern zupfte unentwegt an den Ärmeln seines zu engen grünen Pullovers herum. Er zuckte mit der Nase, mit den Ohren und mit den Schultern. Als Dr.

Völker ihn bat, die Baupläne zu holen, lächelte der Beamte gequält und wies auf die Aktenberge, die sich an den Wänden bis zur Decke stapelten. Ohne Regung nahm er die Unterschriftenlisten an und warf sie in einen Karton. Er rückte eine Trittleiter vor das Wandregal, stieg hinauf und packte die Pappkiste auf einen Berg grauer Mappen.

Wilma Löwe, der Humanmediziner, Luisa und Bastian – sie alle hatten das sichere Gefühl, ihre großartige Aktion wurde zwischen Papierstapeln, Pappmappen und Plänen zur ewigen Ruhe gebettet. Fehlte nur noch ein Grabstein: »Hier liegt der Versuch begraben, Reiterhof Birkenhain vor dem Abriss zu retten.«

»Geben Sie die Proteste auch wirklich weiter?«, fragte Dr. Völker misstrauisch.

»Selbstverständlich.«

Wilma Löwe zog ein Blatt aus der Jacke und schob es dem Beamten über den Tisch. Sie hatte schon mit der lustlosen Reaktion gerechnet und zu Hause ein Schreiben aufgesetzt.

»Sie müssen bestätigen, dass Sie unsere Listen erhalten haben.«

Der Mann brummte etwas, überlegte, zuckte zweimal mit der Nase und dreimal mit dem Kugelschreiber, unterschrieb aber letzten Endes. Frau Löwe nahm das Blatt Papier schnell an sich.

Missmutig zeigte der Baubeamte zur Tür.

»Würden Sie bitte den Raum verlassen? Draußen

warten noch andere Bürger, für die ich etwas tun muss.«

»Aber Sie tun doch gar nichts«, sagte Luisa empört.

Die Tür ging auf und eine Frau kam herein, gefaltete Pläne in der Hand. Der Beamte hatte einfach den Knopf »Nächster eintreten, ohne zu klopfen« gedrückt, der im Flur aufleuchtete.

Niedergeschlagen verließen die vier das Bauamt. Als sie frierend vor Frau Löwes Auto standen, bekam Bastian einen Koller.

Wütend knallte er seine Mütze auf die Motorhaube. »Genauso gut hätten wir die Unterschriften auf den Misthaufen werfen können. Der lahme Typ macht nichts damit, jede Wette.«

»Von wegen!« Wilma Löwe wedelte mit dem Brief, bevor sie ihn ins Handschuhfach legte. »Ist doch wohl klar, dass ich jetzt an alle Zeitungen schreibe. Die müssen wissen, dass jeder in Großmoorstedt gegen den Abriss von Birkenhain ist.«

Der Humanmediziner fuhr sie nach Hause. Er parkte Frau Löwes Auto vor ihrem Haus am Birkenweg und half ihr beim Aussteigen. »Wann kommt denn Ihr Baby?« Dr. Völker ergriff ihren Arm, damit sie auf der vereisten Straße nicht hinfiel.

»Möglich ist es jetzt jeden Tag.«

»Dann sollten Sie aber nicht mehr Auto fahren.«

»Hatte ich auch nicht vor. Aber dieser Markmann

zwingt einen ja dazu. Schließlich mussten die Unterschriften zum Bauamt gebracht werden.«

Wie auf Eiern ging Wilma Löwe zur Haustür. »Ich kümmere mich um die Zeitungen. Die mache ich verrückt, das könnt ihr mir glauben.«

Luisa und Bastian stapften zurück zum Stall. Halb beruhigt, weil sie die Listen abgegeben hatten, halb niedergeschlagen, weil der Beamte so lahm war. Der Schnee reichte ihnen mittlerweile bis zu den Waden. Kai Jensen hatte es aufgegeben, die Einfahrt frei zu fegen, denn es schneite unentwegt nach.

»Sieh mal, unser schönes Protestplakat. Alles dicht.«

Bastian blieb stehen und guckte in die Birke, in der ein beschriftetes Tischtuch zwischen zwei Ästen festgebunden war. Der Wind hatte eine Lage Schnee vor die Schrift geweht. Von dem Aufruf »Großmoorstedter wehrt euch!« konnte man nur noch drei Buchstaben erkennen: »roß«.

Luisa zeigte auf den Schaukasten. »Da auch.«

Das Spruchband vor den Pferdefotos hing geschützt und kriegte nur wenig Schnee ab, aber genug, um den Text zu verdecken. Von »Reiterhof Birkenhain darf nicht sterben« sah man nur noch einen sinnigen Rest: »Reiterhof . . .erben.«

Mit dem Ärmel fegte Luisa das Tischtuch am Schaukasten frei. Bastian trat mit voller Wucht gegen die Birke, um den Schnee auf dem Plakat zu lockern. Der Stamm rührte sich nicht, aber aus den unteren Zweigen löste sich lockerer Schnee und fiel Bastian in den Kragen.

Er quiekte auf und putzte sich die nasse Fracht aus der Jacke. Luisa bückte sich nach einem abgebrochenen Zweig und schleuderte ihn gegen das verschneite Spruchband. Auf einen Schlag sackte die Schneewand herunter.

»Volltreffer«, sagte Luisa zufrieden. Sie gingen an der niedrigen Regenrinne vorbei zum Hofeingang. Bastian brach einen Eiszapfen ab. King Louis leckte so gern daran.

Von drinnen hörten sie lautes Gejohle und Gelächter. Obwohl man nicht durch die Fenster sehen konnte, spürte man bis nach draußen, dass hinter den Stallmauern eine ausgelassene Stimmung herrschte.

»Hört sich an wie in alten Zeiten.«

Bastian horchte auf. »Seit wann gibt es denn bei uns wieder was zu lachen?«

Jule kam mit zwei Eimern aus der Tür und schleppte sie zu Sallys Box. Die Tränken in den Außenboxen waren mal wieder eingefroren, darum bekamen die Pferde Wasser aus Eimern.

»Endlich!«, rief Jule, als sie ihre Freunde sah, und stellte die Eimer ab. Ihr Strahlen hätte genügt, um den ganzen Hof bei Dunkelheit zu beleuchten. »Hier tobt die Hölle, nein der *Himmel,* und ihr treibt euch im Bauamt herum.«

Bastian griff nach Jules Arm. »Ist etwas mit Markmann?«, fragte er. Der Eiszapfen fiel in den Schnee und versank darin.

Jule nickte bedeutungsvoll. »Und ob! Wisst ihr, wer hier war?« Sie machte eine Pause, um die anderen auf die Folter zu spannen.

»Jule . . .«, sagte Luisa warnend und hob einen Wassereimer an. »Spuck sofort die Neuigkeiten aus oder du bist in zehn Sekunden ein Eiszapfen, aber ein lebendiger.«

Lachend nahm Jule ihr den Eimer aus der Hand.

»Spinn nicht, Luisa! Kommt doch mit zu Sally, dann kann sie schon trinken, wenn ich euch alles erzähle.«

Bastian übernahm die Eimer und trug sie zu Sallys Box. Summend schob Jule den Riegel beiseite, stellte einen Eimer in die Türöffnung, kniete sich hin und hielt den Henkel fest. Die braune Stute machte zwei Schritte nach vorn. Geräuschlos tauchte sie ihr Maul ein und sog das Wasser auf. Ihr Fohlen M2 blieb dösend an der Boxenwand stehen.

»Ihr wart kaum unterwegs zum Bauamt, da kam eine Frau Dunkhard hierher . . . das ist die Altenpflegerin, die den alten Bauern versorgt hat. Jeden Tag war sie bei ihm zu Hause, bis zum Tod. Diese Frau Dunkhard brachte eine gigantische Nachricht mit, vielleicht die Rettung für den Stall. Iiih, Mäuschen, nicht . . .«

Jule sprang auf, weil Sally prustete und sie dabei mit einer Mischung aus Heu und Wassertropfen bespuckte.

Bastian verdrehte die Augen.

»Warum meldet die sich denn erst jetzt?«

Er nahm einen Zipfel seines Schals und tupfte Jules Jacke sauber.

»Ach, das ist blöd gelaufen. Sie hat vier Wochen Urlaub gemacht. Gestern kam sie zurück und hörte bei ihrem Pflegedienst von dem Testament. Und dass Birkenhain verschwinden soll. Immerhin – sie ging heute gleich zu Herrn Jensen.«

»Und . . . was ist das für eine gigantische Nachricht?« Luisa trat gespannt von einem Bein auf das andere.

»Haltet euch fest: Der Bauer hat dieser Frau Dunkhard einmal gesagt, dass jemand ihm Rattengift ins Essen mischen will . . .«

»Markmann«, sagte Luisa wie aus der Pistole geschossen. Ihre Backen glühten mit Jules um die Wette.

Bastian lehnte sich an die Wand.

»Eins begreife ich nicht«, sagte er. »Warum rückt die Frau Dunkhard erst jetzt damit heraus? Das hätte sie doch gleich bei der Polizei anzeigen müssen!«

Jule zuckte die Schultern.

»Sie sagt, viele alte Leute sind leider total verwirrt. Jeder Zweite, den Frau Dunkhard pflegt, hat Angst vor Gift im Essen. Ohne Grund. Aber nachdem sie nun von dem Testament des Bauern weiß, sieht Frau Dunkhard die Giftbedrohung natürlich mit anderen Augen.«

Jule ging weiter zur Box von Deichgraf und stellte

ihm den Wassereimer vor die Hufe. Sie drehte sich aus der Hocke zu Bastian um.

»Frau Dunkhard hat Markmann zweimal bei dem Bauern getroffen. Und sie erinnert sich, dass der alte Mann danach völlig durcheinander war. Sie traut Markmann zu, dass er den Bauern tatsächlich mit Gift erpresst hat. Jetzt will sie das Gericht anrufen. Ihr hättet Herrn Jensen sehen sollen – er war total aus dem Häuschen.«

Luisa strich sich mit beiden Händen das schneenasse Haar aus dem Gesicht.

Freu dich nicht zu früh, warnte eine innere Stimme. Schon ein paar Mal hatte sie geglaubt, kurz vor der Lösung des Problems zu stehen, aber immer war es ein Irrtum gewesen.

»Frau Dunkhard glaubt also, dass Markmann den Bauern richtig bedroht hat?«, fragte Luisa. »Bis der aus lauter Angst ein Testament machte, in dem Markmann den Reiterhof erbt?«

»Genau.«

Bastian rieb sich das Kinn. »Ja . . . das ist toll. Aber wie sollen wir das beweisen?«

Darüber hatte Jule schon nachgedacht.

»Die alten Zeitungsartikel sind doch super Beweisstücke«, sagte sie eifrig. »Die Richter lesen, dass Markmann Rattengift besessen hat. Das heißt zwar nicht direkt, dass er den Bauern bedroht hat – aber wenn wir noch Strychnin in Markmanns Haus fänden, dann wäre er geliefert.«

»Zumindest müsste er eine gute Ausrede haben, warum er tödliches Gift lagert«, sagte Luisa.

»Richtig.«

Bastian stimmte zu. »Die Sache hat nur einen Haken: Um Gift zu finden, müsste man erst mal Markmanns Grundstück auf den Kopf stellen. Aber der Mann wird uns wohl kaum zu einer Hausbesichtigung einladen ...«

Einen Moment hatte Jule ihre Augen von Deichgraf genommen.

Diese kleine Unaufmerksamkeit nutzte das Pferd, um mit dem leeren Plastikeimer Fußball zu spielen. Plötzlich polterte es hinter Jule – Deichgraf hing mit einem Vorderhuf hinterm Henkel fest. Er stampfte auf, um sich zu befreien, und schnaubte furchtsam.

»Ach, du Armer.«

Jule langte nach dem Eimer und fingerte vorsichtig den Henkel über den Huf. Sie warf Bastian den leeren Eimer zu und schob dem braunen Wallach ein Leckerli ins Maul.

»Du hast ja richtig in der Falle gesessen. Tut mir leid.«

Auf einmal wurde Bastian hellhörig. Er drückte den Plastikeimer an sich und fragte Jule: »Was hast du gerade gesagt?«

»Ich? Tut mir leid, glaube ich.«

»Quatsch. *Davor.*«

»Vergessen.«

Bastian stellte den Eimer ab und fasste Jule an beiden Schultern.

»Mensch, Jule.«

Auf einmal klang seine Stimme ganz feierlich. »Du hast das Zauberwort gesagt: Falle. Das ist die Lösung. Wir stellen Markmann eine Falle.«

»Und wie soll das funktionieren?«

»Wir erwischen ihn auf frischer Tat dabei, wenn er sein Gift verkauft . . .«

## 10. Kapitel

# Die Falle

In den nächsten Nächten bekamen Jule, Bastian, Conny und Luisa nicht viel Schlaf.

Statt gemütlich im warmen Bett zu liegen, saßen die vier am Schreibtisch – natürlich jeder in seinem Zimmer –, um sich eine Falle für Markmann auszudenken.

Noch vor der Schule trafen sie sich drei Tage nacheinander zur Besprechung im Reitstall.

Erwartungsvoll erzählten sie Kai Jensen ihre Pläne. Der hörte sich alle Vorschläge in Ruhe an, aber statt in lauten Jubel auszubrechen, sagte er einmal »zu gefährlich«, einmal »hirnverbrannt«, einmal »abwegig«.

Aber dann kam endlich der Tag, an dem eine Wende eintrat.

Ulli Clasen hatte mit seiner Umweltgruppe das Internet durchforstet, um mehr über Sondermüllverschiebung und heimlichen Giftverkauf zu finden. Als er zu Hause darüber berichtete, kam Conny Clasen die Idee für die Markmann-Falle. Erst fand ihr Vater noch 1.000 Einwände dagegen, aber schließlich versprach er Conny: »Ich helfe dir.«

Gegen Mitternacht sank sie todmüde ins Bett. Sie hörte noch mit halbem Ohr, wie ihre Eltern sich darüber stritten, ob Conny zu viele Freiheiten bekam. Markmanns unseliger Einfluss reichte also sogar bis in ihr Elternhaus, dachte Conny, bevor sie in einen unruhigen, kurzen Schlaf fiel.

Den Rest der Nacht wälzte Conny sich im Bett. Eine Stunde, bevor der Wecker ging, stand sie auf, machte sich für die Schule fertig und verließ leise das Haus. Um kurz vor sieben kam sie im Stall an und fand Kai Jensen beim Ausmisten in Oles Box. Conny platzte sofort mit ihrem Plan heraus.

»Jemand von uns ruft Markmann an und behauptet, Strychnin von ihm kaufen zu wollen. Er bietet ihm viel Geld an. Der Anrufer sagt, er habe Markmanns Adresse am Hafen gekriegt. Da laufen solche dunklen Geschäfte, meint mein Vater. Einer von uns geht zu ihm und holt das Gift. Mein Vater versteckt sich mit uns und wir erwischen Markmann auf frischer Tat.« Erwartungsvoll sah sie Jensen an, der sich ihren Plan angehört hatte, aufgestützt auf seine Forke. Sein Gesichtsausdruck ließ sich schwer deuten. Zustimmung? Ablehnung?

»Klingt gut.«

Jensen fuhr fort, Stroh in Oles Box zu verteilen.

»Aber wer soll der Lockvogel sein? Einer von uns?

Riskant! Und überhaupt, bei solchen Geschäften muss man die Polizei einschalten.«

»Das wollen wir ja«, sagte Conny ungeduldig.

Sie kniete sich auf einen Strohballen und schob das Halteband herunter. Sie packte vier Rippen Stroh und warf sie in Kalles Box, die noch nicht frisch eingestreut war. »Die Polizei rufen wir aber erst an, wenn die Falle ausgelegt ist. Sonst erzählen die uns doch nur: Ihr seid zu jung, die Sache ist zu gefährlich. Aber wir können nicht mehr warten, Herr Jensen . . .«

»Ich verstehe dich ja.« Kai Jensen sah ernst aus. »Aber die Sache mit der Falle muss ich mit meinem Anwalt besprechen. Rede mit niemand darüber, hörst du?«

»Hm«, brummte Conny enttäuscht und machte sich auf den Weg zur Schule.

Es war zum Verrückwerden.

»Da hat man sich die prickelndsten Ideen ausgedacht, um Birkenhain zu retten – und Herr Jensen machte einem einen Strich durch die Rechnung«, sagte Conny zu ihren Freunden, als sie sich nach der Schule bei Conny zu Hause trafen. Die fanden ihren Lockvogelplan klasse.

Wer kam als Testkäufer in Frage?

Von ihnen niemand, das stand fest. Sie brauchten einen Erwachsenen.

»Ulrike Mühlberg?«, schlug Conny vor.

»Die würde garantiert mitmachen«, meinte Jule.

»Aber eine Frau, die Gift kauft . . . das kommt eher selten vor, oder?«

Dagegen konnte man nichts sagen.

»Der Humanmediziner?«

Nein, das konnte man ihm nicht zumuten. Dr. Teichmüller auch nicht. Kai Jensen kam sowieso nicht in Betracht, weil Markmann ihn kannte.

»Axel Rakete?«

Der Assistent von Kai Jensen gab nachmittags Reitunterricht – gut möglich, dass Markmann ihn dort gesehen hatte und wieder erkannte. Also Fehlanzeige.

Fritz Voss, ein erwachsener Reiter, kam in die engere Wahl, aber Bastian fiel ein, dass er verreist war. Langsam gingen ihnen die Namen aus. Am Ende zog Conny sogar Doris Vogel in Erwägung, eine schrille, vorlaute Reiterin.

»Bloß nicht die Vogel«, wehrte Jule ab. »Die verdirbt doch alles mit ihren hysterischen Anfällen. Nein, wir brauchen einen Fremden, der nichts mit dem Reiterhof zu tun hat.«

»Kluges Mädchen«, sagte Conny ironisch. »Aber wer würde wohl eine so brisante Sache übernehmen? Das muss schon jemand sein, der genauso an den Pferden hängt wie wir.«

»Oder einer, der Interesse daran hat, ein Verbrechen aufzudecken«, grübelte Bastian. »Jemand, der Markmanns kriminelle Vergangenheit kennt.«

Da kam nur einer infrage: Fotoreporter Dotter von der Zeitung.

»Der sucht immer heiße Storys. Hat er selbst gesagt«, erinnerte sich Jule. »Ihm passiert doch nichts, wenn die Polizei vor Markmanns Haus auf der Lauer liegt. Und er hat eine tolle Geschichte, über die er schreiben kann.«

Conny verlor keine Zeit und rief Herrn Dotter sofort auf seinem Handy an. Sie erwischte ihn auf dem Weg zu einer Hochzeit, wo er Fotos machen sollte.

Zuerst verstand er gar nicht, was Conny von ihm wollte. Als er es begriff, verschlug es ihm zunächst die Sprache. Doch dann sagte er: »Ich überlege mir die Sache. Aber ihr dürft mit niemandem darüber sprechen.«

Schon wieder ein Redeverbot!

Einen Tag mussten sie zittern, dann rief Herr Dotter bei Conny an: »Okay. Ich mache den Lockvogel. Das gibt eine Riesengeschichte. Hoffentlich kann ich Fotos machen.«

Noch am selben Abend meldete sich Herr Dotter erneut bei Conny Clasen zu Hause. »Ich habe Markmann angerufen. Tatsächlich . . . es hat funktioniert.«

Markmann wollte sich möglichst schnell mit Herrn Dotter treffen.

»Der wurde nicht mal misstrauisch«, wunderte sich der Fotograf. »Entweder braucht Markmann dringend Geld oder er ist grenzenlos abgebrüht.«

In der Nacht von Freitag auf Samstag – exakt um 1.30 Uhr – sollte der Handel ablaufen. Zu dieser Zeit wollte der Fotograf vor Markmanns Haus am Tollkirschenweg warten.

Ulli Clasen beschloss, sich in einem getarnten Zelt auf die Lauer zu legen. Noch am selben Abend fuhr er allein zum »Tatort«, zehn Minuten vom Reiterhof entfernt, und sah sich dort um. Ein Wäldchen grenzte direkt an den Tollkirschenweg. Fichten und Birken standen so dicht, dass man kaum tiefer als zwei Meter hineinsehen konnte. Kein Mensch würde dort mitten im Winter ein Zelt vermuten.

Ungeduldig wartete Conny zu Hause auf ihren Vater. Als Ulli Clasen endlich zurückkam, spürte Conny sofort, dass er ihr nicht erlauben würde, auch im Zelt zu wachen.

Mit Engelszungen redete Conny auf ihren Vater ein, um ihn von der Ungefährlichkeit der Nachtwache zu überzeugen. Ihre Freunde müssten natürlich auch dabei sein. Eine geschlagene Stunde stand Connys Mundwerk nicht still, sie gab sogar gewagte Versprechen ab, die die Schule betrafen. Aber das war ihr die Sache wert.

Schließlich hatte Conny ihren Vater zermürbt. Sie war heilfroh, dass ihre Mutter nicht zu Hause war – die war eine härtere Nuss, wenn es um nächtliche Abenteuer ging.

Auf jeden Fall wollte Ulli Clasen die Polizei in den Plan einweihen. Bastian sollte kurz vor der Giftübergabe die »Spezialeinheit Umweltverbrechen« anrufen und zum Haus des Bauunternehmers Markmann bestellen.

Kai Jensen erfuhr erst einmal kein Sterbenswörtchen von der *Nacht der Entscheidung*.

## 11. Kapitel

# Es geht um alles

Sobald es dämmerte, gegen vier am Freitagnachmittag, sollte das Zelt aufgebaut werden. Abends musste die Wachmannschaft nur noch hineinkriechen.

Punkt vier fuhr Ulli Clasen mit Conny und Bastian los. Sie stellten den Wagen in einer Nebenstraße des Tollkirschenwegs ab und gingen das Stück zum Wald zu Fuß. Dort trennte sich Bastian von ihnen, um Markmanns Haus zu beobachten. Auf keinen Fall durfte der Mann merken, was sich im Wald anbahnte. Ulli Clasen hatte den Sack mit dem Zubehör geschultert und wartete mit Conny hinter einer Tanne, die sie vor dem kalten Wind schützte.

Nach einigen Minuten schickte Conny vom Handy eine SMS-Nachricht an Bastian: »Ist er da?«

»Zielperson nicht zu Hause«, kam prompt eine SMS von Bastian zurück. Conny musste lachen. Bastian benutzte die Worte der Polizei.

Mit eingezogenem Kopf folgte sie ihrem Vater über den Pfad, der sich in den Wald schlängelte. Der starke Frost ließ die Erde unter den Stiefeln krachen. Zwischen den Fichten war es fast dunkel, während die kahlen Birken dahinter noch einen Rest Licht durchließen. Im Unterholz knackten Äste. Sie blieben stehen und lauschten, bevor sie weitergingen. In kurzen Böen trieb der Wind dürre Zweige vor ihren Füßen her. Brüchiges Laub und Schnee wirbelten hoch und wehten ihnen ins Gesicht.

Conny bedeckte ihre Nase mit der Hand, weil der scharfe Wind ihr zusetzte. »Hoffentlich wird es nicht stürmischer, sonst fliegt uns noch das Zelt weg.«

»Dieses bestimmt nicht«, gab ihr Vater leise zurück. Er wechselte den Zeltsack auf die andere Schulter. »Damit war mein Freund auf Expedition. Da flattert nichts.«

Sie bogen tief hängende Fichtenzweige zur Seite, auf denen alter zusammengepappter Schnee klebte. Eine kleine Lichtung lag vor ihnen, blass beleuchtet vom Mond, dessen Schein sich mit dem letzten Tageslicht mischte. Ulli Clasen lehnte den Sack gegen einen Baum und begann, den Waldboden nach Steinen und Dornen abzusuchen.

»Alle Brombeerranken müssen weg.« Er zeigte auf die Erde. »Die machen das Zelt kaputt.«

Nachdem der Untergrund sauber war, ging der Aufbau des Kuppelzeltes schnell. Im Nu lag die Bodenwanne, ruck, zuck standen die Gestängebögen, dann spannte sich schon die Kunststoffhaut darüber.

Conny half ihrem Vater ein graugrünes Tarnnetz

über das Zelt zu stülpen. Sie steckte ein paar Zweige in die Maschen, dann ging sie zehn Meter zurück und begutachtete ihr Werk. Man musste schon sehr genau hinsehen, um in der Dämmerung schemenhafte Umrisse zu erkennen.

»Markmann, jetzt bist du dran«, sagte Conny, bevor sie zum Wagen gingen.

Zuerst dachte Conny, sie würde die Stunden bis zum Einzug ins Zelt vor Ungeduld platzen. Aber es gab so viel zu tun – warme Kleidung aussuchen, Schlafsäcke und Isomatten ins Auto bringen, Proviant einpacken –, dass die Zeit nur so rannte.

Dann war es neun Uhr abends.

Connys Vater holte Luisa und Bastian mit dem Wagen ab. Mittags hatte er sich bei den Familien das Okay für die Nachtaktion geholt. Bei Jule Ahrends Eltern, dort hielt er zum Schluss, gab es trotzdem eine Szene.

Ehepaar Ahrend war drauf und dran, die Nachtwache zu verbieten. Brigitte und Peter Ahrend standen frierend auf den Stufen vor ihrem Haus und benahmen sich, als sollte ihre Tochter auf eine Sträflingsinsel verbannt werden.

»Wenn etwas passiert, mein Gott!« Jules Mutter presste beide Hände auf den Magen. »Ich mache mir mein Leben lang Vorwürfe, Kind. Willst du nicht hierbleiben, Julia?« Jule klemmte sich hastig neben Luisa auf den Rücksitz und schnallte sich sofort an.

»Auf keinen Fall. Versprochen ist versprochen.«

Mit verschränkten Armen stand Vater Ahrend am Geländer und musterte Ulli Clasen vor sich und seine Tochter im Auto. Sie saß da wie auf glühenden Kohlen.

»Du bleibst strikt bei Herrn Clasen und mischt dich in nichts ein, hörst du, Julia? Meine Güte, ich weiß gar nicht, wo mein Verstand war, als ich dir diese Nachtwache erlaubt habe. Ihr bringt euch in Gefahr wegen . . . wegen *nichts.*«

Jule rutschte nach vorn und steckte ihren Kopf aus der Autotür.

»Papa, es geht um Birkenhain. Und um Sally. Es geht *um alles.*«

Ihr Gesicht war rot vor Aufregung.

Wie Jule das sagte, fast schrie, das ging Peter Ahrend unter die Haut. Plötzlich fühlte er so etwas wie Stolz auf seine Tochter. *Es geht um alles.* Respekt, wie sie für ihre Träume kämpfte. Julia war fast 13. Hatte sie nicht das Recht, ihr Ziel zu verfolgen – den Reiterhof zu retten?

Frau Ahrend hatte Jules Aufschrei gar nicht richtig wahrgenommen, weil sie erbärmlich fror und sich ausmalte, wie kalt es erst in einem Zelt sein musste.

»Deine Reiterei bringt uns noch alle um, Julia«, jammerte sie und zog ihre Jacke enger zusammen. »Papa und ich kriegen Magengeschwüre und du holst dir Erfrierungen bei der Kälte.«

»Sie bekommen Ihre Tochter heil zurück, Frau Ahrend.«

Ulli Clasen legte ihr die Hand auf den Arm. »Ich bin ja die ganze Zeit dabei. Es ist gerade mal drei Grad unter null. Und die Schlafsäcke wärmen noch bei 20 Grad Kälte.«

Jules Mutter sah ein bisschen beruhigter aus, aber nicht sehr.

Ulli Clasen machte, dass er zurück ins Auto kam, und fuhr los. Aber erst als das weiße Haus außer Sichtweite war, atmeten alle auf. Jules Eltern waren ein heikler Fall.

Der Tollkirschenweg lag in himmlischer Ruhe, als kurz darauf fünf dick vermummte Gestalten mit Schlafsäcken und Isomatten in das dunkle Waldstück tappten.

Der Schnee auf Bäumen und Sträuchern leuchtete matt und machte es leicht, den Weg zum Zelt zu finden. Für Sekunden flackerte Ulli Clasens Taschenlampe auf, um den Zelteingang zu suchen. Durch den Tunnelgang krochen sie hinein.

»Schön, kein Wind mehr«, stellte Luisa fest und zog ihre Mütze herunter. Sie konnte im Zelt aufrecht stehen, wie Jule und Conny. Bastian und Connys Vater mussten sich bücken, um nicht an die Decke zu stoßen.

Conny rückte die Isomatten zurecht und breitete die Schlafsäcke darauf aus, eine Leihgabe der Umweltgruppe. Es waren mollige Daunensäcke mit Wärmekragen und Kapuzen.

Jeder schlüpfte in seinen Sack und zog die Kapuze zu, bis nur noch Augen und Nase zu sehen waren.

»Versucht zu schlafen«, sagte Herr Clasen. »Die Nacht wird noch lang. Ich wecke euch, wenn der Fotograf sich meldet.«

Natürlich schlief keiner. Dazu waren sie viel zu aufgeregt. Heute entschied sich die Zukunft von Birkenhain – von Sally, Rocky, Flecken-Paula, King Louis und den anderen Pferden. Wer dachte da an Schlaf?

Doch dann breitete sich in den Schlafsäcken gemütliche Wärme aus und allmählich fielen allen die Augen zu. Bis auf Ulli Clasen natürlich.

Nicht einmal eine Stunde war vergangen, da schoss Jule hoch. Ihr Herz raste wie verrückt. Was war das? Angespannt horchte sie in die Finsternis. Es klang, als ob jemand etwas aufs Zeltdach warf. Sie wagte nicht, sich zu rühren. Da, schon wieder. Markmann? Hatte er sie aufgestöbert?

Jule hüstelte, um die anderen aufmerksam zu machen. Doch die waren längst hellwach und genauso erschrocken wie sie. Luisa tastete in der Dunkelheit nach Jules Schlafsack.

Ulli Clasen merkte, dass Unruhe im Zelt entstand. Er kannte solche Geräusche von seinen Nachtwachen im Naturschutzgebiet. »Tannenzapfen, Leute. Keine Angst. Das sind herabfallende Zapfen. Die hören sich mordsgefährlich an.«

Erleichtertes Aufatmen kam aus allen Schlafsäcken. Einige Zeit blieb es draußen ruhig, abgesehen von den herabkullernden Tannenzapfen, dann zerfetzten Schreie die Stille.

Kurze, bellende Geräusche in rascher Folge. Unheimlich, wie sie durch die Nacht gellten.

Keiner im Zelt wagte, etwas zu sagen.

Luisa bibberte vor Angst.

»Wölfe!«, wisperte sie.

Ulli Clasen ließ seine Taschenlampe aufblitzen und strich Luisa über den Kopf, genauer gesagt, über die Kapuze, aus der zwei furchtsame braune Augen blickten.

»Cool bleiben, Luisa. Ihr habt gerade ein erschrecktes Reh gehört, mehr nicht.«

»Wirklich, Herr Clasen?«

»Kannst mir glauben, Luisa. Wir sind hier in Hamburg und nicht in Sibirien.«

»Viel kälter kann es da auch nicht sein«, flüsterte Jule aus ihrem Schlafsack. »Ich habe nämlich Eisfüße.«

»Ich auch«, kam es aus Connys Kapuze.

In dem Moment ging ihr Handy. Mit bebenden Fingern zog Conny den Reißverschluss ihres Schlafsacks auf und holte das Gerät aus der Jacke. Auf dem Display leuchtete die ersehnte Nachricht.

»Fotograf Dotter kommt. Es geht los. Oh, Mann.«

Bastian pellte sich aus dem Schlafsack und zog seine Stiefel an. Er durfte als Späher in die Nähe von Markmanns Haus! Lange hatte Ulli Clasen hin und her überlegt, ob er selbst hingehen sollte. Andererseits wollte er die Mädchen nicht allein im Wald lassen. Und er traute Bastian zu, umsichtig zu handeln.

»Mach nichts auf eigene Faust«, schärfte Ulli Clasen Bastian ein, als er durch den Tunnel nach draußen kroch. »Denk dran, ich bin für dich verantwortlich.«

»Geht klar«, sagte Bastian nach hinten. Dann schluckte ihn die Dunkelheit.

Bastian sah kaum die Hand vor Augen, als er sich zwischen Baumstämmen und Sträuchern zur Straße vortastete. Der Wind wiegte die hohen Fichten, sodass die Wipfel immer wieder den Mond verdeckten. Ein paar Mal stolperte Bastian über Baumwurzeln. Einmal fiel sogar sein Handy herunter, aber er fing es im Fallen auf.

Am Tollkirschenweg standen niedrige Laternen ohne große Reichweite. Die Straße vor Markmanns Haus lag zum Teil im Dunkeln. Drei Autos mit vereisten Scheiben standen an der schmalen Straße, die Bastian überquerte.

Er zog seine graue Wollmütze tiefer ins Gesicht und huschte hinter die Holzwand des Carports, der Markmanns Garten begrenzte.

In dem Unterstand stand der Geländewagen, der Mann musste also im Haus sein. Die Lücken zwischen den Holzlatten waren breit genug, um Haus und Eingang zu sehen. Der Garten lag abgeschirmt hinter einem mannshohen Eisenzaun, das Tor darin besaß keine Klinke. Massive Eisenstäbe verbarrikadierten alle Fenster. Das Einfamilienhaus war gesichert wie das Hamburger Gefängnis *Santa Fu.*

An seine Zelle muss Markmann sich später nicht gewöhnen, dachte Bastian grimmig. Gitter kennt er ja schon.

Hinter der Straßenbiegung kam jemand rasch näher, der trotz seines Skianzuges klapperdürr aussah.

Herr Dotter, der Fotograf!

Bastian lief es heiß über den Rücken. Es wurde ernst. Wo blieb die Polizei? Er presste seine Stirn gegen die Latten und spähte nach allen Seiten. Versteckte die sich am Ende in den Autos an der Straße?

Im Vorgarten rieselte Schnee von einem Wacholder. Bastian kniff die Augen zusammen. Hatte er nicht eine Bewegung gesehen? Wartete die Polizei etwa im Garten?

Herr Dotter blieb vor dem Tor stehen, bis es mit einem schnarrenden Geräusch elektronisch geöffnet wurde. Der Fotograf schlüpfte hindurch, hinter ihm rastete das Schloss wieder ein. Die Haustür ging auf. Im Flur brannte kein Licht, jedoch im Raum dahinter. Darum erkannte Bastian den viereckigen Kopf von Dieter Markmann.

Seine Stimme verstand Bastian nicht, aber die des Fotografen, sogar jedes einzelne Wort, das er sagte: »Hier ist das verlangte Geld.«

Markmann bückte sich und überreichte zwei Gefäße an den Fotografen.

»Okay, zwei Gläser, wie besprochen«, sagte Herr Dotter so deutlich, dass man es bis zum Carport hören konnte.

»Psst«, zischte Markmann, »halten Sie doch den Mund!«

Witternd beugte er sich vor. Roch er etwa Lunte? Hatte er jemanden bemerkt?

Plötzlich stieß Markmann den Fotografen zur Seite und rannte zum Zaun. Er umklammerte die Stäbe, stieß sich vom Boden ab und zog sich hoch. Erst rutschte er ab, aber dann kletterte er mit einer Geschicklichkeit, die man dem bulligen Mann nicht zugetraut hätte, nach oben.

Von einer Sekunde zur anderen war es mit der Stille im Garten vorbei. Vier, fünf oder sechs Männer stürmten aus ihren Verstecken hinter Sträuchern und Bäumen hervor – die Polizei!

»Der türmt . . .«, rief einer. »Zugriff.«

Der schnellste bekam Markmanns Fuß zu fassen, doch der versetzte dem Polizisten einen Tritt und schwang sich über den Zaun. Im nächsten Moment sprang Markmann auf die Straße, hetzte weiter. Jetzt erreichte er den Carport.

Bastian stockte der Atem.

»Mach nichts auf eigene Faust«, hatte Herr Clasen ihm eingeschärft. Aber sollte er den Mistkerl Markmann entkommen lassen? Und zusehen, wie der Mann, der Unglück über Reiterhof und Pferde brachte, davonlief? Das schoss Bastian sekundenschnell durch den Kopf. Nichts in der Welt konnte ihn dazu bringen, tatenlos hinter seiner Wand zu verharren.

Bastian ließ sein Bein vorschnellen, als Markmann vorbeirannte. Mit lautem Fluchen stolperte Markmann über den Fuß. Er verlor das Gleichgewicht und schlug lang in den Schnee. Da waren auch schon die Polizisten über ihm. Einer hielt Markmanns Arme auf dem Rücken fest.

»Sie sind festgenommen«, sagte er. »Ich mache Sie auf Ihre Rechte aufmerksam . . .«

Er half Markmann auf die Beine und betete ihm den vorgeschriebenen Text über seine Rechte vor.

Markmann starrte in den Schnee und schwieg.

Ein weiterer Polizist kam dazu. Er gehörte zu der Spezialeinheit und trug einen blauen Koffer mit Zubehör für Giftproben.

»Sieh an«, sagte er zu Markmann, »wen haben wir denn hier?«

Bastian, der die ganze Zeit mit klopfendem Herzen dabeigestanden hatte, sah den Beamten erstaunt an.

»Sie kennen den?«

Der Polizist nickte. »Das will ich meinen.«

Dann stutzte er, musterte Bastian und nahm ihn beiseite. »Sag mal, hast du uns angerufen? Und uns den Hinweis mit der Giftübergabe gegeben?«

»Ja.

»Das war ein klasse Tipp. Der Mann ist ein alter Bekannter der Polizei. Schon seit 20 Jahren. Mehr darf ich leider nicht sagen, du weißt ja, Dienstgeheimnis, Datenschutz . . .«

Er setzte seinen Koffer ab.

»Aber ob Herr Jensen unseren Reiterhof behalten darf, das müssen Sie uns sagen. Bitte . . .«

Das war Conny.

Auch Jule und Luisa standen auf einmal am Tatort. Im Zelt hatten sie es nicht mehr ausgehalten. Als sie aufgeregte Stimmen hörten und »Sie sind festgenommen«, erlaubte Herr Clasen ihnen endlich, zum Tollkirschenweg zu laufen.

»Sagen Sie doch, dass Markmann unseren Reiterhof nicht erben darf, wo er doch ein Verbrecher ist.« Luisa zupfte an der Jacke des Polizisten.

Der lachte und wiegte den Kopf. »Ich bin kein Richter . . . aber euer Freund«, er zeigte auf Bastian, »hat mir die Story mit dem Testament erzählt und wie der alte Bauer bedroht wurde. Die Sache sieht gut aus für euch. Sehr gut.«

Er linste nach hinten, beugte sich dann zu den Mädchen herunter und flüsterte: »Unter uns: Ihr könnt zu 99,9 Prozent sicher sein, dass ihr euren Reiterhof behaltet. So, nun muss ich mich aber um Markmann und das Gift kümmern.«

Einige Minuten herrschte noch Unruhe vor dem Haus, dann kam ein Streifenwagen und holte Markmann ab. Ein zweiter Polizeiwagen nahm den Fotografen als Zeugen mit. Der hatte sofort nach dem Zugriff der Polizei seine Kamera aus der Jacke hervorgeholt und in einem fort Bilder geschossen.

»Super, Herr Dotter«, rief Bastian ihm nach. »Danke.«

Wenig später lag wieder Stille über dem Tollkirschenweg. Nur der zertrampelte Schnee auf dem Gehweg zeugte davon, dass sich hier kurz zuvor ein Drama abgespielt hatte.

Auf einmal hellten Autoscheinwerfer die halbdunkle Straße auf. Ein Wagen nach dem anderen kam näher und fuhr rechts heran. Die Jugendlichen wichen an Markmanns Zaun zurück. War der Spuk noch nicht zu Ende?

Doch dann gingen die Autotüren auf – und wer stieg aus? Die Mütter von Conny und Bastian, Jules Eltern, Luisas Oma, ja sogar Wilma Löwe war dabei, obwohl sie eigentlich nicht mehr Auto fahren sollte wegen des Babys. Und ganz hinten . . .

»Ich werde verrückt«, sagte Jule, »guckt mal, da drüben. Herr Jensen ist auch da. Und Ulrike Mühlberg. Woher wissen die das mit der Giftübergabe?«

Ulli Clasen nahm beide Hände hoch und lachte.

»Ich bekenne mich schuldig. Eure Eltern wollten euch nur gehen lassen, wenn sie mitkommen durften. Sie haben in der Nebenstraße gewartet. Herrn Jensen haben sie heute Abend eingeweiht.«

Sie gingen aufeinander zu, wie Sieger, die gemeinsam einen Triumph erkämpft hatten. Vor Markmanns Haus fielen sie sich in die Arme und beglückwünschten sich. Niemand fror mehr, nicht mal Jule. Glück kann sogar kalte Füße wärmen. Als Jule mit ihren Eltern zum Auto ging, atmete sie in vollen Zügen die klare Luft ein. Sie fühlte sich wie befreit. Es schien Jule, als könne sie zum ersten Mal seit langer Zeit wieder richtig Atem holen.

Einige Tage später stand fest, dass Kai Jensen auf Birkenhain bleiben durfte. Durch die Aussagen der Zeugen war dem Gericht klar geworden: Das Testament, in dem Markmann alles erbte, konnte nicht der letzte Wille des Bauern gewesen sein. Aus den Beobachtungen einiger Zeugen ließ sich ablesen, dass Markmann den Bauern bedroht hatte.

In Markmanns Haus fand die Polizei den Keller voller Strychnin-Gläser. Und der Bauunternehmer konnte nicht begründen, was er damit vorhatte . . .

Endlich war die quälende Ungewissheit vorbei. Ein ungeheurer Druck fiel von den Reitern ab.

Als Jensen die Freudenbotschaft verkündete, da tobte die Stallgasse. Wie ein Lauffeuer verbreitete sich die Nachricht von Birkenhains Rettung. Vor den Boxen scharten sich die Reiter zusammen, lachten ausgelassen und umarmten ihre Lieblingspferde.

Luisa und Conny tanzten auf der Stallgasse, bis Kai Jensen sagte: »Schluss jetzt, ihr macht mir ja die Pferde verrückt.« Dabei hörte man genau heraus, wie froh er war, dass endlich wieder Leben in seine Reiter kam.

Den ganzen Dezember über waren sie wie gelähmt

gewesen, als laste ein zentnerschweres Gewicht auf ihnen. Nicht einmal Weihnachtsschmuck hatten sie in der Stallgasse aufgehängt. Die einzige schöne Adventsfeier war die Vorlesestunde am Kachelofen gewesen. Danach hoffte man von einem Tag zum anderen auf die erlösende Nachricht »Birkenhain bleibt«.

Und nun war der Tag da. Auf einmal fühlte jeder das Bedürfnis, sofort etwas für den Stall zu tun.

Die Killerbienen hängten Tannenzweige und Kugeln auf. Die Nervis brachten elektrische Kerzen für die Tribüne mit. Wilma Löwe verteilte selbst gebackene Plätzchen und plante einen neuen Lesenachmittag: »Sobald mein Baby da ist.« Ulrike Mühlberg hängte einen Zettel ans Schwarze Brett »Große Einweihungsparty in meinem Reitershop«.

Kai Jensen dachte sich eine besondere Überraschung aus – eine Schlittenfahrt im Schnee. Auf dem Dachboden stand ein uralter hölzerner Pferdeschlitten, den er noch nie angespannt hatte. Wann schneite es schon mal in Hamburg? Selten. Aber in diesem Jahr lagen die Reitwege unter einer dichten Schneedecke.

Jensen machte die verrosteten Kufen wieder gleitfähig und reparierte eine gebrochene Holzlatte.

Schon am nächsten Tag, es war der Beginn der Weihnachtsferien, fiel Neuschnee. Kai Jensen hievte den Schlitten vom Boden herunter und spannte den Friesen Ankum an.

Als Jule, Conny, Luisa und Bastian auf dem Reiterhof erschienen, durften sie gleich einsteigen.

»Wir machen eine Schlittenfahrt. Kleine Belohnung für euren großen Einsatz«, sagte Herr Jensen.

Jule, Conny und Luisa kletterten nach hinten, wo mollige Lammfelle über der Holzbank lagen. Kai Jensen schwang sich auf den Bock, Bastian setzte sich neben ihn.

Jensen nahm die Leinen auf und sagte aufmunternd: »Komm, Ankum.« Der schwarze Friese marschierte los.

Über tief verschneite Sandwege ging es in die weiße Landschaft, begleitet vom feinen Gebimmel des Schellengeläuts. Leise knirschte der Schnee unter den Kufen, als sie nach kurzer Zeit über unberührte Wege glitten.

Kein Schuhabdruck war zu sehen, nur Tippelspuren von Vogelfüßen. Die Wintersonne strahlte hell und manchmal musste man die Augen schließen, weil der Schnee blendete.

Zu Beginn der Schlittenfahrt redeten alle durcheinander, aber bald breitete sich genussvolle Stille aus. Jeder dachte nur an das eine, an das Wichtigste: *Birkenhain ist gerettet.*

Ab und zu holperte der Schlitten über gefrorene Hufspuren, dann klingelten die Schellen lauter und ungleichmäßig. Die Luft duftete frisch und sauber. Oder kam es ihnen nur so vor, weil der Albtraum endlich vorbei war?

Der Schlitten geriet über einem gefrorenen Maulwurfshaufen ein wenig in Schräglage, als Connys Handy klingelte.

»Oh Conny, das nervt«, sagte Luisa vorwurfsvoll. »Geh bloß nicht ran.«

Connys Finger zögerten über der grünen Taste. »Aber ... wenn es Frau Löwe ist? Sie wollte doch anrufen ... wegen des Babys.«

Tatsächlich – Wilma Löwe meldete sich aus dem Krankenhaus.

Ihr Baby war da! Sofort waren alle ganz Ohr.

»Antonia ... Gott sei Dank ist es ein Mädchen«, seufzte Conny, als sie das Handy einsteckte. »Da kann man wenigstens sicher sein, dass sie reitet. Jungen kriegt man ja nicht in den Pferdestall.«

Vom Kutschbock kam lauter Protest. Bastian drehte sich um. »Und was bin *ich?* Etwa eine Futtermilbe?«

Die Mädchen kicherten.

»Sagen wir mal ... du bist eine seltene Ausnahme.« Jule sah ihn aus blitzenden Augen an und lachte. Bastian wurde verlegen und zog es vor, wieder nach vorn zu schauen.

Conny verschränkte die Arme im Nacken und träumte in den stahlblauen Himmel. Weiße Baumwipfel zogen über ihr vorbei.

»Stellt euch vor«, sagte sie gedankenverloren, »in zehn Jahren reitet Frau Löwes kleine Tochter unsere Pferde – Sally, Rocky, King Louis, Flecken-Paula ...«

Margot Berger

## Reiterhof Birkenhain

### Sommer, Glück und Pferdeträume

Große Aufregung auf dem Reiterhof Birkenhain! Stallbesitzer Jensen ist von der Leiter gefallen und muss ins Krankenhaus. Wer wird sich jetzt um den Hof kümmern und die Pferde versorgen? Auch Imke ist verzweifelt. Ihr geliebtes Pferd Deichgraf ist verschwunden. Fieberhaft beginnen sie und ihre Reiterfreundinnen, nach ihm zu suchen. Und dabei stoßen sie auf einen zwielichtigen Pferdetransport nach Italien ...

Dieser Doppelband enthält die Bände »Ein starkes Team« und »Achtung: Pferde in Not!«.

280 Seiten • Gebunden
ISBN 978-3-401-45447-4
www.arena-verlag.de

Margot Berger

## Reiterhof Birkenhain

## Sonne, Wind und Pferdeliebe

Für Conny, Luisa und Jule ist der Reiterhof Birkenhain der schönste Platz auf der ganzen Welt. Mit den beiden Fjordpferden Ole und Kalle ist immer etwas los. Und als sich auch noch das Fernsehen auf dem Hof anmeldet, hat Jule mit der Holsteiner Stute Sally ihren ganz großen Auftritt.

Dieser Sammelband enthält die Bände: »Aufregung im Stall« und »Großer Auftritt für Sally«.

Arena

296 Seiten • Gebunden
ISBN 978-3-401-45446-7
www.arena-verlag.de

Margot Berger

# Die Pferde vom Friesenhof

## Pferdefreunde, Sommerglück

Lea und Klara sind Schwestern und echte Pferdefans. Für ihre geliebten Friesenpferde würden sie alles tun! Als sie in einem verlassenen Stall auf ein krankes Fohlen stoßen, setzen sie alles daran, es zu retten. Auch als ein Pferd ins Watt galoppiert, sind Lea und Klara zur Stelle und folgen dem Ausreißer. Dabei werden sie vom Wasser eingeschlossen und geraten selbst in Gefahr.

Dieser Doppelband enthält die Bände »Kleines Fohlen sucht Freunde« und »Rettung aus der Flut«.

## Traumsommer im Galopp

Die Eltern von Emma wollen ihre Ponys verkaufen, weil sie Reiten viel zu gefährlich finden. Und nachdem Maultier Muli angeblich an der Pferdepest erkrankt sein soll, bricht unter den Pferdebesitzern Panik aus. Was bleibt den Schwestern Lea und Klara da anderes übrig, als mit den Tieren zu fliehen? Dabei erleben sie einen gefährlichen Ritt durchs Wattenmeer und kommen einer gemeinen Intrige auf die Spur.

Dieser Doppelband enthält die Bände »Wirbel um zwei Shettys« und »Versteck im Leuchtturm«.

Arena

288 Seiten • Gebunden
ISBN 978-3-401-45457-3
www.arena-verlag.de

280 Seiten • Gebunden
ISBN 978-3-401-45458-0
www.arena-pferdebuecher.de

Margot Berger

# Die Pferde vom Friesenhof

## Pferdefreundschaft für immer

Ein Umzug von Hamburg in einen kleinen Ort am Meer? Lea und Klara sind alles andere als begeistert. Doch mit Hilfe ihrer neuen Freunde, der Stute Luna und des Wallachs Magic, fühlen sie sich schnell heimisch. Wären da nicht die bösen Gerüchte, die ihrer Familie das Leben schwer machen! Und es kommt sogar noch schlimmer: Unbekannte Erpresser wollen eines der Ferienmädchen entführen. Wer steckt dahinter? Und werden Lea und Klara es schaffen, sich richtig auf dem Friesenhof einzuleben?

Enthält die Bände: »Start mit Hindernissen« und »Wilde Jagd am Meer«.

Arena

280 Seiten • Gebunden
ISBN 978-3-401-45441-2
www.arena-verlag.de